KB029020

86학번
승연이

86학번
승연이

우리가 그것들을 바꿀 수
없다고 방치하면, 그것들은
종종 우리를 바꾼다

박선경 장편소설

차
례

1. 소금

그날은 더 집중이 안 됐다. 남편은 언제나처럼 물었다. "좋았어? 나는 좋았는데." 손톱만큼의 좋았던 기분마저-그런 게 있기나 하다면-증발시키는 남편의 반복 재생하는 소리가 귀에 들어오지 않을 정도로 산만했다. 슬슬 데시벨이 올라가는 남편의 코 고는 소리를 피해 거실로 나온 승연은 망설였다. 생각 같아서는 차를 몰고 어디라도 좋으니 달리고 싶었다. 창문을 열고 달리면 이 찜찜한 기분이 바람에 쓸려갈지도 몰라. 승연은 힘껏 액셀을 밟으며 바람 샤워를 하는 자신을 상상했다. 문득 목이 말랐다. 물 말고 뭔가 다른 것을 마시고 싶었다. 맥주를 마실까. 아니다. 그건 기분을 더 나쁘게 해줄지 모른다. 술을 마시면 초반에만 좋다. 갈수록 불쾌해진다. 그것은 남편과의 잠자리와 비슷하다. 끝은 혐오다. 술 마실 생각이 사라졌다. 세상에 물과 술 말고는 마실 게 없다는 것이 새삼 놀라웠다. 목이 마른 게 아니었다. 그냥 갈증이었다. 그것도 짜증

나는 갈증. 갈증이 아니라 목이 타는 거였다.

거실에는 항상 푸른빛이 돈다. 질려서 그럴 거야. 사는 사람들에게 짜증이 나서 집은 그런 표정을 짓는 거야. 나만 그렇다면 거실은 용서해 줄 수 있었겠지. 그런데 오늘은 수정이까지 가세했다. 늦게 낳은 딸이라 항상 미안했다. 안 낳고 사는 사람이라면 모르겠지만 자식은 빨리 낳을수록 좋아. 부모가 빨리 죽는다는 것은 아이들이 어머니, 아버지를 그리워하며 살아야 하는 시간이 길어진다는 얘기거든. 남편에게 들은 소리 중 제일 나은 통찰이었다. 그래서 배기 위해 기를 썼고 노산이 위험하다는 소리까지 들어가며 낳은 아이였다. 언제 어른이 되나 궁금했던 그 아이가 오늘 확실하게 존재감을 발휘했다. 제 엄마의 상처를 후벼파는 것으로, 살을 벌리고 거기에 소금을 뿌리는 것으로. 소금을 떠올리자 갑자기 고등어라는 소설이 생각났다. 미친년, 대체 그런 건 왜 쓴 거야.

수정이는 현관에서 시간을 끄는 편이다. 집에 들어올 때면 매번 신발 앞부분을 현관 쪽으로 돌려놓았다. 그것도 신발코까지 선을 맞추면서. 자기 것만 그러는 게 아니었다. 남의 것도 그렇게 해놔야 마음이 편한 것 같았다. 가지런히 놓인 신발을 볼 때마다 승연은 '내가 이렇게 정돈된 사람이었나' 놀라곤 했다. 물론 이제는 익숙해졌고-자기만 그렇게 한다는 게 아니라 타인의 행동을 기꺼이 수용한다는-그러려니 했었다. 오늘은 현관 잠금장치가 열리는 소리가 들리고도 수정은 조금 더 시간을 끌었다. 뭣 때문에 그랬을까. 말할까 말까, 물어볼까 말까 망설이느라? 아니면 분노를 예열하기 위해서? 거실로 들어서면 '엄마, 배고파'가 컴백 홈을 알리는 시그널이었다. 그런데 오늘은 달랐다.

엄마 학교 때 대체 뭘 하고 다닌 거야?

앞뒤 설명도 없이 무작정 치고 들어오는 앙칼진 말에 승연은 고개를 갸우뚱했다. 당황하기에는 여전히 사태 파악이 되지 않았다. 뭔 소리니. 난데없이 뭘 하고 다녔냐니? 수정은 따지듯 같은 말을 반복했다. 도대체 학교 때 뭘 하고 다녔냐니, 그게 뭐 어떻다는 얘기인지 여전히 승연의 이해는 상황을 따라오지 못하고 있었다. 그리고 뭘 하고 다니든, 그게 그렇게 발끈해서 물을 문제인가. 승연이 눈을 끔뻑거리는 사이 수정은 그제야 설명을 붙였다. 정제되지 않은 날것의 말들이 수정의 입에서 튀어나왔다. 돌 던지다가 만날 경찰서 들락거렸다며. 한방에서 남자들하고 같이 매일 같이 자고 그랬다며. 옷도 홀라당 벗고 알몸으로 무슨 의례도 하고 그랬다며. 의례? 그 단어는 수정의 것이 아니다. 딸은 아직 그런 어려운 말을 대화 속에 섞어 쓰지 못한다. 그러니까, 들은 얘기였다. 남의 언어였다. 물었다. 대체 무슨 얘기를 어디서 누구에게 들었는데? 승준이 엄마가 그러더라. 아는 사람이었다고. 엄마가. 내가 승준이 엄마의 아는 사람이라니. 그럴 수 있다. 나는 그를 모르고 그는 나를 아는 경우는 흔한 일이다. 나 또한 종종 그러기에. 그런데 승준 엄마의 말은 일상적이지 않았다. 고의를 넘어 악의가 질펀한. 그렇지 않고서야 남의 딸에게, 설사 사정이 그렇다 하더라도 그런 이야기를 할 수가 있나. 승연의 상식으로는 그 여자를 이해하기 어려웠다. 수정이 다 발산하지 못한 화를 제 방문에 실현하며 쾅 소리와 함께 들어갔을 때 그제야 승연의 머릿속에 지나가는 일들이 있었다. 그래서 그랬다고? 겨우 그런 게 이유라고?

   며칠 전이었다. 그날 승준네와 저녁을 먹었다. 수정이와 승준이가 초등학교, 중학교를 내내 같이 다닌 덕분에 '언제 밥 한번 먹어요'는 두 집의 인사말이었다. 그리고 그 약속은 몇 년이 지나 드디어 현실이 되었다. 승준이가 반에서 1등을 했다며 저녁을 사고 싶다고 했다. 수정이도 손가락 안에는 들었기 때문에 그다지 불편하지 않았다. 그리고 수정이는 항상 승준이의 뒤에 있었다. 고기나 구워 먹겠지 했는데 예약 장소는 이탈리아 식당이었다. 나쁘지 않았다. 음식은 이해할 수 있는 수준의 난이도였고 혀가 감지할 수 있는 식감이었다. 아이 자랑 정도는 참아줘야지. 나라도 그럴 게 빤하잖아. 그게 승연의 그날 전략이었다. 그러나 별로 그런 것도 없었다. 무난하다 못해 밋밋한 대화가 이상하게 흘러간 것은 올해 대선 때문이었다. 한쪽은 지난 5년을 지긋지긋해하고 있었고 다른 한쪽은 그 5년이 더 연장되기를 바랐다. 승연은 지겨워하는 측에서도 상급이었다. 살았던 시절과 반대로 승연은 그쪽 진영을 혐오했다. 아니다. 보낸 세월이 그랬기 때문에 그랬을지도 모르겠다. 승준 엄마는 한쪽 후보가 마음에 안 드는 눈치였다. 엘리트 코스를 밟아온 그가 사람 사는 일에 대해 뭘 알겠냐는 설명이었다. 그렇다고 구두에 양주를 부어 마셨다는 얘기가 식사 자리에서 할 말인가. 마음이 꼬이기 시작했다, 와인을 마시지 말았어야 했다. 두 잔 넘게 들어간 와인은 승연의 자제심을 흔들었다. 승준 엄마는 '그'를 칭찬하기 시작했다. 그녀는 '그'가 가난한 사람이어서 좋다고 했다. 그녀는 '그'가 솔직하고 인간미 넘쳐서 좋다고 했다. 인간 냄새가 나는 것이 전임 대통령을 닮았다고도 했다. 짜증이 났다. 그런 얘기는 함부로 하는 얘기가 아니다. 정치 이야기는 이제 신념과 세계관의 연장이었다. 사람과 사람이 가장 나빠질 수 있는 얘기가 정치 이야기였다. 속에서 뭔가 차고 올랐다. 그리고 전혀 생각지도 않은 말이 승연의 입에서 나왔다. 그것은 준비되지 않은 말이었기에 하나도 걸러지지 않았다.

형수 보지를 찢겠다는 사람이 정상이에요? 물리적으로 타인의 성기를 확장하겠다는 것이 솔직하고 인간적이에요?

보지. 그 단어는 자리를 얼어붙게 만들었다. 그것은 없는 사람에게는 충격을, 있는 사람에게는 당혹과 불쾌감을 주기에 충분했다. 수습할 수 있는 사람도, 수습이 가능한 방법도 없었다. 자리는 파장이 아니라 파국으로 끝났고 그날 승준 엄마는 그 일을 모욕으로 받아들인 것이었다. 모욕은 갚지 않으면 잊지 못한다. 내가 그걸 갚겠다고 이런 유치한 짓을 하다니. 승연은 소파에 털썩 주저앉았다. 금이 가고 있었다. 쩍, 하는 소리가 들렸다. 의식은 저항했지만, 기억은 찬바람이 가시지 않은 어느 봄날로, 돌아보고 싶지 않은 기억 속으로 승연을 빨아 당기고 있었다. 1986년이라는 지긋지긋한 악몽 속으로.

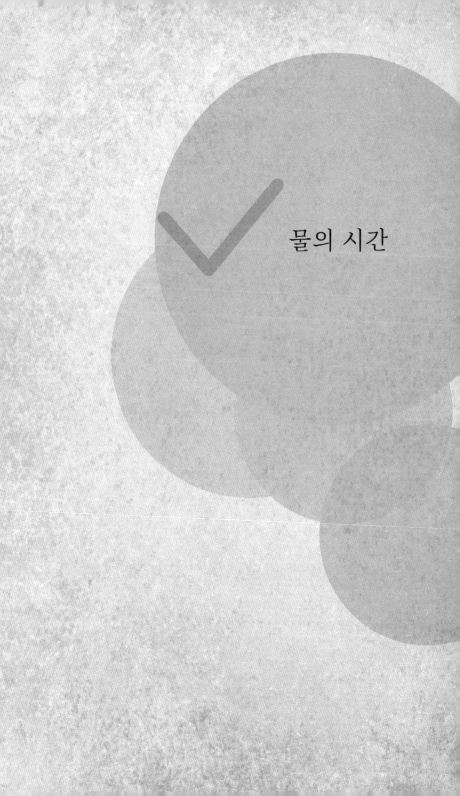

물의 시간

2. 어떤 봄날

지하철 객실 안에서 나는 냄새는 매번 같았다. 제시간에 출근하고 제시간에 퇴근하는 성실한 직장인처럼 변함없었다. 화장품, 향수, 남성 호르몬, 머릿내 어떤 때는 암내까지 뒤섞여 코를 자극했다. 환기가 필요해. 승연의 뒤에 서 있던 중년 남자가, 승연의 귀에 연신 뜨거운 콧바람을 내뿜으며 곧 숨이 넘어갈 것처럼 헐떡였다. 질식할 것만 같았다. 젠장, 헐떡거리면 어쩌라고. 이번엔 어느 놈 손모가지가 승연의 엉덩이를 한 움큼 잡고 주물럭거렸다. 어떤 놈이야! 소리치려는 순간, 객실이 덜컹거렸다. 급브레이크에 승객들은 악! 하는 비명을 지르며 반대편으로 쓸려갔다. 손잡이를 잡은 사람들 빼곤 콩나물시루처럼 빽빽하게 서 있던 승객들이 중심을 잃고 쓰러졌다. 인간의 자유의지는 어디로 간 거냐. 지하철 말고는 답이 없냐고. 서로 잡아주고 일으켜 세우려는데 객실 문이 열렸다. 이 지겨운 해산과 집합의 반복. 순식간에 틈은 메워지고 승객들은 아무 일 없다는 듯 자기 위치로 정렬했다. 승연의 엉덩이를 주물럭거렸던 놈이 사라졌다.

승연은 수원역에서 통학버스로 갈아탔다. 승차 후 차창 밖에 비친 광경은 논, 밭, 들판 또 논, 밭, 들판이었다. TV 드라마 전원일기에서나 봤던 장면이었다. 승연은 깊게 한숨 쉬었다. 수원역에서 출발한 지 20여 분 만에 달랑 몸통 다섯 개인 학교 건물이 눈앞에 펼쳐졌다. 정면에 회색 화강암으로 지어진 장공관의 웅장한 모습이 나타났다. 승연은 그것이 외딴섬에 지어진, 커다란 수용소처럼 생각됐다. 교문에서 학생들을 기다리고 있던 교수들과 학교 행정실 직원들이 버스 하차장 쪽으로 우루루 몰려왔다. 누구 아이디어인지 개강 첫날 서비스치곤 참신했다. 그들은 버스 앞문 양쪽으로 줄 서서 문 열리기를 기다렸다가, 하차하는 학생 한 사람 한 사람과 악수했다. 반갑게 인사하는 표정이 훌라 꽃 레이를 목에 걸어주려 공항으로 마중 나온 하와이 환영부대 미소보다 밝았다. 웰컴투 오산, 낙원은 분명히 아닐진대. 승연은 수용소 건물에서 나온 환영부대 서비스가 광대의 과장된 몸짓처럼 부담스러웠다. 외부 세계와 시공간이 분리된 공동체 생활의 시작. 버스는 그들을 외부 세계와 연결하는 유일한 채널이었다.

교정은 심란했다. 본관인 장공관, 강의실이 있는 만우관, 교수연구동 소통관, 학생회관 그리고 채플실을 뺀 나머지 공

16

간은 공사가 한창이었다. 건물 주변으로 아스팔트가 깔려있었고 길 양쪽으로는 붉은 흙이 그대로 속살을 드러낸 상태였다. 붉은 흙 사이로 심은 지 얼마 안 되는 묘목들이 몇 가닥 안 남은 옆집 아저씨 대머리마냥, 간격을 둔 채 3월의 설익은 햇살을 받고 있었다. 수유리 접수창구 직원이 그랬다.

오산으로 이전 수업하는 건 미정이에요. 이번 학번은 해당하지 않을 것 같네요.

지원율 떨어질까 봐 거짓말한 건 이해하겠는데, 건물이나 제대로 완성하고 학생을 받았어야지. 승연은 생각했다. 조금 낮은 데 지원해서 전기에 합격했다면 이 고생은 안 해도 됐는데. 그러나 승연의 자존심은 그 밑을 허용하지 못했고 최소한 명분은 있는 대학은 가고 싶은 끝에 결정한 학교였다.

3. 이별은 지하철 플랫폼에서

　작은 틈새조차 분양받지 못한 아침 지하철 통학보다 승연을 더 불편하게 만드는 게 있었다. 석진이다. 학력고사를 마치고 승연은 처음으로 소개팅이라는 걸 했다. 절친인 현주의 이란성 쌍둥이 현섭이 승연을 졸라졸라 만들어진 자리였다. 석진은 그다지 호감이 가는 타입은 아니었다. 전교에서 탑을 유지하는 우등생이라든가 아버지가 의사라든가 하는 정보는 승연의 관심을 끌지 못했다. 석진이 의대 가라던 아버지 권유를 무시하고 토목공학과에 소신 지원했다는 얘길 들었을 때야 승연은 그가 조금 궁금했다. 대를 잇는 의사 집안의 안정된 삶을 거부하고 건설 현장 노가다가 되겠다니. 게다가 그는 고등학교 때부터 문학동아리 활동을 열심히 할 정도로 문학에 관심이 많았다. 이과 출신들은 대부분 대화가 수학 공식처럼 단순하고 간단했다. 보이지 않는 현상에 대해 거론하기 싫어했고 이해하지 못했다. 감각에 깃든 의미들의 기호인 문학을 이해하다니, 이과 출신 문학청년이라니, 흥미로웠다. 둘은 문학으로 가까워졌다. 승연은 문학에서만큼은 또래 누구보다 해박하다고 자부했다. 그러나 석진의 독서량과 기억력은 늘 승연의 자부심을 당황케 했다. 어느 날 길을 걷다가, 밤하늘의 별을 보던 승연이 알퐁스 도데 '별'의 한 장면을 기억하며 알은체했다. "비가 그친 하늘에는 별이 쏟아지고 소년은 별에 관한 얘기를 해줘. 얘기를 듣다 소녀는 잠이 들고 곁에 누워 잠든 소녀를 두고 한숨도 못 자는 소년이 얼마나 순수한지." 석진의 맞장구는 한결 우아했다. "알퐁스 도데의 단편소설은 한 편의 시 같아. 저 많은 별 중 가장 아름답고 찬란한 별 하나가 길을 잃고 내 어깨에 기대 잠들고 있는 거라고. 이런 표현, 정말 끝내주지? 나는 소설 읽다가 가슴에 꽂히는 한 구절만 건져도 소설가는 성공했다고 생각해."

석진은 보란 듯이 서울대 토목공학과에 합격했고 승연은 보란 듯이 이화여대 영문과에 미끄러졌다. 석진 앞에서 한껏 부풀린 지적 자만이 우스워지는 순간이었다. 그에 대한 호기심과 관심은 순식간에 자격지심으로 바뀌었다. 재수를 핑계로 그에게 결별을 선언했다. 석진과 헤어질 생각이 조금도 없었는데 왜 그랬는지 모를 일이었다. 궁색한 핑계로 그와 결별한 건 후회했다. 치기 어린 변심에 자책한 때도 있었다. 그래도 재수하겠다 해놓고는 지하철 타고 후미진 경기도 어딘가로 통학하는 모습을 석진에게 보여주는 건 죽기보다 싫었다. 약간은 미안한 마음도 있었는데 다행히 석진은 정나미가 뚝 떨어지는 말로 승연의 결심을 굳게 만들어주었다. 재수해도 기다릴 거고, 승연이 어느 대학에 가도 상관없다고 말한 건 그의 진심이었다. 예수처럼 인내하고 부처처럼 통찰하고 어른처럼 달래고 선배처럼 위로하는 동갑내기의 성숙함은 승연에게 패배감만 안겼다. 사랑의 본질이 언제나 온유하며 믿음과 소망을 담아 배려하고 참는 것이라면 지루해서 못 견딜 것이다. 감정에 본질이 어딨나. 못 믿는 게 감정인데. 변함없이 나를 만날 수 있다고? 지금은 그렇겠지. 나에 대한 감정이 식지 않았으니까. 시간이 지나면 너도 같아져. 석진이 매달리면 이렇게 얘기할 참이었다.

지하철 안의 빈틈없는 공간에서 정체불명의 냄새에 시달리는 것보다 그를 만날 확률을 계산에 넣지 못한 건 승연의 패착이었다. 승연은 석진과 한 동네 살고 있다는 사실을 잊고 있었다. 서울대입구역에서 내리고 신도림역에서 환승하는 두 사람의 시착역이 홍대입구역인 걸 생각 못했다. 수요일 오전이었고 헤어진 지 한 달 만이었다. 석진은 헐레벌떡 숨을 고르고 있는 승연 옆으로 다가왔다. 그는 환한 미소를 띠고 있었다. 승연은 석진을 보는 순간, 바람피우다 들통난 여자처럼 놀랐다. 학교 가는구나. 반가운 마음도 있었다. 어느 학교인지 물어봐도 돼? 수업은 언제 끝나? 데리러 가도 될까? 석진이 연달아 물었을 때 승연은 퉁명스럽게 대답했다.

산 넘고 강 건너에 학교가 있고, 네가 오다가 질려 버릴 거야.

자꾸 묻는 게 귀찮았다. 석진이 싫어서가 아니라 아무렇지 않은 듯 대하는 석진의 자비심에 짜증이 났다. 승연은 후회와 미련 속에서, 계속 그와 결별이 마땅했다는 구실을 찾고 있었다. 그 먼 곳까지 오겠다는 건, '나를 버리고 가신 님아, 십 리도 못 가서 발병 났으면 좋겠다'는 조롱으로 들렸다. 힘들게 학교로 찾아와서는 '너는 좋겠다. 자연을 벗 삼아서. 서울보다 공기 맑아서 공부하기 좋잖아' 이렇게 말하고는 쾌재를 부르겠지. 속으로 기껏 여기 오려고 나랑 헤어지자 했니? 쌤통이다, 할 거면서. 승연은 석진이 말 거는 동안에 계속 창밖만 응시했다. 석진이 어느 학교인지 알려 달라고 재차 묻는 게 귀찮았다. 승연은 이제부터 두 정거장 후면 내릴 신도림에서 1호선을 타고 한 시간 지나야 도착할 학교라고, 이제 됐냐고, 속이 후련하냐고 말하고 싶었지만 참았다. 승연은 신도림역에서 내릴 채비를 했다. 문 쪽으로 몸을 돌리자 석진이 승연의 귀에 대고 낮게 물었다. 재수할 거라며 왜 포기한 거니. 승연은 대답 대신 고개를 돌려 그의 얼굴을 빤히 쳐다봤다. 그게 왜 궁금한 건데. 석진은 승연의 눈빛을 읽었다. 자존심 상했을 때 눈빛이었다. 원망과 굴욕과 자책이 섞인. 헤어진 관계에서조차 여전히 주도권을 쥐고 있는 것은 승연이었다. 승연은, 매주 수요일 오전엔 집에서 30분 일찍 나와야 했다.

4. 물과 기름

승연은 한시도 지체하지 않았다. 마지막 수업이 끝나자마자 버스 정류장으로 달려가 대기했다. 꾸물대다 버스 놓쳐 다음 배차까지 한 시간여 기다리는 건 끔찍했다. 기다리는 동안 시골 마을 감상하는 건 더 싫었다. 빈 시간을 채우기 위해 하릴없이 학교 안을 배회해야 하는 건 시간 낭비였다. 어슬렁거릴 곳이 딱히 있는 것도 아니어서, 만우관 앞 계단에 앉아 음악을 듣거나, 영어 회화 테이프를 틀었다. 계단 맨 위쪽 가장자리에 앉아있는데 검은 그림자가 해를 가렸다. 귀에서 이어폰을 내리고 해를 가린 사람을 향해 고개를 돌렸다. 키 175센티미터 정도에 언뜻 봐도 하얀 얼굴인 청바지 입은 남학생이다. 경제학과 3학년 누구라고 밝혔는데 잘 듣지 못했다. 승연은 알렉산더 대왕에게 해를 가리지 말아달라 부탁한 디오게네스 흉내라도 낼까 하다 말았다. 남학생에게 비켜달라는 말 대신, 앉은 채 옆으로 두 뼘쯤 옮겼다. 다시 귀에 이어폰을 꽂으려는데 무슨 말을 하는 것 같았다. 승연이 반응을 안 하자 그는 주위를 쓱 둘러보는 시늉을 하고는 몇 마디 더 건넬까 말까 머뭇거리다 자리를 떴다. 승연은 터벅터벅 걸어가는 남학생의 뒷모습을 보며 코웃음을 쳤다. 한 번 찍어보고 포기하냐? 어차피 관심 없었다고 자기변명하겠지. 여우의 신포도처럼. 물론 승연은, 이 학교에서 CC 만들 생각이 추호도 없다. 서울대 멋진 남자친구도 걷어찬 여자가 아닌가. 승연은 만나는 상대가 자신보다 어떤 면에서든 나아야 한다고 생각했다. 남자는 책임감이다. 얼굴은 따지지 마라. 얼굴 뜯어먹고 살 거 아니다 머리가 있어야 해. 승연의 생각이 아니었다. 어머니 말씀이다. 돈은 없다가도 생기고 외모 잘 생겨봐야 아무 쓸 짝에도 없지만 머리 나쁜 놈이 책임감마저 없으면 가족 고생시킨다는 어머니의 배우자 관이 승연의 이성관을 지배했다.

승연은 내내 친구들과 어색한 거리를 유지했다. 과 동기들도 학교에 흥미도 애정도 못 느끼는 승연에게 굳이, 말을 건네지 않았다. 누군가에게는 실패해서 온 학교였고 누군가에게는 목표가 된 학교였을 것이다. 승연은 자신의 선택과 불만을 학교 친구들이 공감하길 바라지 않았다. 승연은 자기가 적응하든 못하든 그저 흘러가는 대로, 내버려 두길 바랐다. 자꾸 적응해야 한다느니, 너만 손해라느니 하는 어설픈 참견과 어쭙잖은 충고는 멈췄으면 했다. 승연은 학교에 적응하고 싶은 생각이 조금도 없었다. 서울과 지방 학생들의 차이는 옷차림이었다. 오산은 하루가 멀다고 최루탄 가스 분진이 날아다녔다. 옷은 눈물 콧물 쏟아내며 흘린 분비물로 얼룩지기 일쑤였다. 게다가 공사 트럭이 드나드는 바람에 흙먼지는 덤이었다. 좋은 옷이 필요 없는 환경이었다. 그럼에도 불구하고, 스타일은 포기 못 해! 흙바닥을 스틸레토 힐로 휘젓고 다니는 여학생들은 립스틱을 짙게 바르고 향수 냄새 풍기는 한 줌 부르주아들이었다. 과 동기들은 승연도 그 부르주아 일당으로 여겼다. 흰 피부, 곱슬머리, 고급 운동화, 진(Jean)브랜드 중 최고봉인 '마리떼 프랑소와 저버' 청바지. 자연스럽게 물 위 기름으로 분류된 존재였다. 마리떼 프랑소와 저버 청바지는 대기업 사무직 한 달 월급과 맞먹는 가격이었다. 오산 학우들은 승연이 입은 청바지 브랜드가 마리떼인지 파리떼인지 구분 못하겠지만 서울 대학가나 강남에선 마리떼 프랑소와 저버 브랜드를 입은 게 부와 차별화 기준이었다.

5. 멘토

그나마 승연을 챙기는 동기는 은영밖에 없었다. 은영이는 승연에게 멘토 선배를 정했냐고 물었다. 몇 해 전부터 학교에 신입생이 상급생에게 멘토를 요청하는 제도가 생겼다. 멘토가 정해지면 멘토는 하급생 멘티가 학교생활에 적응하도록 관리하고 챙기는 의무를 졌다. 멘토가 필요 없다고 생각하면 꼭 정하지 않아도 됐다. 은영은 버스 시간이 아직 남았으니 학과 사무실에 들르자며 승연의 팔을 끌어당겼다. 승연은 은영이가 무안하지 않도록 마지못해 그러마, 응했다. 영문과 사무실은 만우관 3층 맨 끝에 있었다. 대여섯 평 남짓 사무실엔 몇몇 선배가 먼저 와 있었다. 조교는 책상 위에서 무엇인가 열심히 적고 있었다. 개구리 문양 군복 상의를 걸친 예비역과 금테 안경 쓴 단발머리 여자가 두 칸짜리 소파에 앉아 믹스커피를 마시며 이야기하는 모습이 들어왔다. 은영이 반쯤 열린 문틈을 비집고 고개를 내밀었다.

들어가도 돼요?

why not?

　단발머리 금테 안경이 은영 뒤로 따라 들어 온 승연을 뚫어지게 바라보았다. 그녀는 학교 부적응자가 누군지 한눈에 알아본 듯했다. 하얗고 작은 얼굴에 갸름한 턱선, 여릿한 인상의 금테 안경 여자는 통이 넓은 카고바지에 카키색 야상을 걸쳤다. 청순한 이미지를 배신하는 옷차림이었다. 마른 몸매지만 가슴까지 마른 형은 아니었다. 앉은 자세로 바지 주머니에 손을 넣을 때 개미허리와 봉긋한 가슴이 드러났다. 그녀는 깐깐한 기숙사 사감을 연상케 했다. 친절하지만 선을 넘지 않는, 배려하지만 기준에서 벗어나지 않는, 관대할 때와 냉정할 때의 경계를 아는, 가까이하기엔 너무 먼 당신 같은. 금테 안경은 후배들 왔는데 미안하지만 가봐야 한다며 신입생 환영회 때 보자는 말을 하고 사무실을 나갔다. 아담한 체구에 비해 작은 키가 아니었다.

　내성적인 성격인 줄 알았던 은영은 예상과 달리 선배들 앞에서는 또박또박 말을 잘했다. 수시로 치마 앞주머니에 손을 넣었다 뺐다 하는 행동은 산만했고 거슬렸지만. '조다쉬' 로고가 박힌 청치마 길이는 은영의 작은 키에 비해 무척 길게 느껴졌다. 은영은 조다쉬 청치마를 일주일째 입고 있었다. 살구빛이 도는 체크 무늬 셔츠에 조다쉬 청치마, 군청색 트렌치코트, 흰색 하이힐을 신은 은영의 패션은 촌스럽고 우스꽝스러 웠다. 체크 무늬 셔츠에 청치마, 트렌치코트의 조화는 흠잡을 맘이 없지만 흰색 하이힐이라니. 흰 구두는 5월 1일부터 10월 1일 사이에 신는 것이 패션 멋쟁이들 사이에선 암묵적인 규정 인데 그걸 모르는군. 승연의 오빠가 패션 잡지 논노를 정기 구 독해서 보는 바람에 알게 된 사실이었다. 왜 그런 규정이 생겼 는지 찾아보진 않았다. 크림색이라면 모를까, 도화지처럼 새 하얀 구두는 3월의 쌀쌀한 날씨와 부조화였다.

조다쉬는 갑자기 불어든 열풍이었다. 블랙진 데님 소재 중 진한 색감의 청바지 브랜드로 급부상한 조다쉬는 패션 열풍을 타고 대학가를 강타했다. 말 그림의 로고가 보이도록 상의를 바지나 치마 안에 넣어 입었다. 대학패션 1번지 이대 앞에선 조다쉬 청치마에 힐을 신고 걸어 다니는 여대생이 넘쳐났다. 걸을 때마다 또각또각 금속음이 나는 총알굽에 짧은 조다쉬 청치마를 입은 여학생은 패셔니스트의 상징이었다. 진 브랜 드에 리바이스나 LEE가 있었지만 조다쉬에 비하면 노회한 느 낌이었고, 국내 청바지 브랜드 뱅뱅은 세련미가 없었다. 뱅뱅 은 젊은 청춘들이 소화하기에 적당한 가격이었으나 브랜드 경 쟁력은 조다쉬나 써지오 바렌테에 한참 처졌다. 써지오 바렌 테 모델 중 하나가 키가 크고 다리가 긴 연대 남학생이란 소문 이 돌았다. 승연은 뱅뱅 상업 광고에 왜 키 작은 전영록을 썼 는지 이해할 수 없었다. 은영을 바라보며 승연은 내내 잡생각

뿐이었다. 이런 얘기는 뭐 좀 아는 애들하고 해야 하는데 나는
대체 여기서 뭘 하는 것일까.

6. 아름식당

금요일 마지막 수업 종이 울리자 은영과 기순이 달려왔다. 은영이 소박한 시골 스타일이라면 기순은 아예 깡촌 스타일이었다. 은영이 승연에게 친절했다면 기순은 깍듯했다. 살면서 겪어보지 못한 서울 여자에 대한 호감 내지는 관심이었다. 승연은 속으로 말했다. 얘야, 너랑 나 지금 어차피 시골에 와 있거든, 네 홈그라운드. 그런 승연의 생각을 아는지 모르는지 은영과 기순은 마치 수사관이 용의자 도망 못 가게 팔 양쪽으로 꿰차듯 자연스럽게 승연과 팔짱을 끼고 정문 쪽으로 내려갔다. 학교가 생기면서 동시에 문을 연 식당이 아름식당이다. 식당 이름은 주인 부부의 딸 이름이었다. 식당 주인아저씨의 섹스와 음식에 관한 고찰은-자꾸 듣다 보니-일리가 있었다. 아름식당에서 학생들이 가장 많이 찾는 메뉴가 수제비였는데 식당 아저씨는 수제비를 여자에 비유하곤 했다. 여자나 수제비는 쫄깃해야 제맛이라나. 자기 집 수제비가 쫄깃하고 부드러운 식감을 유지하는 비법은 발효 때문이라 했다. 여자도 발효되어야 맛이 좋다고. 아름식당을 처음 찾는 여자 신입생들은 아저씨의 음담패설에 기겁했다. 그것도 몇 번, 오히려 나중에는 무덤덤을 넘어 더 센 얘기는 안 해주나 기대하기까지 했다. 물론 듣기에 좋은 얘기는 아니었지만.

반찬으로 나온 김치는 이 식당이 최고였다. 주인아저씨는 음식을 성에 비유하길 좋아했다. 겉절이 맛있다고 찾는 사람 치고 떡 맛을 아는 놈이 없어. 김치야말로 최고의 발효식품이지. 몸에 좋고 맛도 좋고. 여자도 맛있게 먹을라치면 정성을 들여야 하는 법이여. 정성과 때가 중요한 것이제. 겉절이 좋아하는 놈들은 경험 없는 여자랑 떡쳐놓고 맛있다고 하는 거와 같은 이치여. 우리 집 김치는 보름 전에 미리 담가서 잘 익힌 거 내놓잖아. 숙성이 답이여. 뭘 모르는 것들이 숙성 안 된 어린 여자 찾고 그러지, 여자도 맛있게 먹으려면 나이가 적당히 들고 뭘 좀 알 때 먹어야 한다니께. 주인아저씨가 여자를 '먹는다'고 표현하는데 반발하는 여학생이 없다는 게 신기했다. 수컷 포식자 중심의 발상에 발끈할 줄 알았는데 아저씨 입담이 재밌어서 그러려니 하는 건지, 이념 타파 대상이 아니라고 생각해서인지 히죽거리며 웃을 뿐 누구도 제지하지 않았다. 세상 이치 다 똑같어. 수제비도 반죽해서 발효시키고, 김치도 미리 담갔다가 발효시켜야 혀, 여자도 남자 맛을 아는 나이에 먹어야 맛있다 그말이라니께. 그게 겉절이와 숙성 김치의 차이여. 아따, 난 겉절이 풋내 나서 싫더만. 양념이 겉에만 묻어있잖어. 그게 뭔 맛이라냐. 김치는 양념이 고루 배어야 깊은 맛이 나는 건디. 그리고 김치에 뭐 잔뜩 넣는 거 아녀. 김치 맛은 간을 잘하고 숙성되는 타임을 지키는 것이 핵심이제. 젓갈이고 생선 대글빡이고 청각, 부추, 무 이런 거 잔뜩 넣는다고 맛있는 게 아니라고. 우리 집 김치 봐봐. 깔끔하잖아. 암것도 안 넣지만 물 자작하니 나오고 짜지도 싱겁지도 않잖어. 여자도 단순하고 깔끔한 여자가 맛이 좋아. 그래서 여자 머리가 꽉 찰수록 잠자리는 꽝이라니까. 대학 나온 여자 난 싫더라고. 살림 잘하고 애 잘 키우고 남편이 잘해주면 좋다고 하는 그런 여자가 좋지. 여자는 밤에 요부가 돼야 혀. 요부가 뭔지 알아? 요 위의 부인. 아저씨의 억지에 학생들은 고개를 끄덕였다. 아, 어원이 그거였구나 하는 듯이. 머리에 뭐 잔뜩 넣은 여자는 좋아도 막 좋다고 못 하잖아. 그놈의 체면 때문에. 좋으면 좋다고 하고 어떨 땐 지가 먼저 덤벼들고 그래야 좋지. 배운 것들은 좋다는 표현 잘 안 해. 지성에 기스난다고 생각하나벼. 그런 여자가 뭐 맛있냐, 뻣뻣하니. 그래서 난 내 마누라가 좋아. 주인아주머니는 아저씨가 자신을 빗대서 하는 얘기가 익숙해서인지 들은 척도 안 했다. 대신 입방정 떠는 남편에게 눈을 흘겼다. 아저씨 말에 신경 쓰지 말고 열심히 공부해서 좋은 직장 다니다 좋은 남자 만나서 결혼해. 김치 맛은 사람마다 취향이 달라서 양념 많이 들어간 걸 좋아하기도 하고 깔끔한 맛을 좋아하기도 해. 양념도 깊은 맛 내는 양념을 써야 좋은 거지 아무거나 넣는다고 맛있냐. 김치 담그는 사람이 비법을 알지 먹는 양반이 비법을 어떻게 안다고 지껄이냐, 타박했다.

마누라 머릿속에 든 거 없어서 참 좋겠다, 이 양반아.

7. 신입생 환영회

식당 입구부터 술 냄새가 진동했다. 문밖까지 왁자지껄한 소리가 퍼졌다. 제법 넓은 아름식당이 비좁아 보이긴 처음이었다. 낮부터 술판을 벌인 선배들은 신이 나, 노랠 부르고 있었다. 승연, 은영, 기순이 들어서자 남자 선배들의 시선이 일제히 모아졌다. 수십 명 선배들이 둘러앉은 술상 가운데 자리에 신학과 3학년 총학생회장이 도사처럼 앉아있었다. 은영의 말에 의하면, 총학생회장은 신학과 출신이 늘 차지하곤 했는데 그 첫 번째 이유가 신학생들 성적이었다. 학력고사 성적이 뛰어나다는 얘기다. 보수주의 성격이 강한 한국 개신교 풍토에서 진보주의 성향을 표방한 최초의 신학대라는 자부심은 부록이었다. 승연은 그것과 총학생회장이 신학과 출신이어야 하는 게 무슨 상관인지 모르겠다고 못마땅한 표정으로 대꾸했다. 누가 되든 알 바 아니지만 진보 대학 맞아? 비닐 커튼으로 칸막이 경계선을 그은 옆자리엔 철학과 신입생 환영회가 열리고 있었다. 대학가 주변 술집은 목소리 큰 놈들의 세상이었다. 누구 목소리가 더 큰지 내기하듯 소란했다. 철학과 누군가가 소릴 질렀다.

미셸 푸코여 영원하라!

과 대표 박선희는 간단하게 자기소개를 하라며 방금 들어온 승연 일행을 재촉했다. 승연은 자기소개하는 과정 없이 슬쩍 눈인사만 나누고 올 생각이었지만 무례하게 보이기 싫어서 오늘만큼은 유별나게 굴지 않기로 작정했다. 승연, 은영, 기순 셋은 순서를 정하자는 눈빛으로 서로를 번갈아 쳐다보았다. 생머리 단발 정기순이 손을 번쩍 들었다. 기순은 손을 든 상태에서 무슨 말부터 해야 하는지 되묻고는 천진난만하게 웃었다. 촌스럽고 순박한 모습이었다. 정기순은 자기 이름에 기자가 들어간 건 기자 항렬이어서고, 성할 기, 순할 순이라고 했다. 처음 할아버지로부터 '기'자를 받은 기순 어머니는 여자 이름에 기가 들어가면 팔자가 세진다며 안 받겠다고 했다. 어머니는 수지, 지수, 소연, 지연 등 지적인 이름을 원했다. 할아버지는 고집을 굽히지 않았고 결국 어머니가 졌다. 이때 무리 중 누군가가 예쁜 이름이라고 했다. 여기저기서 예쁜 이름 맞다, 맞장구쳤다. 승연은 어이가 없었다. 기순이가 예쁜 이름이라고? 기순 모친도 거부했던 이름을? 기분이 좋아진 기순은 막걸리 한잔 마신 후 이어 나가겠노라 했다. 시도 때도 없이 박수가 터졌다. 별로 웃기지 않은 대목에서 수차례 웃음이 터졌다. 승연은 이것도 지방색이라 생각했다. 한바탕 웃고 나서 기순은 출생의 비밀을 털어놓았다. 기순의 어머니는 후처였다고 했다. 기 센 이름을 안 받으려 했던 진짜 이유였고 당신 업보 때문에 자기 자식만큼은 기가 센 인생에서 벗어나길 바랐다고 했다. 어머니가 후처라는 기순의 고백에 승연은 살짝 걱정했다. 지금이야 용기나 솔직함이 기특하겠지만 결국 흉이 될 게 뻔했다. 승연은 흙수저의 성공에 열광하다가도 흙수저의 성공이 불편한 사람들의 이중성을 알고 있었다. 솔직함은 양날의 칼이다. 좋을 때는 장점이나 안 좋을 때는 치명적인. 본처 자식들은 대학 보내고 싶어도 죄다 공부를 못해 대학에 못 갔으며 기순이 집안 통틀어 대학에 처음 간 존재라고 자랑스럽게 얘기하는 대목에서 승연은 비웃었다. 일류 대학이었으면 난리 났겠구나. 승연이 크게 웃은 게 비웃음이란 걸 아무도 눈치채지 못해 다행이었다. 생각해보면, 기순이가 본처, 후처 집안 통틀어 첫 대학생이 되어 이곳에 온 것이나, 명문대 간 오빠와 언니를 둔 집에서 이 촌구석으로 발을 디딘 승연이나 경우만 달랐지, 그게 그거였다. 승연은 마음을 고쳐먹었다. 기순을 향한 자신의 비웃음은 옳지 않다고 생각했다.

굳세어라 기순아.

승연의 순서가 되었다. 손목시계를 봤다. 분침이 가리키는 숫자를 확인하곤 1분 안에 끝내기로 마음먹었다. 67년 양띠입니다, 유일하게 잘하고 좋아하는 외국어가 영어뿐이라서 영문과에 지원했고요. 태어난 곳은 서울입니다, 홍대 앞 청기와 주유소 뒤, 최규하 대통령이 살던 집 근처에서 사는데 태어났던 집에선 불과 100미터 거리죠, 할아버지는 일제 시절 양복점을 하셨어요. 제 아버지는 대학에서 경영학 전공 후 할아버지가 전수한 재단 기술로 명동에 있는 호텔에서 양복점을 하시다가 지금은 남성 패션복 회사 운영하십니다, 지금까지 한 일 중에 가장 후회스러운 일은, 집 근처에 가까운 학교가 다섯 군데나 있는데 그중 한 군데도 못 간 점, 그러니까 공부를 좀 더 열심히 하지 못한 거고요. 남자친구가 있냐고 물을 것 같아 미리 말씀드립니다. 남자친구와 석 달 사귀고 헤어졌어요. 남자친구 없다니까 동기 남학생들이 환호성을 질렀다. 좋아하지 마. '난 여기서 남자친구 사귈 마음이 하나도 없거든.' 승연은 손목시계로 눈을 돌렸다. 다행이었다. 1분을 넘기지 않았다. 승연은 학교에 정붙일 생각은 없지만 할 만큼 했다고 생각했다. 누군가가 꿈이 뭐냐 물었다. 꿈이요? 꿈 없는데요. 승연의 희망 사항은 오산탈출, 꿈은 탈출 이후. 은영과 눈이 마주쳤다. 은영이 윙크로 만족스러웠다는 신호를 보냈다.

　한 명씩 자기소개가 끝나자 2학년 과 대표가 숟가락을 마이크처럼 들었다. 그는 돌연 심각한 표정을 지었다. 파티 분위기와 어울리지 않게 살아 있는 동지들의 뜨거운 피로 쓰러져 가는 민주를 소생시키는 것, 군부독재가 종식되는 것만이 죽어가는 민주를 살리는 유일한 길이라고 목청 높였다. 중간 중간 박혀있던 '동지'들이 오른손을 불끈 쥐고 '군부독재 타도하자'를 삼창했다. 갑자기 파티장이 전쟁 준비하는 분위기로 바뀌었다. 2학년 과 대표가 선창했다. 이제부터 우리들의 저항이 다시 시작될 것이다, 우리 민주 투사들은 목숨이 살아 있는 한 군부독재 종식을 위해 어떤 대가도 치를 각오가 돼 있다, 민주 투사들이여 결집하라! 어, 이게 무슨 상황이지? 승연이 어리둥절한 표정으로 주의를 둘러봤다. 갓 들어온 새내기들조차 그의 말에 '군부독재 타도하자'를 따라 외치고 있었다. 군중심리는 별 게 아니었다. 남이 웃으면 따라 웃고 남이 울면 따라 우는 심리작용이었다. 어수선한 사이 식당 문이 열렸다. 지난번 과사무실에서 봤던 금테 안경을 쓴 여자가 들어왔다. 그녀를 본 1, 2학년 후배들이 일어나려 하자 그녀는 손으로 그대로 앉으라는 시늉을 했다. 그녀는 가만히 식탁 끝자리에 앉았다. 은영이 승연에게 귓속말로 말했다. 3학년 윤희숙 선배인데 이화여대에서 운동하다 자퇴하고 이쪽으로 편입했대. 여기 한신 운동권 여학생들 학습 담당.

술잔이 오가는 사이 은영은 운동권 의식화 작동에 대해 승연에게 귀띔했다. 신입생이 들어오면 일단 시각 교정을 한대. 고등학교 때까지 배운 가짜 지식을 다 날려 버리는 거지. 전환시대의 논리, 해방 전후사의 인식, 우상과 이성 같은 책들을 읽는 거야. 그다음에는 기초 철학과 경제사 공부를 하고 나중

에는. 그 부분에서 은영의 말이 막혔다. 들은 정보를 다 기억
하기에 은영은 아직 어렸다. 승연은 다 아는 얘기였고 집에는
은영이 말한 책들이 서가에 몇 권 꽂혀있기도 했다. 승연의 오
빠와 언니는 그 책들을 읽다가 시큰둥한 표정으로 던져버리곤
했다. 은영은 다른 방향으로 말을 이어갔다. 대부분 선배 자
취방에서 읽은 책을 가지고 토론하는데 이게 세미나래. 운동
권은 크든 작든 하나의 잘 훈련된 조직이야. 서열이 있다는 말
에 승연은 이맛살을 찌푸렸다. 서열과 계급 타파를 부르짖는
운동권에 서열과 계급이 존재한다는 게 말이 돼? 은영은 승연
의 대꾸를 예상이나 한 듯 말을 이어갔다. 어쨌든 구조가 탄탄
해야 조직이 흔들리지 않고 임무를 수행하지 않겠어? 새내기
의식화 교육은 한 학년 위 선배들이 지도한대. 승연이 비웃듯
다시 말을 받았다. 지적으로 신생아나 다름없는 새내기들이
선배들의 해박한 지식에 감탄하겠구나. 선배들은 세상을 바
꿀 혁명의 아이콘이 되는 거고, 새내기들은 선배의 권위에 복
종할 수밖에 없는 상황이고. 교수들을 우습게 생각하는 학생
도 나온다니 지적 교만이 차고 넘치는 이유를 알겠다. 근데 은
영이 너는 이걸 어떻게 알았니? 너 혹시 의식화 교육 받는 거
아니야? 승연의 말에 은영은 손사래를 쳤지만 그렇다고 아주
강한 부인의 모습은 아니었다. 그냥, 그런 얘기들을 아는 게
멋있다고 생각하는 것 같았다.

8. 그 남자, 태주

승연은 눈치껏 윤희숙을 스캔했다. 민낯의 윤희숙은 술잔을 들이켜려고 고무줄로 자신의 단발머리를 묶었다. 작은 얼굴이 더 작아 보였다. 윤희숙 앞에 있던 남자가 윤희숙과 잔을 부딪치며 이야기를 주고받았다. 윤희숙이랑 얘기하고 있는 저 남자는 누구야? 승연이 이번엔 은영의 귀에 대고 속삭였다. 아, 김태주 선배라고 경제학과 3학년이래. 우리 학교 운동권 대부? 하, 뭐라던데, 그런 존재래. 머리가 기막히게 좋고. 그 이상은 모르겠어. 승연은 은영의 설명에 콧방귀를 뀌었다. 흥, 머리 좋아 봤자지 뭐. 김태주는 선후배, 동기들이 먹고 떠드는 동안 말없이 막걸리만 마시고 있었다. 안주엔 거의 손을 대지 않았다. 동기들이 묻는 말에 짧게 대답했고 좌, 우 두리번거리는 일도 없었다. 후배들이 인사할 때 힐끗, 한 번 쳐다본 것 말고 후배들과 말을 섞지 않았다. 손가락이 민망하지 않도록 파전을 젓가락으로 가르는 시늉이나 반찬으로 놓인 깍두기 한 점, 양파 절임 한 조각 입에 대는 것이 전부였다. 다만 윤희숙과 몇 마디 나눌 뿐이었다. 그는 승연의 대각선 쪽에 앉아 거리가 멀었고 고개를 돌리지 않아 옆모습만 비쳤다. 이발한 지 몇 달은 돼 보였다. 긴 앞머리가 눈을 가려 높고 반듯한 콧대만 보였다. 좌식 식탁이라 허리가 아픈지 간혹 허리를 펴곤 했는데 그래도 주위를 두리번거리진 않았다. 그의 앞에 앉은 동기들이 승연 얘길 했는지 아, 하며 고개만 끄덕이다가 승연을 곁눈질로 슬쩍 보곤 피식 웃었다.

승연이 손목시계를 가리키며 은영에게 버스 타러 가겠다는 시늉을 했다. 막차 탈 시각이 아니었다. 그래도 더 늦어지기 전에 일찌감치 일어설 생각이었다. 승연은 화장실에 다녀오는 척 살며시 나가려고 입구 쪽 자리로 옮겨 앉았다. 은영과 눈이 마주쳐 나가자고 눈짓했다. 은영은 취기가 오른 상태였다. 그녀는 알았다고 고개를 끄덕이며 다시 잔을 들었다. 아무래도 일어설 기미가 안 보였다. 승연이 가방을 집어 들고 까치발로 바닥을 딛고 식당을 빠져나왔다. 누군가 뒤에서 승연을 따라왔다. 김태주였다. 승연이 무슨? 하는 표정으로 보자 그는 주머니에서 담배를 꺼내 들었다. 아, 담배. 찬 밤공기가 겉옷을 파고들었다. 막걸리 석 잔에 머리가 찌근거렸다. 막걸리로 생긴 두통이 찬바람에 날아가길 바랐다. 승연은 시원한 맥주 생각이 간절했다. 학교에 있는 내내 버스 시간표만 체크하고 있는 자신이 한심했다. 이 시간이면 오산이 아닌 신촌이나 홍대 앞, 종로 거리 어디선가에서 시간 보낼 줄 알았지. 재킷을 여미며 걷는데 발소리가 들렸다. 식당으로 돌아간 줄 알았던 김태주였다. 불 꺼진 버스는 대기 중이었고 기사는 보이지 않았다. 김태주는 승연과 몇 걸음 떨어진 곳에서 담배에 불을 붙였다. 버스를 기다리는 학생은 없었다. 너무 일찍 나왔나. 담배 더 있어요? 승연의 뜬금없는 질문에 태주가 멈칫했다. 담배 피울 줄 알아요? 아뇨, 지금 배우면 되지요. 야릇한 미소를 머금은 태주가 승연에게 담배 한 개비를 건넸다. 숨을 크게 들이쉬듯 담배 연기를 목구멍으로 넘기면 돼요. 아주 쉬워. 태주 말대로 승연이 담배 연기를 깊게 들이켰다. 연기가 목구멍을 타고 들어가면서 따끔거렸다. 승연이 인상 쓰며 기침하자 태주가 말했다. 소주 처음 마실 때 목 따가운 거랑 같아요. 두 번째부터는 진짜 쉬워요. 태주가 시범을 보였다. 연기를 가슴까지 빨아들이라는 듯 손가락으로 자기 가슴을 가리켰다. 가늘고 긴 담배 연기가 찬바람에 흩어지면서 넓게 퍼졌다. 한 번 더 깊이 들이마시려는데 인기척이 들렸다. 몹쓸 짓하다 들킨 사람처럼 승연은 얼른 담배를 땅바닥에 던져 발로 비볐다. 기사 아저씨였다. 승연이 차에 올라타려는데 태주가 갑자기 생각났다는 듯 말했다. 경제과 84 김태줍니다. 승연은 버스 앞문에 한 발을 올린 채 잠시 그대로 멈춰 서 있었다. '어쩌라고, 나도 학번이랑 이름이랑 뭐 그런 거 말하라고?' 승연은 돌아보지 않기로 했다. 그대로 버스에 오르는 승연의 뒤에서 김태주가 나직한 목소리로 말했다.

도망갈 때가 올 거예요. 그때 도망가면 돼요. 지금은 아닐
겁니다.

분명 승연에게 한 말이었지만 마치 독백처럼 들리는 묘한
뉘앙스였다. 승연은 서둘러 자리에 앉았다. 원래 맨 뒤에 앉
는 것을 좋아했지만 그에게 통로를 걸어가는 모습을 더 이상
보여주고 싶지 않았다. 충분히 시간이 흘렀다고 생각했을 때
승연은 차창 밖을 내다보았다. 김태주의 뒷모습이 막 어둠 속
으로 사라지고 있었다. 저 사람, 걸을 때 운동화를 살짝 끄는
습관이 있구나, 마치 가기 싫은 곳을 억지로 가는 사람 같았
다. 술에 취한 남학생 여럿이 우르르 버스에 올라탔다. 승연
은 버스 창문을 열었다. 매운 담배 연기가 목구멍에 남아 간질
거렸다.

9. 새로운 갈등

수정이 방문을 잠그는 일은 드물었다. 엄마 아빠가 항상 노크하고 인기척을 충분히 낸 후에 수정의 방에 들어섰기에 수정이 방문을 걸어 잠그는 경우는 흔하지 않았다. 사내라면 모를까. 승연은 수정의 방문을 두들겼다. 얘기 좀 해. 니가 무슨 말을 들었는지 몰라도 사실과 달라. 그런 거 아니야. 승준 엄마가 잘못 알고 있는 거라고. 승연은 문밖에서 승준 엄마가 지난번 만남에서 기분이 언짢았던 일을 수정에게 상기시켰다. 그것 때문에 골이 난 거라고. 학교에서 마주치고 연락도 하는 사이인데 나를 알았다면서 지금까지는 뭐하고 이제와 옛날얘기를 꺼내겠어, 수정은 반응이 없었다. 분명히 침대에서 이불 둘러쓰고 있는 게 분명했다. 수정이 화났을 때 하는 행동이다. 늦게 낳아 애지중지 키운 딸이지만 버릇없는 아이는 아니었다. 화가 충분히 연소할 때까지 시간에 분을 담아 폭발을 지연시킬 줄 아는 아이였다. 승연은 승준 엄마가 고등학생인 수정에게 무슨 말을 어디까지 했는지, 생각할수록 부아가 났다. 이 여편네가! 수정과 얘기하려고 문을 여러 번 두들겼지만 수정은 문을 열거나 모습을 드러내지 않았다. 엄마 얘긴 안 듣고 승준 엄마 말만 믿는 건 아니겠지. 네가 듣고 싶은 진실이 엄마 입에서 나와야 하잖아. 맞아 엄마도 시위했어. 대학생 대부분이 시위 한 번씩은 했던 시절이었다고. 하지만 승준 엄마가 한 말은 내가 모르는 얘기야. 수정은 꿈쩍하지 않았다. 딸이 승준 엄마 말을 믿을까 봐 딸의 침묵이 두려웠다. 승연은 기다려야 했다. 딸은 노여움이나 화가 풀리면 먼저 말을 걸어오는 타입이다. 수정은 충분히 생각하고 자신이 잘못했다고 생각하면 사과하곤 했다. 그러니 변명이 길어지는 것보다 기다리는 게 나았다.

승준이 엄마가 혹시? 승연은 불현듯 떠오른 생각에 서재로 갔다. 서재 책장 맨 아래에 꽂혀있는 앨범을 뒤졌다. 대학 졸업앨범은 친정집에 있었다. 대학 때 찍은 사진첩을 몇 년 전 친정집에서 가져왔던 기억이 났다. 친정어머니는 세 남매에게 각자 자기들 책과 앨범을 정리하라 하셨다. 살날이 얼마 남지 않았으니 이승의 짐부터 정리하고 싶다고. 자식들이 출가하면서 남겨놓고 간 과거의 짐들은 이제 각자 정리하라셨다. 결혼하면서 여고 졸업앨범, 대학 졸업앨범, 이념 서적들은 잊고 싶은 정신적 짐이었다. 20대를 몽땅 날린 이념 서적들은 어머니네 분리수거장에 내려놓고 사진첩만 가져왔다. 결혼

전 추억이 담긴 사진첩을 집으로 가져온 뒤 한 번도 본 적 없었다. 책상 아래 쪼그리고 앉아 대학 시절 사진첩에 승준 엄마가 찍힌 사진이 있는지 뒤졌다. 아무리 생각해도 승준 엄마에 대한 기억은 없었다. 어디서 만난 사이인지, 승연을 기억해 낼 만큼 가까운 사이였는지 알아야 했다. 승준 엄마는 얼굴에 칼을 댄 티가 많이 났다. 분명히 쌍꺼풀을 한 눈이었고 코에 인공 보조물을 넣은 자국이 선명했다. 턱까지 손댔다면 알아보기 힘들 거야. 대학 때 어떻게 생겼는지 기억 못 할 수도 있어. 같은 대학 출신인가. 나를 어떻게 알지? 승연은 대학 때나 지금이나 사진 찍는 걸 귀찮아했다. 요즘처럼 휴대폰으로 마구 찍어 맘에 드는 사진만 골라낸 후 필요 없는 사진은 삭제하던, 그런 시절이 아니었다. 필름을 갈아 끼우고 암실에서 인화하는 과정을 거쳐야 피사체의 모습이 드러났다. 승연은 앨범을 뒤지며 투덜거렸다. 이게 다 짐인데 언제 처분하지.

수십 년 전 사진첩에서 현재의 승준 엄마 얼굴을 찾아내긴 쉽지 않았다. 게다가 빛바랜 사진 속 인물들은 묵혀둔 세월만큼이나 승연의 기억 속에서 게으르게 잠영하고 있었다. 승연은 앨범을 넘기다 어떤 사진에 눈을 고정했다. 바다 배경을 뒤로 하고 여러 명이 단체로 찍은 사진 한 장을 발견했다. 마치 수 세기 동안 봉인되어 있던 고대 왕족의 무덤 속 비밀 상자를 발견하고 조심스레 다가가듯 승연은 사진첩 셀로판지를 벗겨 꺼낸 사진을 가까이서 봤다. 손가락으로 수를 세었다. 서른

둘. 그중 여자는 여덟 명이었다. 애는 누구더라. 승연 어깨에 팔을 걸친 기순이 옆에 고개를 왼쪽으로 반쯤 돌린 여자가 입을 벌려 웃고 있었다. 흰색 민소매 티셔츠를 입고 있었다. 기억나지 않는 얼굴이었다. 남자들 사이로 듬성듬성 여자들이 끼어있었다. 기순과 승연, 또 한 명의 여자가 나란히 붙어있었을 뿐이다. 혹시 그날인가. 고대 왕족 무덤에 봉인된 비밀 상자처럼 영원히 잠재우기로 했던 그날.

10. 파쇼와 민주 사이

오월의 장미는 없었다. 4월 중간고사를 앞두고 시작된 시위는 학기가 끝날 때까지 이어졌다. 처음 들이켰던 담배 연기보다 천 배는 더 따가운 최루탄 가스가 매일 콧구멍과 목구멍을 겁탈했다. 데모하지 않는 학생들은 시위가 벌어질 시간쯤이면 수업을 제치고 학교를 빠져나갔다. 대학가 5월은 시위의 전성시대였다. 다른 때보다 명분이 명료했다. '광주사태 책임자 전두환은 물러가라!' 장경관 오월계단 앞에 광주 유혈 사태 사진이 전시됐다. 학생들은 손이 뒤로 묶인 채 진압군 앞에 무릎 꿇은 시민들의 사진을 보았다. 사진은 끔찍했고 전쟁이나 마찬가지였다. 무장한 계엄군들에 의해 질질 끌려가는 시민들, 계엄군의 총알받이가 된 도청 건물, 총을 든 시민군에게 물 주전자를 가져다주는 아주머니, 피가 흥건한 도로. 사진엔 없지만 임산부 배를 가르고 아기를 꺼냈다는 내용과 처녀의 유방을 칼로 도려냈다는 내용의 대자보가 사진 옆에 게 시됐다. 뉴스에서는 시위 학생들을 용공 분자로 몰아갔다. 권력자들은 그들의 선전 선동의 하수인으로 전락한 언론을 이용했다. 용공 분자들에 의한 유언비어에 속지 말라는 메시지를 일정한 시간에 일정한 방법으로 송출했다. 암튼 문제야 문제. 학생이 공부는 안 하고 매일 돌팔매질이나 하고. 지긋지긋한 빨갱이! 언론, 방송 등 대중 매체가 묘사한 현실은 실재하는 현실과 다른 데도 그들의 인식은 대중 매체가 보여주는 현실에 따라 구성되고 있음을 느꼈다. 매체는, 집단의식 속에 이념을 주입하기 가장 효율적인 수단이었다.

4·19와 5·18은 대학가에선 명절이나 다름없었다. 흩어진 가족이 차례 지내러 오듯 시위 학생들이 타지에서 모여들었다. 4·19보다 5·18이 더 격렬했다. 독재타도, 민주항쟁 기념행사 후엔 어김없이 전투가 시작됐다. 학생들은 준비한 화염병과 돌멩이를 들었다. 그 많은 화염병은 어디서 나온 건지. 서울 시내에서 돌멩이 구하려면 학교 내 보도블럭을 깨거나 외부에서 반입해야 했지만, 오산에서 돌멩이 구하는 건 누워서 떡 먹기다. 학교 건물 공사 중이라 벽돌이 쌓였고 뒷산으로 가면 돌 천지였다. 학교 앞도 포장이 안 된 도로라 돌은 얼마든지 구할 수 있었다. 전투 목표는 전두환 군부정권 타도인데 화염병과 돌멩이 투척 대상은 전경들이었다. 벽돌을 조각내서 깨서 던지기는 했지만 단단하고 무거워서 벽돌은 총알 이상의 위력을 발휘했다. 제대로 맞으면 크게 다치기 십상이었다. 전

경들이 정문 앞까지 밀고 들어오면 시위 학생들은 논, 밭으로 도망갔고 매복해 있던 사복 경찰들이 메뚜기 잡으러 다니듯 뒤쫓아갔다. 사실, 오산 캠퍼스 전투 화력은 그다지 위협적이진 않다. 멀리서 보면, 학교 지형은 목항아리 같았다. 목 부근에서 시위하면 전경들은 항아리 안으로 몰아넣는. 너희는 독 안에 든 쥐야. 튀어봤자 벼룩이지 하는 그런.

철학개론 시간이었다. 최루 분말을 뒤집어쓴 학생 한 명이 수업 중인 교실 문을 박차고 들어왔다. 박철규였다. 동기인데 구국의 신념으로 이 학교에 들어왔고 입학하자마자 운동권 투사가 되겠다고 신입생 환영회 때 맹세하듯 목소리를 높였다. 교수가 있는데도 그는 아랑곳하지 않고 소릴 질렀다. "학우들이여 다 같이 시위에 동참하여 군부독재를 끌어내자, 지금 저밖에는 교활한 군부독재 탄압에 동지들이 피 흘리며 쓰러져 있다. 함께 나가서 싸우자, 함께 민주를 지키자!" 교수는 동참하려면 하라는 식으로 사태를 말없이 지켜봤다. 한낱 신입생에게 한마디 꾸중도 못 할 만큼 무기력한 태도에서 나약한 엘리트의 한계가 보였다. 상아탑 패권을 운동권 학생이 쥐고 있다는 증거였다. 모두가 마치 죄인이 되어가는 분위기에서 승연이 벌떡 일어났다. "나가서 싸울 권리도, 수업할 권리도 민주야. 강제적으로 나가자고 하면 그게 파쇼지 민주냐?" 학생들이 일제히 승연을 바라봤다. 박수까진 아니어도 응원하는 눈빛은 확실했다. 오, 맞다. 민주란 그런 거지. 우리에겐 데

모 안 할 권리가, 공부할 권리가 있다고. 승연의 당당한 말에
박철규는 대꾸 못 하고 찌그러졌다. 수업이 시작되어도, 수업
시간에 들어오지 않는 학생은 박철규뿐이 아니었다. 그들은
대학교에 적만 두고 시위 이력 만드는 게 목적인 것처럼 보였
다. 3월 한 달만 빼면, 정확히는 3주 정도만 봄날이었다. 개나
리, 진달래로 채웠어야 할 봄 항아리엔 매운 최루가스만 발효
되어갔다.

11. 행동대장 박철규

박철규가 강의실 문을 박차고 들어와 시위에 동참하자 외치고 간 이야기, 승연이 박철규에 반발한 이야기는 학생들 사이에서 금세 퍼졌다. 학생 비율로 따지면 비운동권이 운동권보다 훨씬 많았다. 그래도 총학생회가 운동권 중심으로 구성되어 주도권은 운동권에 있었다. 동기생 박철규는 새내기 중 가장 열렬한 투사였다. 한 번도 수업에 들어온 날이 없었다. 승연은 박철규를 볼 때마다 생각했다. 쟤는 이제 고작 대학 1학년 1학기도 지나지 않았는데 전두환과 무슨 원수가 지고 한이 많아 저렇게 치열하게 돌멩이를 던질까. 나중에 들은 얘기, 전라도 순천에서 올라온 박철규 스토리는 짠했다. 부친이 택시 운전사였는데 비번인 날 술을 잔뜩 마시고 무단횡단하다 비명횡사했다. 모친이 삯바느질로 생계를 이어갔고 남자 형제 셋은 고등학교 졸업 이후 뿔뿔이 흩어져 산다는 것이다. 박철규는 대학에 가려고 2년 동안 안 해본 일 없이 닥치는 대로 했고 돈을 모아 대학 등록금을 마련했다. 박철규는 동기보다 두 살이나 많았다. 박철규는 이 학교에 들어온 이유로 단 하나를 꼽았다. 1980년 4월 김대중이 한신대에서 연설한 것. 당시 수유리 캠퍼스에 김대중 연설을 듣기 위해 몰려든 군중이 1만여 명이었고 이것은 김대중의 장외 정치 투쟁의 신호탄이 되었다. 서슬 퍼렇던 군사 독재 시절, 모든 대학이 학생의 목소리를 외면한 채 독재의 압박에 몸 사릴 때, 유일하게 지성의 목소리를 낸 유일한 곳이라는 게 이 대학의 자부심이었다. 김대중 수유리 연설을 듣고 이 대학에 입학했다는 사람이 박철규만은 아니었으니까. 박철규는 시위 때마다 맨 앞으로 달려갔다. 다윗의 후손처럼 돌팔매질이 예술이었다. 그는 목표를 향해 정확히 돌을 던졌다. 돌에 맞아 다친 전경이 있다면 박철규의 것이 대부분이었을 것이다. 그의 결기는 잡혀도 좋아, 죽으면 더욱 좋아, 였다. 달리기를 얼마나 잘하는지 한 번도 잡힌 적은 없었지만.

승연이 은영과 아름식당에 들렀을 때 윤희숙이 김태주와 함께 점심을 먹고 있었다. 신입생 환영회에서 봤던 김태주와 지금의 이미지는 사뭇 달랐다. 매끄러운 구릿빛 피부에 이목구비가 반듯했고, 이발했는지 머리가 깔끔했다. 승연 일행과 눈이 마주친 윤희숙이 자기가 앉은 식탁으로 오라는 손짓을 했다.

반갑다. 너희 뭐 먹을래? 여기서 제일 비싼 거 시켜, 내가 쏠게.

　아름식당에서 가장 맛있는 음식은 닭개장과 수제비였고 제일 비싼 메뉴로는 닭볶음탕이 있었다. 수제비 같이 먹자던 은영은 닭개장을 주문했고, 닭개장을 먹으려던 승연은 수제비를 주문했다. 아름식당 주인아저씨가 수제비를 주문한 승연을 향해 음흉한 눈빛을 날렸다. 쫄깃쫄깃한 우리 집 수제비 맛들었구마. 암튼 승연 학생은 우리 집에서 다른 거 먹는 걸 보덜 못 했다니께. 울집 수제비는 숫처녀 거시기보다 더 쫄깃하당께로. 아이, 저 아저씨는 도대체 음식 갖고 그냥 넘어가는 적이 없네. 은영은 투덜거렸다. 윤희숙과 김태주는 반응이 없었다. 뻔한 레퍼토리니까. 아저씨의 음흉한 눈빛과 속된 표현은 아무 느낌이 없었다. 지루한 메인 공연에 막간을 이용한 난쟁이의 어릿광대짓이랄까. 들을 땐 웃지만 지나고 나면 까맣게 잊게 되는 만담이었다. 가끔 아저씨를 성희롱으로 고소해야 하는 거 아니냐는 소리가 떠돌기도 했지만, 아저씨가 성희롱 상대를 특정한 적이 없는데 누가, 어떻게 고소한다는 얘긴지 기막혔다. 승연은 아저씨의 민망한 비유보다 자기 식당에 출입하는 학생들 이름을 일일이 호명하는 기억력이 더 신기했다. 충청도 출신이라면서 팔도 사투리를 자유자재로 구사하는 것도 흥미로웠고.

윤희숙도 박철규와 있었던 일을 알고 있었다. 승연이 멋지다, 그런 말도 할 줄 알고. 나는 네 말에 동의해. 타인의 선택과 의사를 존중하는 게 민주주의 기본이지. 공부할 사람은 공부하고 불의에 저항할 사람은 저항하고. 다만 저항할 땐 함께 힘을 모으자는 것뿐이야. 박철규의 열의는 존중하지만, 가끔 열의가 지나쳐서 과장하는 행동이 나오는 게 문제라니까. 승연은 윤희숙이 그렇게 말해주니 어깨가 으쓱했다. 윤희숙이 합리적인 사람이구나 생각했다. 시위에 동참하지 않은 학우들을 비난하지 않고 그들의 선택과 의사를 존중한다는 윤희숙의 태도가 멋있게 보였다. 불한당처럼 문을 박차고 들어와서 교수님께 양해 구하지 않고 그렇게 요구하면 안 되지요. 무례하게. 의기양양한 승연은 내친김에 그때 박철규에게 하지 못했던 말까지 덧붙였다. 운동권이라고 같은 편만 들지 않고 중립적으로 판단한 희숙에게 믿음이 생겼다. 박철규 입장에서야 희숙이 승연 편을 든 거겠지만. 주문한 음식이 나왔다. 윤희숙은 뿌옇게 김이 서린 안경을 벗었다. 안경을 벗은 윤희숙의 눈은 맑았다. 작렬한 카리스마 선배 이미지도, 운동권 강성 여학생 이미지도 없었다. 푸짐한 점심 한 그릇에 마냥 행복한 어린 소녀 같았다.

윤희숙은 닭개장을 개인 접시에 담아 호호 불어가며 승연에게 물었다. 너희 둘, 농반이나 탈반 동아리에 들어오지 않을래? 나는 탈반, 태주는 농반 동아리에 있어. 서울에 있는 몇 개 대학 연합동아리 같은 데서도 활동할 수 있고, 오산에선 일주일에 한 번 수요일 모임이 있거든. 같이 하면 좋을 것 같은데 어때? 승연이 수제비를 입에 넣다 말고 물었다. 탈춤, 사물놀이요? 사자머리 뒤집어쓰고 장구 치고 꽹과리 치는 그거요? 응, 맞아. 탈바가지 뒤집어쓰고 장구 치고 북 치고 꽹과리 치고 징 치는 그거, 사물놀이. 승연은 입에 있는 수제비를 오물오물 씹으며 시큰둥하게 대답했다. 우리 동네에 미친 사람이 하나 있는데 매일 꽹과리 치고 다녀요. 들어보면 집 나간 여편네 욕이더라고요. 꽹과리라면 지긋지긋한데 그걸 저보고 모여서 하자고요? 음악, 영화, 그림 등이 예술이라 치면 예술은 사람의 감성을 깨우치는 역할을 한다고 생각해요. 그런 게 예술이라고 생각하는데 전 사물놀이가 감성은커녕 소음에 가깝다고 보는 사람이라. 게다가 저는 폐소공포증이 있어서 사자 머리 뒤집어쓰면 숨 막히거든요. 쉴 틈 없이 이어지는 승연의 말에 윤희숙과 김태주는 뭐 이런 게 다 있어? 하는 표정이었지만 그렇다고 화를 내는 것 같지는 않았다. 이제껏 한마디 하지 않던 김태주가 입을 뗐다. 박철규 같은 친구가 사물놀이 동아리에 들어와야 하는데 그 녀석은 거부하더라고. 녀석에 충동조절장애가 있어. 전두엽 기능이 떨어진 사람은 조절이 안 돼서 작은 스트레스에도 충동적인 행동을 쉽게 해. 전두엽 기능이 망가진 경우, 변연계에서 큰 스트레스가 일어나도 전두엽에서 이를 잘 조절해주면 되는데 그게 안 되는 거지. 승연은 피식 웃었다. 박철규가 과도하게 흥분하기로서니 전두엽 어쩌구, 변연계 어쩌구 하는 건 너무 간 거 아닌가 싶었다. 태주는 승연이 웃는 걸 봤는데도 진지하게 말을 이어갔다. 사물놀이가 인간 정서에 얼마나 도움이 되는지 모르고 하는 소리야. 음악치료 중에도 사물놀이가 있어. 타인에게 쏟았던 분노, 공격 열등감 같은 감정이 감소하고 또 스트레스가 해결되는 느낌이 들지. 부정적인 요인은 낮아지고 신기하게도 자신감과 상대와 교감하는 능력이 생겨. 자신이 모르는 세계에 대해 단정하는 것만큼 교만한 것도 없지. 나중에는 배워두길 잘했다, 선택한 동아리 활동 중 가장 유의미한 활동이었다, 라고 생각할 건데. 폐소공포증 있다니까 더 권유하지는 못하겠고. 김태주는 승연의 무심함과 경솔함을 차분한 태도로 꾸짖었으며 동시에 완벽하게 반박했다. 승연은 아차, 싶었으나 이미 뱉은 말이었다. 뭐. 어쨌든 지금으로서는 배울 생각 없다는 의미입니다. 승연은 고집스럽게 잘라 말했다. 그걸로 끝이었다. 그날 이후 윤희숙과 김태주를 학교에서 두어 번 마주쳤지만 둘 다 농반 이야기는 꺼내지 않았다.

12. 펜과 돌멩이

　오월 말까지도 돌팔매질은 멈추지 않았다. 수원 지역에서 격렬하게 시위한 대학은 한신대가 으뜸이었다. 다른 학교도 간헐적으로 시위가 이뤄지긴 했지만, 그리 위협적이진 않았다. 종종 수원역에선 수원 지역 연합 기습게릴라 시위가 벌어지기도 했다. 수원의 여러 지역 대학 통학버스와 수원에 공장을 둔 대기업 통근 버스가 집결하는 곳이라 게릴라 시위가 시작되면 그야말로 아수라장이었다. 정보를 입수한 사복 경찰관은 물론, 전경들이 하루 종일 역 앞에서 진을 치고 있었다. 학생과 직장인들을 실어 나르는 버스 기사들은 시위 학생들을 잡아갈 닭장 버스들이 그들 자리를 자치하고 있어 주정차하려면 계속 이동해야 했기에 불만이 많았다. 버스 기사들의 불만은 닐카로워진 자영업자, 시민들의 기분에 비하면 애교였다. 시위가 시작되면 자영업자들은 가게 문을 닫아야 했고 시민들이 그 피해를 고스란히 떠안아야 했다. 시위 학생들도 버스를 타고 수원역에 집결해야 했기에 사복 경찰들은 역에 도착해 버스에서 내리는 학생들의 동태를 일일이 점검했다. 간혹 시위 주동자, 적극 개입자로 의심되는 학생들을 몇몇 붙잡아 가방 검사를 하거나 학생증을 확인하는 등 신경전을 벌였다. 가방에서 교재 겉 부분에 저자 이름이 막스 베버라 되어 있어도 연행했다. 막스 베버와 칼 막스 차이를 모르는 건 중요하지 않았다. 운동권 학생들이 일반 학생들 사이에 섞여 학교 버스를 타고 내리는 일은 없었다. 그들은 학교 수업을 빼먹고 수원역 모처에 있다가 통학, 통근 버스들이 모여드는 시간에 맞춰 등장했다. 역 앞 집회에서 화염병이나 돌멩이는 등장하지 않았다. 시민들을 공포로 몰아넣지 않으려는 배려는 시위대나 공권력이나 마찬가지였다. 폭력 시위로는 시민의 공감을 얻어낼 수 없다는 걸 알았다. 다만 시위대의 구호는 위협적이었다. 누군가 독재타도를 선창하면 조를 짠 듯이 열 명, 스무 명씩 모여 뛰면서 구호를 외쳤다. 또 한 무리는 어깨동무를 한 채 좌우로 흔들며 '임을 위한 행진곡'을 불렀다. 수원역 앞 시위는 시위대의 존재감을 드러내는 퍼포먼스가 목적이었는지 두어 시간 목청 높였다가 저녁 식사 때가 되면 가게들은 문을 열었고 시위대는 뿔뿔이 흩어져 술집 어디론가로 사라졌다.

기말고사가 시작되자 시위는 한풀 꺾였다. 일부 학생들은 시험 기간 중에도 교문 밖까지 나가 구호를 외쳤지만, 호응이 많지는 않았다. 대부분은 돌멩이는 던져두고 펜과 노트를 들고 도서관에 모여들었다. 수업에 한 번도 들어오지 않았던 박철규도 도서관을 기웃거렸다. 노트 필기 잘한 은영과 기순이한테 노트를 보여달라며 사정하는 모습에선 웃음이 나왔다. 독재정권타도가 인생의 목표라더니, 수업 내용을 모르면서 남이 필기한 노트만 보고 시험을 치르겠다는 발상은 뭔지. 도서관에서 뜨문뜨문 윤희숙을 볼 수 있었다. 학교 근처에 자취했던 윤희숙은 도서관에 일찍 도착했다. 시험공부를 하는 것 같지는 않았다. 그녀는 수업 시간에 거의 들어오지 않는다고 했다. 시험 기간에 도서관 자리를 얻는 건 하늘의 별 따기였고, 도서관에서 자리를 맡지 못한 학생들은 빈 강의실로 갔다. 연일 벌어지는 시위에 빈자리가 많았던 강의실조차 시험 기간만큼은 학생들이 원래 있어야 할 공간으로 존재했다. 승연이나 은영이 도서관 자리를 못 찾아 헤맬 때 가끔 마주치는 윤희숙은 자기 자리를 양보하곤 도서관을 나섰다. 윤희숙은 손을 먼저 내밀기는 해도 포옹은 허락하지 않는 사람처럼 보였다. 어딘지 모르게 경계가 느껴졌다. 그 느낌은 윤희숙이 만든 것이 아니라 승연이 느끼는 감정일 수도 있었다. 가까워지면 상처받을 것 같고, 알면 알수록 감당하기 어려워질 것 같은 예감이 그랬다. 김태주는 보이지 않았다. 어디서 공부하는지, 무얼 하는지 알 수 없었다. 그를 다시 만난 건 오산이 아니라 시울 종로였다. 아주 우연히. 그러나 기억은 잠시 거기서 머물렀다.

13. 시어머니 유세

  저녁 식사 시간이 되어서도 수정은 자기 방에서 나오지 않았다. 승연은 수정의 방문을 노크하고 밥 먹으라고 말하려다 방 안에서 수정의 움직임이 있는지 확인하려 방문에 귀를 대었다. 아무 인기척이 없는 걸 보니 자는 게 분명했다. 수정은 귀가 후 저녁 식사 전에 잠을 자는 습관이 있다. 저녁을 먹고 30분쯤 동네 한 바퀴 산책 후 돌아와 새벽 2, 3시까지 공부한다. 루틴이 그러니, 집에 들어오자마자 승준 엄마한테 들었다며 따지듯 뱉어냈던 언행과 상관없이 수정은 자기 일상의 스케줄을 소화하려는지도 모른다. 평소 같으면 저녁 찌개는 뭔지, 자기가 좋아하는 햄요리는 있는지 물어봤을 텐데 아무런 반응이 없다. 승준 엄마한테 들은 얘기의 진위와 엄마의 변명으로 혼란스러워하는 건 아닌지. 아냐, 내가 한 말을 분명히 들었을 거야. 엄마 말은 안 믿고 남의 말을 믿을 애가 아니야. 승준 엄마한테 사과받고 잘못 얘기한 거라고 단속해야지.

승연이 아무렇지도 않은 척 방문을 두드릴까 망설이는 사이 현관 비밀번호 누르는 소리가 났다. 남편이다. 딸 수정과 달리 남편의 귀가는 요란스럽다. 헛기침은 그의 귀가를 알리는 신호였고 구두는 제멋대로다. 반듯했던 현관의 질서는 언제나 남편에 의해 깨진다. 현관 질서뿐이 아니다. 현관에서 헛기침을 내면 아내가 달려와 외투를 받아 들어야 했다. 시어머니가 만든 배씨 집안의 규칙이었다. 어떤 여자가 시집와도 당신의 아들은 존중해야 하고, 떠받들어야 하는 게 시어머니 불문율이었다. 시부모가 계신 데선 남편에게 언성을 높일 수 없었다. 그 시절의 시어머니가 대개 그렇듯 당신의 아들은 세상 어디에도 없는, 귀한 존재였다. 게다가 아들 넷, 딸 둘인 여섯 남매 중 경찰대에 진학한 첫째를 빼고 아들 셋 전부를 서울대에 보낸 시어머니는 자식들이 일류 대학에 간 건지 자신이 대학을 간 건지 헛갈릴 정도로 프라이드가 엄청났다. 승연은 서울대 남편을 배우자로 맞는 대가로 시어머니 자부심을 보상해야 했다. 시어머니는 시부모 형제자매는 물론 사돈의 팔촌까지 혼수 리스트를 작성해 내밀었다. 없는 집에 아들 셋을 모두 명문대에 보낸 어머니 마음을 모를 리 없지만, 있는 집 며느리한테서 한밑천 잡겠다는 심사가 아니고선 그럴 수 없었다. 남편은 대학 4학년 때 회계사 자격증을 획득해 유명 회계사 사무실에 스카우트 된 상태였다. 승연은 혼수 리스트를 받아 든 후 펄쩍 뛰었다. 굴욕적인 결혼은 할 수 없다고 남편에게 통보했다. 남편은 결혼을 거부하는 승연과 타협점을 찾았다. 어차피 결혼하고 나면 따로 살 거니 혼수만 참아달라고 했다. 부모를 모셔야 하는 부담도 없으니 미국 유학해서 살자는 제안도 했다. 승연은 남편의 미국 유학 계획에 귀가 솔깃했다. 잊고 싶은 과거로부터, 청춘이 유기된 대한민국에서 벗어날 수만 있다면 승연은 어디든 가고 싶었다. 승연은 끈질긴 남편 설득에 시어머니의 혼수 리스트를 받았다. 시어머니는 조건 하나를 덧붙였다. 승연에게 최고급 나파(NAFA)나, 블랙그라마(BLACKGLAMA) 밍크코트를 받는 것이었다. 그런 밍크 정보는 어디서 들었는지, 그런 요구가 창피하긴 했는지 남편에겐 비밀로 하자면서. 시어머니는 밍크 타령을 하면서 승연을 빗대 학벌이 어쩌구, 하며 속을 뒤집어 놨다, 그러니까 밍크는 승연의 부족한 학벌 값이었다. 승연은 초라했고 비위가 상했다. 승연 어머니가 밍크코트를 허락한 건, 밍크코트가 입고 싶은 시어머니의 욕망을 이해해서였다.

남편의 큰형이 교통사고로 죽고 나자, 미국 유학은 예정에 없었던 둘째 형이 갔다. 셋째 형은 지방대학 교수 자리가 나자 얼른 수락했다. 겉으로는 먹거리 구현, 안으로는 시어머니로부터 탈출이었다. 시어머니는 자식들에게서 보상받으려는 심리가 지나쳤다. 세월의 지난함을 자식을 통해 보상받길 원했다. 가부장적 전통에서 가족을 위해 희생을 강요받고 강인한 모친상을 최고의 도덕 이념으로 삼았던 유교 이데올로기 영향일 것이다. 유교 이념의 잔재와 전쟁, 분단, 산업화의 격동기를 겪은 여성들이 자신의 꿈을 실현할 사회적 조건이 마련되지 않은 상태에서 자식 교육에 자신의 꿈을 투영한 것은, 어쩌면 당연하고 자연스러운 과정이라 이해했다. 그걸 알아서, 자식들은 시어머니의 과한 요구와 지나친 욕망을 탓하지 못했다. 큰아들이 죽고 얼마 되지 않아서 시아버님도 돌아가셨다. 홀로 남겨진 시어머니를 모시겠다는 며느리는 없었다. 둘째는 미국으로, 셋째는 지방으로 시어머니 영향권에서 도망친 상태였다. 승연은 시어머니 부양에 침묵했다. 시집 안 간 딸이 둘이나 있었다. 굳이 며느리와 살 이유는 없었다. 둘째 며느리, 셋째 며느리, 승연이 부쳐주는 시어머니 생활비는 넉넉했고 좋은 직장에 다니는 시집 안 간 딸 둘도 시어머니에게 용돈을 드렸다. 건강한 시어머니 혼자 얼마든지 살 수 있는 환경이었다. 시어머니는 잘난 아들이 셋이나 있는데 혼자 살게 방치하는 건 패륜이라며 시어머니 부양을 당당하게 요구했다. 미국도, 지방도 갈 수 없노라 했다. 어머니가 살고 싶은 며느리를 승연이라고 점찍은 거나 다름없었다. 둘째와 셋째는 모시려 해도 당신이 싫다고 하시니, 하며 쾌재를 불렀다. 예전부터 시어머니는 막내며느리 승연과 살고 싶단 의사를 은근슬쩍 띄웠다. 그때마다 승연은 모른 체했다. 대신 남편에게 이렇게 말했다.

여보, 우리도 미국에 공부하러 가면 안 돼?

14. 누울 자리 보고 발 뻗기

마치 자식들과 살기 위해 주술을 부렸던 마녀처럼, 시어머니는 아파트 계단을 내려오다 발을 헛디뎌 정강이뼈가 부러졌다. 한동안 목발 신세를 져야 했고 누군가의 도움 없이 생활은 불가능했다. 의논 끝에, 집에서 간병인의 보살핌을 받기로 했다. 시어머니댁으로 들어간 간병인은 보름을 견디지 못했다. 어떤 간병인은 이틀 만에, 어떤 이는 일주일 만에 손 들고나왔다. 까탈스러운 시어머니 곁을 지키려는 사람이 없었다. 시어머니 성격이 괴팍하다는 걸 아는 자식들도 어머니의 까탈스러움에 적응돼, 어머니를 탓하기보다 다른 해결 방법을 찾았다. 어쩔 수 없는 것과 어쩔 수 있는 것을 구분했다. 모순엔 모른 척, 효엔 순응하는 척, 이율배반이었다. 어머니가 만든 규칙은 집안 남자들의 헤게모니였다. 모순투성이라도 구성원이 침묵하면 규칙이 되고 질서가 되었다. 승연은 '몸을 운신할 수 있을 때까지만'이라는 조건부 부양에 동의하고서야 어머니를 모시기로 했다. 빌려준 돈 받는 것만큼 힘든 게 모시던 부모를 돌려보내는 일이다. 현실이 된 두려움은 차원이 달랐다. 하루 세 끼 밥상을 차리는 일보다, 화장실에 따라가 뒤처리 도와주는 일보다, 끊임없는 간섭과 잔소리를 열린 귀로 다 들어야 하는 일이 괴롭고 힘들었다. 게다가 시어머니는 일어나지 않은 일에 대해 상상할수록 불안이 증폭되는 예기 불안증과 가족으로부터 버림받을 것이 두려운 유기 불안증을 앓고 있었다. 시어머니는 승연이 눈앞에 보이지 않으면 더욱 예민하게 굴었다.

시어머니를 모신 후부터 부부관계가 소원해지기 시작했다. 술 냄새 풍기며 들어오는 남편과 잠자리는 께름칙했다. 남편이 술을 많이 마시고 들어온 날은 씻지 않고 달려드는 데다가 발기가 잘 안 됐다. 남편은 전희 과정 없이 승연의 아랫도리만 벗긴 채 억지로 밀어 넣기 바빴다. 애액이 나오지 않아 아팠다. 그래도 남편의 욕정을 받아주느라 참았다. 시어머니가 종종 새벽에 깨 거실로 나오는 게 신경이 쓰였다. 신음소리도 조심스러웠다. 시어머니와 함께 산 뒤로 남편은 섹스를 빨리 끝내려 했고 승연은 조급하고 불편한 섹스에 만족을 느끼지 못했다. 일방적인 잠자리가 끝나면 남편은 승연의 기분일랑 아랑곳하지 않고 늘 하던 대로 물었다. "좋았어?" 좋았냐고? 차라리 묻지 말지. 어떻게 좋을 수가 있나. 어머니 모셔다 놓고 매일 늦게 들어와 번갯불에 콩 구워 먹듯 치르면서 좋았냐고? 안 좋았다고 말하면 좋을 때까지 해줄 건가. 불만을 터뜨리고 싶었지만 이미 일 끝내고 돌아누운 남편을 보면서 승연은 말하지 않은 게 다행이란 생각이 들었다. 차라리, 그렇게 사이가 멀어지는 게 나았다. 쌓인 불만을 저축해야 필요할 때 꺼내 쓰니까. 시어머니 모셔다 놓은 후엔 귀가 시간이 늦었다. 자신도 어머니와 함께 있는 시간을 줄여보려 늑장 부리는 거였다. 토요일 일요일엔 회사 고객들 접대를 이유로, 직원들과 산행한다는 이유로 집을 나갔다. 남편은 아내에게 어머니를 맡겨놓고 나 몰라라 했다. 아들의 속내는 치밀하지 못하나 성공적이었다. 홀로 된 어머니를 모셨다는 것과 어머니께 효자 아들이 된 것, 자기 아내가 착한 며느리임을 증명한 것이다. 그 와중에 행사하는 섹스는 일종의 의례이거나 아내를 위한, 약소한 배려였다. 남편은 까탈스러운 시어머니를 모시는 아내에게 미안한 마음을 갖고 있었다. 승연에게 대학 타이틀은 단점이 아니다. 예쁜 부잣집 딸 승연과 결혼할 남자들은 얼마든지 있었다. 남편이 유일하게 내세울 수 있는 조건은 서울대뿐이었다. 가정 형편이 좋지 않아 등록금이 싼 국립대에 진학할 수밖에 없었다. 가난한 집안에서 미래를 보장하는 자산은 학업성적이었다. 자산을 여럿 확보한 어머니가 자부심을 느끼는 건 당연한 태도였고. 승연과의 결혼은 이문이 남는 거래였다. 결혼 시장에서 여자 등급이 집안과 외모로 매겨진다는 걸 시어머니가 알았다면 승연에게 학벌 운운하며 자존심 긁지 않았을 텐데.

66

15. 두려움의 시작

수정이 좀 불러봐. 저녁 식사 준비를 끝낸 승연이 씻고 나온 남편에게 말했다. 나랑 살짝 다퉜는데 자는지 아직 화 안 풀렸는지 방에서 안 나오네. 왜, 무슨 일이 있었는데 수정이랑 싸워. 남편은 아내 승연을 사춘기 소녀 취급하며 수정의 방으로 걸어갔다. 수정아 아빠 왔다. 밥 먹자. 남편이 수정의 방문을 두드리려 하는데 수정이 제 방에서 나왔다. 수정은 주방으로 들어오더니 냉장고에서 물을 꺼내 마셨다. 이 녀석, 아빠한테 인사 안 하네. 엄마랑 싸운 불똥이 아빠한테 튄 거야? 남편이 괜히 서먹한 분위기를 바꿔보려 말을 붙여보지만 수정은 말할 기분이 아니다. 싸우긴 누가 싸웠대. 내가 엄마한테 확인할 게 있었던 거지. 수정이 햄 반찬을 뒤적거리면서 말했다. 어려서부터 수정인 햄에 달걀 입힌 반찬을 좋아했다. 거의 매일 올라오는 반찬이지만 질려하지 않았다. 말문을 연 것 보니 수정이 엄마 말을 들은 게 틀림없었다. '그럼 그렇지. 누구 말을 믿어. 내 딸인데' 수정은 밥 한술을 떠 햄을 올리면서 남편에게 물었다.

아빠, 엄마랑 처음 만난 게 언제야? 학교 졸업하고? 승연이 국을 뜨다 말고 수정과 남편을 번갈아 보았다. 무슨 말을 하려는 걸까, 불안했다. 남편이 승연 쪽을 보면서 대답했다. 아빠 삼일회계법인 다닐 때 만났지. 그러니까, 졸업하고. 엄마 외국계 회사 다닐 때지. 엄마가 너무 예뻤어. 그건 갑자기 왜? 수정은 이죽거리며 대꾸했다. 아냐, 그냥 궁금했어. 대학 때 만났는지 대학 졸업 후에 만났는지. 내가 뭐, 엄마 예쁜 거 물어봤나. 근데 아빠 학교 다닐 때 데모 안 했어? 승연의 가슴이 뛰었다. 결국 수정의 입에서 데모라는 단어가 나왔다. 수정이 승준 엄마한테 들은 희한한 말을 꺼낼까 두려웠다. 두렵다기보다 어떻게 변명해야 하나 걱정이 앞섰다. 승연은 어떻게든 대화 주제를 바꿔야 했다. 저녁 찬거리로 화제를 바꿔야 하나, 승연이가 가고 싶다던 아이돌 콘서트 이야기로 바꿔야 하나 망설이는 순간 남편이 입을 열었다. 나는 데모할 여유가 없었어. 4년 내내 공부만 했지. 회계사 자격증 따야 하고 외시, 행시 준비도 했으니까. 졸업 후에 먹고살 걱정만 했어. 아빠 같은 사람에겐 국가가 있고 개인이 있는 게 아니라 개인이 있어야 국가가 존재하는 거였거든. 데모도 먹고살 만하니까 하는 거란다. 원래 등 따시고 배부르면 딴 생각해. 배고파 봐. 먹고사는 게 우선이라 아무것도 안 보여. 근데 아빠가 데모했는지 안 했는지 내 딸이 왜 궁금할까. 수정은 승연에게 눈길조차 주지 않고 시큰둥하게 말했다.

그냥. 그냥 궁금했어. 데모는 어떤 사람들이 했는지.

수정이 끝내 승연과 한마디 안 했다는 건, 엄마 말을 신뢰하지 않는다는 뜻이고 엄마가 어떤 사람이었는지 궁금하다는 의미였다. 수정의 입을 통해서 승준 엄마가 무슨 말을 했는지 알고 싶지는 않았다. 수정의 입에서 어떤 얘기도 나와서는 안 됐다. 목이 타들어 갔다. 아직 구체적인 내용이 나오지 않았는데 승연은 초조해지기 시작했다. 오물거리며 밥을 먹고 있는 수정의 입을 보니 더욱 목이 말랐다. 냉장고를 열어 어제 끓여 넣은 보리차를 꺼내 입에 대고 마셨다. 아냐, 보리차가 아냐. 목이 탄단 말이야, 활활 타오르는 목구멍을 적셔 줄 것은 보리차가 아니야. 뜨거운 무엇이어야 해. 가슴을 불태울 수 있을 만큼 뜨거운 것. 다시 냉장고 문을 열었다. 일제 캔맥주가 보였다. 쌉소름하면서 뒤끝이 개운한 맛이라며 남편이 좋아하는 맥주 브랜드다. 승연은 캔 꼭지를 따고 단숨에 맥주 하나를 들이켰다. 갈증은 거기서 멈추지 않았다. 당신은 밥 안 먹어? 남편의 목소리가 귓가에서 희미하게 들렸다. 어지럽고 갈증은 더욱 심해졌다. 바람이 필요해. 푸른빛이 도는 거실을 지나 베란다로 나갔다.

늦가을 찬 공기가 구멍 송송 뚫린 가슴 사이를 헤집고 지나갔다. 베란다 아래로 오픈카 한 대가 휘익 지나갔다. 25층에서 뛰어내려 오픈카에 내려앉는 상상을 했다. 바람 샤워가 필요했다. 이 상황에서 벗어나고 싶었다. 모든 건 내 선택이었어. 지금 삶은 내 선택의 결과고. 그런데 삶의 어떤 구간은 내 선택이 아닌 운명의 장난으로 채워지기도 해. 예를 들면 혼잡한 시간대의 지하철 객실 같은 거지. 내가 선택할 수 없잖아. 그 시간에, 그 객실에 올라타는 거 말고 다른 선택지가 없잖아. 벗어날 수 없는 운명의 구간이지. 어떤 지하철 운행 기사를 만날지, 내 옆의 승객이 어떤 사람인지 내가 어떻게 알아. 빽빽한 콩나물시루 안에선 누가 내 가슴을 비벼대도, 내 엉덩이를 주물럭거려도 속수무책이라고. 그건 내 선택이 아니란 말이야. 부모를 선택해서 태어날 수 없는 것처럼 우리 삶엔 선택이 불가한 운명적인 구간이란 게 있잖아. 내가, 왜, 거기서, 무얼, 어떻게 했는지. 신내림이 그렇다며. 거부하면 내 주변 사람이 다치고 거부할수록 아프다며. 그런 운명을 어떻게 피해. 승연은 눈물 감았다. 잠시 유보됐던 기억이 갈피를 못 잡고 작동하기 시작했다.

16. 기순아, 너의 꿈을 응원해. 파이팅!

편입 준비하려면 영어 성적이 월등해야 했다. 승연은 종로 어학원에서 영어강좌를 듣기로 했다. 영어 수강하러 종로까지 가려면 시간 배분을 잘해야 했다. 승연은 수원역 근처에 토플학원이 있는 걸 알았지만 그곳에서 수강할 생각은 없었다. 승연은 명문대 간 오빠나 언니처럼 부모님의 자랑이 되지 못한 게 미안했다. 부모님께 미안하단 생각보다, 승연의 통학을 안타깝게 여기는 가족의 시선이 부담스러웠다. 방학이 되어 식구 얼굴 맞대는 시간이 길어지는 게 걱정이었다. 학교에서만 물과 기름이 아니라 집에서도 승연은 물과 기름이었다. 오빠, 언니는 문명사회에 속했고 승연은 미개사회에 속한 사람 같았다. 기실, 문명사회에서 꾸는 꿈은 구체적이며 현실적이고 미개사회에서 꾸는 꿈은 모호하고 비현실적이었다. 꿈을 실현하는 일이 통학 시간보다 오래 걸릴 거란 걸 승연은 오산에 발을 들여놓은 첫날 깨달았다. 신입생 환영회에서 졸업 후 어떤 꿈을 가지고 있냐고 물었을 때 꿈이 없다고 말한 건 진심이었다. 하고 싶은 게 무엇인지 떠오르지 않았다. 버스 시간표를 암기하고 탑승 시각을 놓치지 않는 것이, 꿈을 실현하는 빠른 길이란 것밖에는.

정기순을 꼬드겼다. 기회가 되면 반드시 미국 가서 공부하는 게 꿈이라고 그녀가 말한 게 기억났다. 승연은 기순에게 편입하겠다는 계획을 털어놨다. 기순이도 통학 거리가 있으니 편입 준비하는 게 어떠냐고 했다. 승연이 특별히 기순의 미래를 생각해서 영어 준비하자는 의도는 아니었다. 단순히 학원 짝꿍이 필요했다. 그러나 그런 승연의 속내를 알 리 없는 기순은 자신에게 편입 계획을 말해준 승연이 좋았고 자기와 함께 준비하자는 제안도 좋았다. 티오가 자주 발생하는 학교 리스트를 뽑아 서류 전형, 시험 유형까지 공유하니 자기도 해볼 만하다고 생각했다. 기분이 더 좋았던 건, 학교 동기들과 다른 세계에 사는 사람이라 여긴 승연이 먼저 다가온 것이다. 티낸 적은 없지만 내심 예쁘고 잘사는 승연과 가깝게 지내고 싶었다. 설움이 많은 기순 엄마는 '예쁘고 똑똑하고 잘사는 애'를 친구로 둬야 한다고 말했다. 승연을 우리 집으로 데리고 가면 엄마가 좋아할 거야. 예쁘고 똑똑하고 잘사는 친구를 두는 건 자산이라 했어, 인맥 자산. 기순은 동기들이 매번 수업이 끝나자마자 버스 정류장으로 달려가는 승연의 모습을 보고 조만간 오산에서 '사라질 애'라고 점찍은 이야기를 해줬다. 사라질 애라고 점찍은 애들은 한 학기가 지나면 대개 사라졌다며 사라질 애들의 특징도 이야기했다. 비싼 브랜드 입고 힐을 신으며 수업 후 바로 버스 타면서 학교 축제에 한 번도 참여하지 않은 애. 선배들 말이, 세 가지를 충족하면 2학기 때 100% 사라진다고 했다. 승연이 박장대소했다.

얘, 나 힐은 안 신잖아.

기순이 짐짓 언니처럼 타일렀다. 힐 대신 나이키 신잖아. 그래도 어쩌겠니, 현실을 인정 안 하면 너만 힘들어질 텐데. 현실을 인정하는 것이, 현실을 벗어나는 최선이란 것을, 기순은 알고 있었다.

기순과 점심은 대개 종로서적 뒤에 있는 500냥 하우스에서 해결했다. 기순이는 잔치국수를 좋아했다. 국수 한 그릇 먹는데 5분이 채 안 걸렸다. 식사 속도만 빠른 게 아니라, 기순은 뭐든 빨랐다. 오래 고민하거나 망설이는 법이 없었다. 급한 성격이라고 핀잔줬더니, 형제자매가 많은 집에 태어나면 뭐든 빨라진다고 했다. 승연은 처음에 그게 무슨 말인지 이해하지 못했다. 빼앗길까 봐 빨라지고 빼앗기 위해서 빨라진 거라고 했다. 망설이거나 기다리면 빼앗긴다고. 유학하고 싶은 이유가 혼자 살아보고 싶어서였다. 기순의 소원은 혼자만의 방에서, 맛있는 음식을 나누지 않고 천천히 먹는 것이었다. 반찬이 사라질까 불안하지 않으면 빨리 먹지도 않겠지. 학교 졸업하고 취직해도 혼자 살 기회는 오지 않을 거야. 그러다 결혼하겠지. 그러니 유학 가야 해. 기순의 '그러다 결혼하겠지'라는 말에 공감할 수 없는 서글픔이 묻었다. 승연은 혼자 방을 써도, 혼자 맛있는 반찬을 다 먹어도 평생 혼자 살 기회는 없겠구나. 아버지가 딸의 손을 사위에 넘겨준다는 건, 결코 독립된 삶을 살아본 적이 없는 인생일 수 있다는 걸 깨달았다. 문득 기순의 꿈이 부러웠다. 기순이 유학을 응원해, 파이팅.

17. 로버트 레드포드를 닮은 미키 루크

기순이 학원 복도에서 누군가와 이야기하고 있었다. 덩치가 큰 남자였는데 승연은 기순을 못 본 척하고 강의실로 들어왔다. 기순이 따뜻한 커피 두 잔을 들고 와 승연 곁에 앉았다. 나, 김태주 선배 봤다. 승연은 노트를 꺼내며 관심이 없다는 듯, 말을 거니까 반응할 뿐이라는 듯 반문했다. 어디서? 기순은 커피를 후루룩 소리내며 마셨고 목구멍에 급히 삼키며 대답했다. 학원 입구에서. 고등학교 선배가 지나가는 것 같아서 쫓아갔거든, 옆에 김태주 선배가 있더라고. 학교에서 볼 때는 몰랐는데 못생긴 내 선배 곁에 있어서 그런가 잘생겼더라. 딴 사람 같았어. 기순이 영어 교재를 꺼내며 우연히 첫사랑을 본 것 같은 표정으로 말했다. 승연은 김태주 얘기가 별로 궁금하지 않았지만, 기순이 이야기를 끝내도록 인내심을 가졌다. 여긴 무슨 일이냐고 했더니 내 선배도 파고다 다니더라고. 우리랑 다른 과목. 무슨 과목 듣는다더라, 까먹었네. 김태주 선배

는 오늘 일이 있어서 만난 건가 봐. 둘이 친구래. 내가 인사하
는데 그냥 아, 네 안녕하세요. 그게 끝. 참 싱겁고 재미없는
사람이야. 다음 주 월요일에 선배가 점심 사준대. 너도 나와.
승연은 김태주처럼 싱겁고 재미없게 대답했다. 내가 뭐 하러.
둘이 점심 먹어.

기순이 김태주를 봤다고 했을 때 승연은 그가 하나의 이미
지로 떠오르지 않았다는 게 신기했다. 신입생 환영회에서 내
내 술만 마시고 시선을 분산하지 않았던 남자, 담배를 쓸쓸하
게 삼키는 남자, 사물놀이가 음악치료에 도움 된다고 말했던
남자의 얼굴은 각각 다른 이미지였다. 승연은 뜬금없이 기순
에게 아웃 오브 아프리카에 메릴 스트립과 나왔던 로버트 레
드포드를 아느냐고 물었다. 지적인 이미지라 어려서부터 좋
아하던 배우라며. 기순이는 아웃 오브 아프리카도 몰랐고 메
릴 스트립도 몰랐다. 로버트 레드포드도 모르는 배우라고 했
다. 기순이는 승연이 어떤 것을 물으면 모르는 내용이라는 반
응을 자주 보였다. 아는 체하는 것보다 모른다고 해야 겸손해
보이는, 기순의 사회생활 처세인지 정말 모르는 건지 알 수 없
었다. 그래도 몰라서 무식한 느낌보다는 몰라서 순진한 쪽에
가까웠다. '내일을 향해 쏴라'도 안 본 거야? 그거 주말 극장,
명절용 단골 영화였는데. 그제야 기순은 기억나는 것처럼 말
했다. 아, 그 배우는 알지. 승연은 김태주가 쌍꺼풀 없는 로
버트 레드포드 닮은 것 같다고 했다. 기순은 로버트 레드포드

를 안다고 해놓고 조금 전에 본 김태주 얼굴과 로버트 레드포드를 매치시키지 못했다. 한참 생각하다가 아니지, 태주 형은 쌍꺼풀 없는 미키 루크에 가깝지. 미키 루크? 나인 하프 위크? 그 사람은 야한 이미지인데? 김태주는 어느새 두 여자가 떠올리는 배우들의 접점에 있었다. 로버트 레드포드와 미키 루크는 서로 닮지 않았는데 김태주는 그 둘을 닮아 있었다. 각자가 생각하는 이미지에서 한 조각씩 가져와 조합하니 닮은 꼴이 됐다. 기순이 고등학교 선배와 점심 먹고 와서 승연에게 전해준 김태주에 대한 정보는 의외였다.

김태주 선배, 서울대 갈 점수였대. 그것도 상위권 학과로. 근데 오산 캠퍼스 4년 전액 장학생을 고른 거래.

대학교 1학년 1학기까지 과외 아르바이트로 몇 년 치 생활비를 벌었다는 건 덤이었다. 그래? 우리 학교에 그런 인물이 있단 말이야? 의외네. 그래도 이해가 안 된다, 왜 하필 오산이냐고. 승연은 믿기 어렵다는 반응을 보였다. 집안이 무지무지 어렵다더라고. 더 이상 묻기도 그렇고, 말하려고도 안 하더라. 몰랐냐고만 하던데? 김태주 스스로 신비주의자라 자처한 적은 없다. 승연이 생각하기에 오히려 신비로 감싼 누더기는 거추장스럽다고 생각할 사람이었다. 그에 대한 이미지 퍼즐이 완성됐다. 말수가 적고 그림자 드리워진 표정이 어디서 왔는지 알 것 같았다. 그러고 보니 지적인 이미지는 로버트 레드포드를 닮았고 담배를 입에 물었을 때 풍겼던 염세적인 이미지는 미키 루크를 닮았다. 미키 루크의 퇴폐미가 자꾸 연상되긴 했지만, 어쨌든 기순의 말을 듣고 그가 달리 보이긴 했다.

한 달 남은 방학을 두고 영어학원에 시간을 다 쏟는 건 밑지는 장사 같았다. 같은 내용을 오전 오후 하루에 두 번이나 듣는 건 열의보다 오기에 가까웠다. 슬슬 지겨워졌다. 남은 방학은 친구들과 여행도 가고 디스코텍도 가고 미팅도 하고 싶었다. 학원은 오전만 가고 오후반은 환불받을 작정이었다. 현실과 타협하는 건 쉬웠다. '할 만큼 한' 여대생은 한 달 남은 방학을 남들처럼 지내기로 결심했다.

18. 민주 농반

어차피 다닐 학교에 정붙이라는 기순이의 설득은 효과가 있었다. 개강하자마자 제일 먼저 달려간 곳이 아름식당이었으니까. 학교 앞 식당이 생각나면 학교에 적응하고 있다는 의미라고 알려준 이가 기순이었다. 기순의 말은 반만 맞고 반은 틀렸다. 아름식당이 생각났지만, 적응하려고 노력하겠지만 4년 동안은 아니었다. 승연은 또다시 기순을 꼬드겼다. 기순아, 우리 사물놀이 동아리에 가입하자. 사물놀이 배워서 내년에 나랑 농활 가는 거, 어때? 기순은 영어학원도 농반 활동도 승연과 함께라면 좋았다. 농악반 동아리 회장은 체구가 컸다. 농반 회장과 대비되는 작고 마른 체구의 여학생 둘이 청바지에 흰 티셔츠 차림으로 앉아있었다. 여학생들이 입은 티셔츠에 빨간 글씨로 '민주농반'이 새겨져 있었다. 농악반도 민주하자는 얘긴지, 민주하려는 농반이란 얘긴지. 대학가 슬로건에 민주가 안 들어간 문구는 찾아보기 힘들었다. 민주라는 단어가 지겹긴 했다. 회장은 비지땀 흘리며 자신을 농반 3년 차라 소개했다. 옆에 앉아있는 여학생은 기교과 3학년이고 농반 2년 차였다. 2학기 신입회원은 국문과 학생 한 명과 영문과 승연과 기순 둘을 더해 총 세 명이었다. 농반 멤버라 했던 김태주 모습은 보이지 않았다.

이제 사물놀이 중에서 여러분이 오늘부터 배울 장구에 대한 역사, 소재, 구성 등을 설명할 건데 모두 후배들이니 존댓말 안 하고 편하게 반말할게. 반말이 불쾌하면 얘기해줘. 그리고 내가 설명 다 하고 나면 질문하기 바래. 시험 볼 거 아니니 그냥 편하게 들어주면 좋겠어. 장구 설명이니까 각자 앞에 놓인 장구를 보면서 설명 들어. 장구는 북편, 채편, 구철-깍쇠-갈구리쇠, 원철-벳쇠, 진홍사-홍사-축승-좜줄, 축수-조임새-부전, 졸목, 울림통, 복판과 변죽, 궁-궁구리채, 열채 등으로 되어 있어. 회장은 상대방이 집중하든 말든 발음하기 어려운 격음, 경음을 연달아 발음하면서 지루한 설명을 이어갔다. 전문용어가 귀에 들어올 리 없었다. 윙윙거리는 모기떼처럼 귓가에 맴돌 뿐이었다. 왼쪽 가죽은 왼손바닥이나 궁구리채(궁채)로 치고, 오른편 가죽은 열채로 치지. 또 북편은 소가죽, 채편은 말가죽을 주로 사용하지만, 예전엔 개 가죽을 많이 썼나 봐. 나무-울림통은 오동나무가 가장 좋다고 하는데 오동나무 울림이 맑다고 하네. 음, 그리고 장고라는 명칭에 대해 여러 의견이 있는데, 한자로 지팡이 장과 북 고를 쓰면 장고가 맞는 거고, 노루 장과 개 구 자를 쓰면 장구도 맞아. 왼쪽은 말가죽이나 소가죽, 노루가죽을 대어 가죽이 좀 두껍고 소리가 낮으며, 오른쪽은 보통 말가죽이나 개가죽을 대, 가죽이 얇고 높은 소리를 내. 가죽으론 개가죽이 소리도 크고 제일 좋다네. 왼쪽은 음(陰)으로 두께가 두꺼워 소리가 낮고, 오른쪽은 양(陽)으로 얇고 소리가 높은 음가(音價)의 것을 고르는 게 좋아. 아, 초보자는 이거 구분할 줄 모르니 그냥 여기서 제공되는 거 쓰면 되고. 회장은 얼굴 위로 흐르는 땀을 소매로 쓱 닦고 한숨을 크게 쉬었다. 말하는데도 저렇게 숨이 가쁜데 연주는 어떻게 하려나 안쓰러운 마음이 들었다.

회장은 쉬지 않고 장구통 소재, 종류, 역사 등을 설명했다. 아직 더위가 가시지 않은 날씨에 지하 1층 동아리 방엔 창문을 열어 놓았어도 바람이 들지 않았다. 가만히 듣고 있는 사람이야 별문제 없다. 동아리 회장은 계속 소매로 이마의 땀을 닦아가며 설명했다. 허리도 아프고 어깨도 결렸다. 다리에 쥐가 나는 것 같아 몇 번씩이나 양반다리를 풀었다 접었다 했다. 귀에 설명한 내용이 들어오지 않았다. 다만 기초과정을 설명하는 이유가 있겠지 생각했다. 정기순은 화가 난 표정이었다. 기순이는 일부러 허리를 주먹으로 툭툭 때리는 시늉을 했다. 허리로 갔던 주먹은 어깨로 갔고 가끔 한숨을 길게 내보내기도 했다. 그만하라는 신호였다. 눈치 없는 회장은 아랑곳하지 않고 긴 설명을 이어갔다. 거의 다 왔어. 마지막으로 장구

채 설명할게. 장구채로는 궁채와 열채가 있는데, 대나무 뿌리를 잘 삶아서 똑바로 편 다음, 끝부분에 박달나무와 같이 단단한 나무나 뿔을 동그랗게 끼워서 만든 게 궁채고 대나무를 얇게 깎아서 만든 게 열채야. 오른손엔 열채로, 왼손엔 궁채를 들고 장단을 맞추는데 열채 음은 가늘고 높으며 궁채 음은 낮고 두껍지. 궁편을 손으로 치기도 해. 기본적으로 대나무 채인 이 열채는 오른손에 쥐는데, 손바닥 전체를 사용해서 꽉 움켜쥐는 게 아니라 네 손가락에 붙이고 엄지손가락으로 지탱하는 형식으로 채를 잡아. 힘을 빼고 치는 게 좋은데 힘 빼는 건 자주 쳐봐야 그 느낌을 알게 되지.

간단한 설명은 이걸로 끝이야. 질문?

간단한 설명이라고? 기순의 눈은 커졌고 어이없다는 표정이었다. '미친 거 아냐?' 소리 내지 않았을 뿐 기순이 뭐라고 하는지 입 모양만 봐도 알았다. 회장의 설명 중 기억나는 것은, 개 가죽이니 통장구, 쪽장구 정도 빼고 없었다. 기순은 승연이 따라 등록한 걸 후회하는 눈빛이었다. 국문과 학생도 허리를 펴며 인상을 찡그리고 있었다. 다음 시간에 다신 안 나올 게 뻔했다. 30분 이상 양반다리 자세로 앉아 설명을 들으니 장구를 두드리기도 전에 에너지가 소진된 느낌이었다. 승연이 저린 다리를 이리저리 비트는 사이, 회장은 질문 없으면 바로 실기에 들어가겠다고 했다. 열채로 장고 궁편 바닥 두드리는 방법을 설명했다. 다닥, 기, 닥. 바닥을 칠 때 기, 옆으로 살짝 내려서 치면 닥, 기닥이라고 합니다. 열채 잡은 손을 꽉 쥐고 바닥을 가볍게 기, 닥을 칠 때는 조금 오래 머무세요. 다 같이 음율에 맞춰 기, 닥 해보실래요? 기, 닥 한 번씩 때리다가 두 번씩 다닥, 다닥, 기기 닥닥. 휘모리 치실 때 이렇게 나중에 이런 느낌으로. 회장의 손놀림은 유연했다. 승연이 질문했다. 근데 휘모리가 뭐예요?

바람이 휘하고 몰아친다고 표현하지, 마찬가지로 빠르게 휘몰아칠 때 장단을 휘모리장단이라고 해. 언제 들어왔는지 승연의 등 뒤에 선 김태주가 대답했다. 김태주는 손바닥 장단으로 자진모리와 휘모리의 차이를 알려주었다. 그리고 기, 닥은 타법의 기교가 아니고 호흡의 파생이야. 기는 음가가 없어. 호흡으로 인한 몸의 움직임으로 저절로 닿거나 놓아져 접촉으로 겹이 생기는 건데, 이건 아직 여러분이 이해하기 어려운 부분이고, 오래 하다 보면 알게 돼. 사물놀이는 4명의 인원이 연주하고, 풍물놀이는 집단형태로 된 다수가 연주하지. 사물놀이는 주로 실내에서 공연하고, 풍물놀이는 마당과 같은 야외에서 공연하고. 김태주 설명이 끝나자 궁채를 잡았다. 회장과 민주농반 여학생이 휘모리장단에 맞춰 농악 퍼포먼스를 시연했다. 셋은 숙달된 손놀림으로 호흡을 맞춰 장구를 치기 시작했다. 연주 시작한 지 얼마 되지 않아서 김태주의 얼굴에 땀이 배었다. 기순이 태주 모습에 감탄하는 표정이었다. 셋의

연주가 끝나자 세 명의 관객은 허리 아픈 건 잠깐, 환호와 함
께 박수를 보냈다. 아는 게 많네, 김태주.

19. 킬리만자로의 표범

　수업이 끝나면 바로 버스 정류장으로 달려가는 승연이였지만 그날따라 김태주랑 이야기가 하고 싶었다. 혹시 윤희숙 선배 봤어요? 승연이 장고를 방 한쪽 구석에 가지런히 정리하고 있는 태주에게 말을 걸었다. 태주는 뒤돌아서 승연을 바라보았다. 그는 무엇인가 대답하려다 말았는데 윤희숙을 내가 어찌 알아, 라는 뜻인지 다른 의미인지 몰랐다. 김태주는 승연의 질문에 다르게 답했다. 버스 안 타?

　승연은 태주를 따라갔다. 딱 한 시간만 허락했다. 승연이 아닌 김태주의 허락이었다. 아름식당으로 가는 줄 알았는데 태주가 가는 방향은 아름식당 반대편이었다. 학교 앞 신축 건물 세 개 중 가장 최근에 벽돌로 지어진 건물 지하로 내려갔다. 간판이 작아서 술집이 있는 줄 몰랐다. 조그마한 간판에 더 조그마한 글씨로 '민정'이 새겨졌다. 가파른 계단을 따라 한참 내려갔다. 식당 문은 나무로 되어 있었고 홀 중앙은 조선 시대 주막을 흉내 낸 볏짚 처마와 평상이 놓여있었다. 도시 빌 딩 숲에 뜬금없이 펼쳐진 민속촌 느낌이었다. 문 오른쪽 계산 대에 있던 남자가 태주에게 반갑게 인사했다. 남자가 태주 어 깨를 툭 치는 걸로 봐서 태주 단골집인 듯했다. 남자는 메뉴판 과 물통을 들고 자리를 안내했다. 태주는 그를 신학과 출신이 라고 소개했다. 아직 저녁 먹기엔 이른 시간이라 한산할 줄 알 았는데 두세 테이블 빼고 홀은 꽉 차 있었다. 가게 이름이 '민 정'이던데 민정이는 따님 이름인가요, 부인 이름인가요? 남 자와 태주는 서로 얼굴을 바라보며 동시에 웃음을 터뜨렸다. 아, 저 장가 안 갔어요, 내가 늙어 보이나. 민정은 민주, 정의!

주전자 입구에서 우윳빛 동동주가 폭포처럼 흘렀다. 색깔 로 동동주와 막걸리를 구분할 순 없었다. 태주는 자기 잔에 동 동주를 따르고는 승연의 잔에 자기 잔을 갖다 대었다. 오늘 수 고했어요. 한 번에 목구멍 속으로 술을 넘겼다. 승연도 태주 처럼 한 번에 잔을 비웠다. 승연이 술을 자주, 많이 마셔본 적 은 없었다. 절친 현주네 집에서 맥주 서너 캔, 소주 한 병 마셔 본 게 전부다. 그렇지만 얼굴이 빨개진다거나 가슴이 두근거 린다거나 머리가 아픈 적은 없었다. 엄마를 닮아 술이 약한 오 빠나 언니에 반해 승연은 주당인 아버지를 닮았다. 태주가 비 워진 승연의 잔에 술을 채웠다. 저에 대해서 애들이 뭐라고 안 해요? 저한테 궁금한 거 없어요? 승연은 말을 마치자마자 아차, 했다. 돌려서 말한다는 게 그만 직진해버린 것이다. 김태주는 담배를 꺼내 불을 붙였다. 연기를 깊이 들이마신 후 고개를 돌려 허공에 내뿜었다. 들이켠 양보다 많은 연기가 태주 목구멍을 빠져나왔다. 별로 궁금한 거 없어. 학교에 불만 많은 영문과 1학년, 비싼 청바지가 잘 어울리고, 누구 앞에서든 자기가 할 말은 해야 직성이 풀리는 여자, 나라와 민족의 미래 따위엔 관심이 없고, 사회 불평등, 불합리한 구조적 모순 같은 이슈엔 더욱 관심 없는, 부유한 집에서 자란 고집 센 막내, 그 정도면 많이 아는 거 아닌가.

내가 뭘 또 알아야 하지?

'민정'을 나올 무렵 해가 서쪽 하늘을 빨갛게 물들이고 있었다. 9월 말 오산 들녘에 부는 바람은 따뜻했다. 버스 정류장엔 아직 학생들이 모여들지 않았다. 태주는 버스 타려면 시간이 남았으니 아름식당 뒤쪽 언덕으로 걷다 오자고 했다. 그쪽에서 본 서쪽 하늘 노을이 아름답다고. 아름식당 뒤쪽을 지나 비포장도로로 걸어가는데 태주가 배낭을 뒤지더니 카세트 플레이어를 꺼냈다. 승연에게 걸음을 멈추라면서 자신의 이어폰을 건넸다. 여기서는 이 음악을 듣고 가면 좋아, 노을과 가장 잘 어울리는 노래야, 아는 노래일 거고. 잠시 후 노래가 흘러나왔다. 조용필의 킬리만자로의 표범이었다. 태주는 전주곡이 나오는 시점에 맞춰 볼륨을 높였다. 태주는 노래를 따라 하고 있었다. 가사가 나오는 타이밍과 정확히 맞았다. 이 길을 걸으며 들녘의 석양을 바라보며, 수없이 반복하며 들었을 그가 상상되었다. 노래가 좋다는 건, 멜로디든 가사든 감정이입이 되는 구간이 있다는 것이다. 승연은 들으면서 그가, 아픈 사랑의 고통이 남아있는 건 아닐까. 밀려오는 외로움과 고독을 견디며 거센 폭풍우에도 휩쓸리지 않는 한 그루 나무가 되고 싶은 건 아닐까 생각했다. 김태주는 담배를 꺼내 물었다. 그의 어깨에 담배 연기보다 무거운 공허가 내려앉았다. 하루를 불사르고 지평선 너머 뜨거운 여운으로 사라지는 석양이 그의 삶과 닮았을지 모른다. 킬리만자로의 표범이 벌겋게 익은 서쪽 하늘 속으로 사라지자 태주는 승연에게 다가와 귀에 꽂았던 이어폰을 뺐다. 승연은 태주에게 담배 한 개비 달라고 했다. 태주는 피식 웃더니 담배를 꺼내 물며 말했다. 멋있어 보이려고 피우지는 마. 담배를 승연의 입에 물리고는 성냥불을 붙였다. 멋있어 보이려고요. 승연은 애써 태주의 눈빛을 피했다. 담배 연기가 목구멍을 지나는데 따갑지 않았다. 헛기침도 안 나왔다. 승연이 혼잣말로 중얼거렸다. 이건, 이 모든 건, 내 계획에 없던 건데. 태주의 뒤를 따라 버스 정류장으로 걸어가던 승연이 태주에게 다시 물었다.

근데 윤희숙 선배 왜 안 보이죠? 휴학했어요?

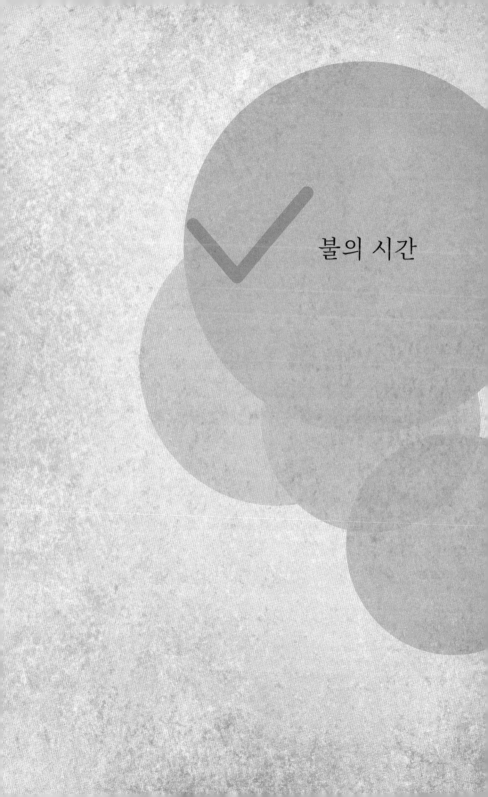

불의 시간

20. 위장취업

   입사 면접은 준비한 것에 비해 너무 싱겁게 끝나서 서운할 정도였다. 세 명의 면접관은 모두 '안전제일'이라는 패치 밑에 '일월산업'이란 노란 자수 로고가 새겨진 회색 점퍼를 입고 있었다. 회색 공장의 회색 점퍼는 노동 현장 분위기만큼이나 우울해 보였다. 하기야, 공장 유니폼으로 회색만큼 경제적인 색은 없지 싶었다. 때가 묻어도, 오래 입어도 티가 덜 날 테니까. 왼쪽에 앉은 대머리 면접관은 볼펜을 손가락 사이에 넣고 재주를 부렸다. 볼펜을 새끼손가락에서부터 튕겨 검지까지 건너오게 하는, 아주 쉽지만 산만한 동작이었다. 오른쪽 반백의 면접관은 볼펜의 누름쇠를 눌렀다 났다 반복하며 건성으로 이력서를 만지작거렸다. 가운데 앉은 남자는 30대 중반으로 보였는데 앉은 자리로 보나 꼿꼿하게 허리를 세운 자세로 보나 누가 봐도 그가 주심인 것을 알 수 있었다. 이력서를 훑어 내려가는 그의 눈길이 멎을 때마다 희숙은 자신도 모르게 침을 꼴깍 삼켰다. 어느 대목일까, 어색하게 보이는 부분이. 이력서를 덮은 그는 희숙을 빤히 바라보았다. 어려서부터 몸에 밴, 느긋하지만 사람을 긴장하게 만드는 시선이었다. 희숙은 배운 티를 안 내려고 머리카락을 짧게 자른 뒤 뽀글이 파마를 했다. 며칠 세수를 안 했고 얼굴에 올라온 뾰루지도 방치했다.

이력서에 적힌 이름은 당연히 가짜였다. 중학교 졸업 후 상경해 평창동 부잣집 가정부로 일하고 있는 국민학교 동창의 이름을 가운데 남자가 느린 속도로 불렀다. 고금화 씨. 비단 금에 꽃 화라, 비단 꽃이네. 고금화, 고금화, 고금화. 같은 단어나 문장을 반복하는 말 습관인 것 같았다. 대머리와 반백이 키득거렸다. 이름은 예쁜데 성과 함께 부르니 고구마가 되네? 가운데 남자가 손끝으로 책상을 톡톡 두드렸다. 남의 예쁜 이름 갖고 그렇게 놀리면 씁니까. 주의를 주는 건지 같이 즐기는 건지 구분이 어려운 묘한 말투였다. 희숙은 대머리와 반백을 도와줄 타이밍이라는 것을 알았다. 괜찮아예. 학교 다닐 때 남자애들이 이름 가지고 많이 놀려서 익숙합니데이. 앞으로도 쭉 고구마, 고구마 그렇게 불러주이소. 희숙의 명랑한 대꾸는 대머리와 반백에게 용기를 주었다. 둘은 곁눈질로 가운데 남자의 동의를 구하며 연신 고구마를 연발했다. 가운데 남자도 그제야 따라 웃었다. 희숙은 웃음에도 하사품이 있다는 것을 처음 알았다. 이렇게 명랑한 아가씨가 들어오면 우리 공장 분위기가 아주 환해지겠는데요, 하며 대머리가 빛을 갖았다. 반백이 장단을 맞췄다. 초보긴 하지만 일이야 뭐 천천히 배우면 되고, 전무님 보시기에는 어떠십니까. 전무. 서른 중반의 남자와는 어울리지 않는 직책이었지만 가운데 남자는 태어날 때부터 마치 전무였던 것처럼 하나도 어색하지 않았다. 전무는 고개를 끄덕였다. 두 분 의견이 그러시면 뭐 그러지요. 중요한 것을 하나도 중요하지 않게 말하는 화법이었다. 금화로의 빙의는 성공적이었고 그렇게 면접은 끝났다. 세상의 걱정과 염려는 사소한 것에서 발화되고 사소한 것으로부터 연소 된다는, 사소한 진리가 작동하는 순간이었다.

21. 룸메이트

    윤희숙은 지방에서 올라온 근로자들을 위한 숙소에 입실했다. 구로공단 '벌집'보다는 나았다. 희숙은 인천에 오기 전 구로공단 벌집 생활을 한 적이 있었다. 봉제공장에 취업했던 선배가 사고로 다치는 바람에 옷가지며 물품을 챙기려 들렀다가 1주일이나 머무르게 됐다. 인천 산단공단 숙소 역시 화장실, 빨래터, 부엌 등을 공동으로 사용해야 하는 환경은 비슷했다. 방은 2인 1실이었다. 윤희숙과 같은 방을 쓸 룸메이트는 전북 임실에서 올라온 공단 9년 차 베테랑이었다. 아따 솔찬히 키가 크네, 이 방에서만 파트너 바뀐 게 네 번 째랑게, 나가 동이여, 문동이. 자네 이름은 뭐랑가. 작은 키의 문동이는 거침없이 말을 걸어왔다. 눈 아래부터 광대까지 주근깨가 새까맣게 몰려 있었고, 눈은 작고 옆으로 길게 찢었으며 입술은 두꺼웠다. 가슴보다 배가 더 나올 만큼 살찐 모습이 우스꽝스러웠다. 희숙은 그녀와 친하게 지낼 수 있겠다는 감이 왔다.

문둥이가 새로 들어온 희숙한테 먼저 말을 걸어온 태도로 판단한 게 아니었다. 인상이 그랬다. '지나치게 친한 척해도 안되고 너무 경계해도 안 된다, 친한 줄 알았는데 배신하는 년이 있고 적인 줄 알았는데 결정적인 순간에 나를 돕는 년이 있다' 변태섭의 주의가 떠올랐다. 지 이름은 고.금.화입니더. 친구들이 고구마라고 불렀어예. 마, 언니도 편하게 불러주이소. 문둥이는 이름을 듣자마자 깔깔대고 웃었다. 오메, 듣고 봉께 고구마네잉 어따 부모님이 너무 했구마, 이름을 지을 때 생각 쪼까 하고 지었어야제. 너는 고구마, 나는 문둥이, 둥이란 이름이 좋아서 울아부지가 지었다는디 시상에 성을 생각 안 하고 지어부러서 문둥이라고 놀림을 을매나 받았는지 모른당게. 가운데 동자 중간에 있는 거 'ㅗ' 하나만 헷가닥 돌리면 멀쩡한 사람도 문둥이가 된당게. 니는 고구마, 나는 문둥이. 박장대소하는 모습이 순진한 아이 같았다.

동이는 비닐 옷장 두 개 중 왼쪽을 가리키며 그걸 사용하라 했다. 옷장 옆엔 사방 60센티미터 너비의 낮은 책상이 있었다. 책상 위에 중졸 검정고시 교재가 놓여있었다. 방은 군더더기 없이 깔끔하게 정리되었다. 동이 성격이 짐작되었다. 동이는 첫눈에 희숙에게 호감을 느낀 것 같았다. 잠시 밖으로 나가더니 접시에 사과 한 개를 가져왔다. 여기서 얼마나 있을지 모르지만 빨리 적응해야 혀, 나랑 있었던 아가들 모두 일을 모댔어. 한 놈은 아파서 나가고 한 놈은 다른 공장으로 가고 또 한 놈은… 동이는 말을 잇지 못했다. 괜히 꺼냈나 싶은 표정을 짓더니 화제를 돌렸다. 나가 봉제회사도 댕겨봤고, 가발 맹그는 회사도 댕겨봤고 신발 회사도 댕겨 봤는디 여그가 젤로 쉬워. 여그도 적응 모다면 딴데서 일 모대. 그랑게 꾀 안 부리고 열심히 하면 그럭저럭 견딜 수 있으니 딴맘 먹지 말고 돈 차곡차곡 모으더라고, 알것냐. 동이는 희숙이 언니라고 불러주니 희숙을 동생 대하듯 했다. 희숙은 문동이가 깍아 준 사과를 우적우적 씹으며 책상 위 교재에 눈을 돌리는 척했다. 나, 얼마 전에 검정고시 봐서 중학교 졸업했다 아입니꺼. 제 동생이 부산에서 수학 천재라예, 그래서 지도 수학은 조금 하지예. 혹시 모르는 거 있으면 가르쳐줘도 될까예? 마, 알아서 잘 하시겠지만. 동이의 작은 눈이 커졌다. 구세주 만난 표정이었다. 방 안에서 폴작폴작 뛰었다. 오메 오메 오메, 참말이랑가? 나가 국민핵교 댕길 때도 산수를 모대가지고 대글빡 나쁘다고 울 엄니헌티 매일 등짝 맞았는디 오메, 인자, 살긋네. 희숙은 속으로 쾌재를 불렀다.

이렇게 잘 풀릴 일이냐.

희숙과 동이는 부서가 달랐다. 희숙은 조립했고, 동이는 부품 분류와 포장까지 했다. 동이와 부서가 달라 공장에서 대화할 기회는 없었지만 일을 마친 후 숙소로 돌아오면 동이는 하루 일과를 보고하듯 떠들었다. 동이는 회사에서 벌어지는 크고 작은 시비에 대해서, 희숙은 노조설립에 대해 어떤 생각을 하는지 떠봤다. 처음 노조 얘기가 나왔을 때 동이는 노조가 설립되면 근로자에게 무슨 이득이 있는지 물었다. 궁금해서 물어본 게 아니었다. 동이는 옆 사업장에서 위장취업자가 선동해 위장취업자에게 휘둘린 근로자까지 해고당한 얘기를 전하며 괜히 노조니 어쩌니 만들다 해고라도 당하면 어쩌냐며 겁을 먹었다. 공장 내 근로자들 분위기는 노조설립에 부정적이었다. '일월'에서 벌어진 일은 아니었지만, 주변 공장에서 노동자 권리니, 복지니, 주장하다 쫓겨난 노동자들의 절박한 상황은 이미 알고 있었다. 지난해 신규노조가 200개 넘게 생겼다 해도 신규노조들은 정부나 사업주가 주는 불이익과 또 싸워야 했다. 불안전한 노조는 와해되거나, 있어도 제 기능을 못 했다. 두려움이나 불안은 전염성이 강했다. 해고당한 노동자들이 피켓을 들고 공장 앞에 진을 치고 있는 모습을 지나다 보면 해고노동자들에 대한 측은함과 회사에 대한 반발심이 생기기보다는 권리를 포기하는 편이 낫다는 생각이 들었다. 해고당하면 당장 입에 풀칠할 대안이 없다는 게 약자들의 공포였다. 노조가 생겨 사업주들을 압박해 노동자 권익이 향상되면 좋겠지만 자칫 잘못해 일자리를 잃게 된다면 그보다 무모한 시도는 없을 터였다. 동이도 마찬가지다. 아침부터 야근까지 일해 번 돈은 고스란히 고향 부모 댁으로 보내졌다. 동이한 달 월급은 고향 집 여섯 식구의 과거, 현재, 미래였다. 공장에서 일하는 동이의 권익보다 중요한 게 고향 식구들의 하루 먹거리였다. 인간답게 사는 건, 배고픔을 해결한 뒤의 일이었다.

아무리 희숙이 일을 빨리 배운다 해도 수십 년 여공들의 구력을 쫓아가기엔 턱없이 느린 손놀림이었다. 희숙은 구리 포일을 감싼 피복을 파란색과 빨간색, 검정색으로 분리한 후 다시 얇고 작은 하얀 플라스틱 통 안으로 집어넣는 작업을 했는데 세 개의 전선은 흰색 통 안에 들어가기도 전에 희숙의 손가락 사이를 빠져나갔다. 숙련된 여공들이 1분에 스무 개를 하는 동안 희숙은 겨우 두 개 정도였다. 그러나 아무도 초보 근로자의 미숙함을 탓하거나 눈치 주는 사람은 없었다. 단순 노동인 만큼 시간이 해결할 문제였다. 희숙은 자신의 느려터진 움직임을 성가심으로 여기지 않은 동료들과 친해지려고 노력했다. 룸메이트 문동이가 잘 챙겨주긴 해도 부서가 달랐고 직원만 500명인 공장에서 자신에 우호적인 동료에 다가가려면 시간이 필요했다. 희숙은 말은 줄이고 솔선수범하는 영역을 늘려나갔다. 잔업이 끝나면 숙소로 얼른 돌아가 저녁을 준비했는데 동이가 좋아하는 반찬 위주였다. 희숙은 숙소 사람들에게 인기였다. 손이 크고 넉넉한 인심 때문이었다.

희숙은 야근이 끝난 뒤, 늦은 저녁을 준비하러 부엌에 들어갔다. 동이는 희숙의 손에 전단지 한 장이 쥐어진 것을 보았다. 곤로에 불을 붙이려 성냥을 찾고 있는데 동이가 희숙이 손에 든 것이 무어냐고 물었다. 희숙은 숙소 앞에서 주웠다며 곤로에 불붙일 때 쓰려고 가져왔다며 돌돌 말아 쥐고 있던 전단지를 펼쳐봤다. 아까 자세히 못 보고 주었는데 뭐라고 쓴 거지? 검정색 바탕에 흰 글씨로 해고자 복직, 임금인상, 처우개선, 악덕 기업주 퇴진 등이 씌어 있었다. 동이는 혼잣말을 했다. 해고된 사람을 무슨 수로 복직시키냐, 그리고 짤린 사람들이 회사 앞에서 농성하고 작업 방해하믄 다 경찰에서 연행해 뚜드려 팬다는디? 희숙은 동이 손에 들려진 전단지를 빼앗아 불을 붙이며 말했다. 그거 못하게 노조 만드는 거라던데예. 우리 권리 지킬라꼬. 닭이 울어야 알을 낳든지 말든지 할 거 아인교.

22. 전태일을 찾아서

주말 저녁엔 동이의 검정고시 수학을 가르쳤다. 희숙이 검정고시 문제집을 보니 거의 저학년 산수 수준이었다. 그래도 쉽게 푸는 모습을 보이면 의심할 수도 있기에 몇 개 정도는 모르겠다고 연기했다. 생각 안 나는 척, 어려운 척, 하다가 풀었다. 그럴 때마다 동이는 천진난만한 아이처럼 좋아했다. 희숙이 동이가 검정고시에 합격할 수 있도록 도와줘야 일이 수월해질 게 분명했다. 검정고시 시험 날짜가 정해지자 희숙은 동이의 잔업을 대신하겠다고 자청했다. 아침, 저녁밥도 희숙이 준비했다. 동이는 합격하면 자기가 큰맘 먹고 고기 사주겠노라 약속했다.

동이는 검정고시 합격 자축의 의미로 고향 부모와 동생들에게 줄 옷을 장만하기 위해 희숙을 데리고 청계천 6가로 향했다. 평화시장에 도착한 시각은 12시가 조금 안 됐다. 동이는 배 속부터 채우자며 평화시장 2층에 있는 '모녀식당'부터 들렀다. 이미 식당 안에는 손님들로 가득 찼다. 자리가 날 때까지 식당 밖에서 기다려야 했다. 동상은 여그가 어딘지 아는가? 동이는 공장에서 주로 희숙에게 가르침을 받아온 걸 만회하겠다는 표정을 지었다. 그 표정엔 어딘가 모르게 자신감과 우쭐거림이 묻어있었다. 그냥 평범한 감자탕집 아닌교? 희숙이 촌티를 내려고 두리번거리며 말했다. 전태일이, 전태일 단골식당이자네,

자네, 전태일 모르제? 거 뭐시당가 근로법인가 그거랑 노동자들 권리 지킨다고 몸 불살라 죽은 전태일이 단골로 댕긴 식당이여.

희숙은 동이가 전태일에 대해 아는 걸 설명하도록 일부러 놀란 표정을 지었다. 이기 그기라예? 몰랐어예. 실제로 문둥이 입에서 전태일이 나올 줄 몰랐고, 전태일에 최대한 모르는 척하려고 희숙은 다소 오버하고 있었다. 동이는 희숙의 표정을 보고 신이 났는지 전태일에 대해 아는 만큼 설명했다. 전태일이 여, 평화시장에서 재단사로 일했자네, 전태일이 여그서 일할 때 말도 몬했어야. 그땐 더 심각했제. 그때나 지금이나 달라진 게 없다는 사람도 있지마는. 암튼 이쪽이 다 공장이었응게. 동이는 손가락으로 공장 위치를 가리켰다. 종일 공장에 처박혀서 벌레처럼 일만 하는 여공들 데리고 와서 밥 멕이

고 했다게. 그래도 전태일은 재단사라서 여공들보다 돈은 쪼매 더 받았거든. 미싱 박는 거보다 재단이 돈을 더 받아. 지금 뭐 노조네, 노동법이네 하고 싸우는 거 다 전태일이 죽고 나서 시작된 거제. 희숙은 동이가 어디까지 알고 있는지, 어떤 생각을 하고 있는지 알고 싶어 긴장하며 들었다. 아주머니가 자리 났다고 부르자 동이는 희숙의 손을 잡고 식당 안으로 들어갔다. 대화가 끊겨서 희숙은 일부러 전태일이 주로 주문해서 먹은 게 뭔지 물어봤다. 감자탕 아니면 반계탕을 시키면 된다고 했다. 희숙과 동이는 감자탕을 주문했다.

저도 노조니 뭐니 잘 몰라예, 근데 알아야 면장을 한다는 속담이 있다 아입니꺼. 검정고시 치는 것도, 대학 가는 것도 알고 보면 아는 게 힘이니까예, 그래야 우리 자신을 보호할 수 있고 그랄라꼬 배우는 거 아입니꺼. 언니 꿈이 뭔데예. 대입 검정고시까지는 봐야 안 되겠습니꺼. 중졸 시험 합격으로 자신감이 솟구친 동이의 얼굴에 화색이 돌았다. 그라제, 일단 고졸 검정시험까지 봐야제, 대학은 언감생심이지만도. 희숙은 화제를 다시 전태일로 돌렸다. 전태일이 죽기 전에 뭐라캤는지 아십니꺼. 근로기준법인가를 공부하다가 너무 어려버서 대학생 친구 하나만 있었으면 좋겠다고 했답니더. 그기 무슨 뜻이겠는교. 한마디로 아는 게 힘이다, 이 말 아인교. 맞으면서 왜 맞는지 모르고, 죽으면서 왜 죽는지 모르는 거만큼 억울한 게 어딨습니꺼.

동이가 희숙에게 물었다. 자네는 노조가 왜 필요한지 아는가? 노조가 왜 중헌디? 동이가 미끼를 물었구나 싶었지만, 희숙은 표시 내지 않았다. 지가 뭘 알아예, 잘 모르지예. 근데 우리 근로자들 일하는 환경이 더 나아지게 회사에 요구하고 우리가 열심히 일해서 회사가 돈을 벌면 그만큼 우리한테도 이익금을 나눠줘야 한다 아입니꺼. 그거 합법적으로 도와주는 조직이라예. 우리끼리 만들면 되는 게 아니라 조직 만들었다고 신고해야 하고 신고필증 나오면 정식으로 조직이 인정된다고 들었어예. 동이가 다시 물었다. 노조가 맹글어지믄 회사에서 맘대로 못 자르나? 그거 노조가 막아주는 거시제? 동이가 가장 궁금한 건 안 쫓겨나고 일할 수 있는 환경이었다. 아무리 환경이 개선되고 급여가 높아진다 해도 일자리를 잃게 되면 아무 소용 없는 짓이었다. 동이가 풀이 죽은 듯 힘겹게 말했다. 나가 일 모대불믄 시방 우리 가족 다 굶어죽응게… 희숙이 짧게 대답했다. 지도 안 쫓겨나고 벌어야 해예.

23. 두려움의 실체

　점심시간 사이렌이 울렸다. 동이가 희숙을 찾아왔는데 뛰었는지 숨이 찬 상태였다. 대단한 정보라도 들고 온 양, 상기된 표정이었다. 동이는 주변 시선에 아랑곳하지 않았다. 지금 우인 난리 났는갑서. 희숙이 물었다. 우인어패럴 말입니꺼, 무슨 일이라예? 우인 여자들 전부 머리에 띠 두르고 밖으로 뛰어나와서 데모한당게. 우인어패럴은 직원 900명을 둔 중견 기업이었다. 동이 말을 듣고 직원들이 우르르 창 쪽으로 다가가 밖을 내다보았다. 구호소리가 들렸다. 악덕기업 물러가라, 근로자 생존권을 보장하라!!! 단체로 외치는 소리 가운데 희미하게 한 여성 근로자의 앙칼진 소리가 허공을 가로질렀다. 이놈들아! 나도 내 새끼 먹여 살려야 된다고! 구경하고 있던 일월 근로자들이 웅성거렸다. 희숙은 창문에 모여든 직원들을 뒤로한 채, 동이한테 점심이나 먹으러 가자고 했다. 동요하지 않는 희숙의 모습에 동이가 낮고 조용하게 물었다. 요 공단 주변 사업장들 거의 다 노조 맹근다고 난리드만 우리도 뭔가 해야 하는 거 아녀? 안 해도 불안허고 해도 불안허고 미쳐 불것네. 희숙은 못 들은 척했다. 불을 지피기까지 좀 더 시간이 필요했다. 우인어패럴 여성 근로자 백여 명이 피켓과 현수막을 들고 거리 투쟁을 시작한 건 고무적이었다. 우인어패럴 대표는 악덕기업인으로 소문났다. 우인의 사측은 노조에 가입하려 하거나 협조한 근로자들을 색출해 해고하거나 임금 지불을 거부하는 등 강경책으로 맞섰다. 인도를 가득 메운 우인의 해직 여성노조원들은 회사 안으로 진입을 시도했고 그들을 경찰이 봉쇄했다. 그 과정에서 몸싸움이 벌어졌다. 욕설과 고성이 오갔다. 비켜, 왜 막는 거야? 우리 직장이라고! 짤린 년들이 우리 직장 좋아하네, 꺼져 이년들아! 뭐라고? 얻다 대고 욕지거리야? 얻다 대고? 이 쌍년들이 정신 못 차리네. 야, 뒤지고 싶어? 매운맛 좀 볼래!

희숙이 잠자코 때를 기다리란 지시를 받은 터였다. 공장활동을 위해 연습하고 훈련했던 건 조금씩 성과가 나고 있었다. 희숙은 '단위사업장 활동지침서'를 숙지했고 위장 근로자 보안지침서는 통째로 암기했다. 예를 들면 공동생활공간, 모임, 대화, 문건 등의 일상생활 수칙이나 피신, 신고, 조사 시 응대 사항, 근로자 포섭 방법, 근로자 관계 형성 방법 등은 입에서 줄줄 새어 나올 정도로 외웠다. 특히 희숙이 긴장을 풀지 않은 대목은, 잡혔을 때 조사 과정에서 수치심을 가져서는 안 된다는 내용이었다. 그것은 막연한 두려움을 갖게 했다. 희숙이 살아오면서 수치심 느낀 적이 어디 한두 번이랴. 가난한 집안의 입 하나 줄여보자고 막내 여동생을 오촌 당숙 집 양녀로 보낸 것, 아버지가 아픈 어머니 병원비 마련하러, 희숙의 대학 등록금 꾸러, 친척 집 전전하며 돈 구걸했던 것, 없는 집 딸년을 대학 보내려 한다는 주변의 비아냥을 감내하는 것. 모두 수치였고 가난에서 기인했다. 무시와 조롱, 비웃음은 견뎌야 할 수치심이 아니라 인내심이었다는 걸 희숙이 모를 리 없다. 그러나 그런 수치심의 종류와 차원이 다를 거라는 게, 막연한 두려움의 실체였다.

그보다, 두려움의 실체가 무엇인지 깨닫기까지 그리 오랜 시간이 걸리지 않았다. 면접 시 가운데 앉았던 남자는 회사 대표의 아들 권지호였다. 연세대 경영학과를 나와 아버지 사업체를 이어받을 생각으로 졸업 후 입사해 공장 현장에 투입됐다. 그는 침착하고 꼼꼼했으며 예리했다. 그가 경영하는 방식은, 법의 테두리를 벗어나지 않았다. 노동 환경이 열악하긴 해도 그건 일월만의 문제는 아니었다. 작업량이 많아 야근을 밥 먹듯 했지만, 월급을 제때 안 준다든지 그런 일은 없었다. 일월은 구로동맹파업 이후 노조가 늘어나는 것에 긴장한 상태였고 곧 일월에도 노조가 결성되리라 예상했을 것이다. 일월엔 비정규직이 정규직보다 많았는데 정규직 임금의 70%를 받고 있어서 근로자들이 불합리하다고 느끼지 않는 것 같았다.

월급을 제때 준 것 빼고 저임금, 초과근무, 부당 해고 등은 일월도 예외는 아니었다. 권지호는 아버지로부터 위임받은 권한을 눈에 띄지 않게, 불합리하다고 느끼지 않게 사용하는 능력이 있었다. 직급은 30대 중반 전무였으나 회사의 실세였고 그는 강경할 때와 타협할 때를 적절히 이용해 직원들을 관리했다.

주변 사업장에서 노조가 결성되었다는 소식으로 일월 내에서 술렁임이 포착되면 공공연히 직장 폐쇄하겠단 으름장을 놓았다. 그러나 권지호는, 자기 입으로 그런 말을 내뱉은 적이 없었다. 대머리나 반백 등 충신들의 입을 통해서였다. 권지호는, 대머리나 반백이 놓은 반협박, 반강제에 근로자들이 위축되어 있으면 위로하고 토닥거리는 역할을 했다. 직장 폐쇄라니요, 직장을 닫으면 여기 있는 식구들은 어디로 갑니까. 다 내 식구인데. 그런 일은 없을 겁니다, 이런 식이었다. 직원들 입장에서, 권지호는 고통의 화신도 시련의 저승사자도 아니었다. 오히려 권지호는 입사 후, 직원들에게 자신을 회사의 신문고로 활용하라 할 만큼 호의적이었다. 그의 등장 이후 회사 분위기가 달라졌다고 느낄 정도였으니까. 실질적으로 달라진 건 별로 없었지만, 사장 아들이 직원들에게 호의적이란 사실만으로 그들은 변화라고 혼동했다. 변화는 미미한 수준이었다. 이를테면 한 시간마다 작업장에 울리는 사이렌 소리, 사이렌이 울리면 작업하던 동작을 멈추고 허리를 펴든가, 물

을 마시러 가든가 할 수 있도록 잠깐의 공식적인 휴식이 주어
졌다. 단 10분이었다. 그러나 10분의 '틈'은, 신의 축복 같은
거였다.

24. 목구멍이 포도청

    대머리 양 부장이나 반백 정 이사의 으름장은 잠깐, 효과가 있었다. 동이는 희숙에게 틈만 나면 계속 '노조 만들다 걸리면 나만 손해'라는 소릴 해댔다. 동이의 겁먹음에는 동이와 같은 부서인 영미의 부정적인 반응도 한몫했다. 영미는 요즘 동이가 희숙과 같은 방을 쓰더니 좀 유식한 척, 전태일이 어떻고 노동자 권익이 어떻고 하며 아는 체하는 게 못마땅했다. 그리곤 동이에게 희숙이 어떤 존재인지 꼬치꼬치 캐묻곤 했다. 인천 토박이 영미는 희숙의 등장이 껄끄러웠다. 공장 내에서 가장 예쁘다고 인기 끌었던 영미에게 희숙이란 존재는 영미를 순식간에 2인자로 끌어내린 눈엣가시였다. 영미는 작은 키에 통통한 체형이었다. 예쁜 얼굴이라 할 수 없지만 눈웃음이 매력인 귀여운 상이었다. 어느 조직이든 외모는 제 눈에 안경이든 아니든 그들만의 리그에서 순위가 매겨지게 되어 있다. 영미는 남자 직장 동료들이 점심 식사 후 자기에게 인스턴트

커피, 껌, 초콜릿 등을 가져다주는 횟수가 줄어들고 농담하는 빈도수가 낮아지는 게 희숙이 자신의 몫을 가져갔다고 생각했다. 영미 생각에, 희숙은 일도 무뚝뚝하고 멋 낼 줄도 모르는 촌스러움이 있지만 왠지 자신에게 없는 교양미 같은 게 풍겼다. 남자 근로자나 직원들에게 눈길을 주지 않으며 말도 걸지 않은 그녀지만 남자들은 그런 희숙에게 거리를 느꼈고 그 거리감이 내재적 카리스마라고 생각했다. 동이는 희숙이 오기 전 쉬는 시간이나 점심시간에 영미와 보내는 시간이 많았다. 영미가 일월에서 제일 예쁘다고 추켜세워준 사람이 동이였다. 그런 동이가 이젠 희숙과 가깝게 지내고 영미에게 예쁘다는 말을 더 이상 꺼내지 않았다. 게다가 전보다 유식해진 변화는 분명 희숙의 영향이라 생각했다.

동이가 같은 조원들 서너 명과 점심 식사 후 공장 밖 나무 그늘 쉼터에서 주변 사업장에 퍼지고 있는 노조설립을 언급하자 영미는 발끈했다. 그녀는 마치 사측 대변인처럼 굴었다. 내가 일월에 들어온 지 만 6년 째야, 일월은 노조가 필요 없을 만큼 작업장 환경이 좋아지고 있어. 권지호 전무님이 우리 얘기 다 들어주잖아. 일이 많은 건 사실이지만 일이 많아지고 있다는 건, 회사가 커지고 있다는 거지. 그럼, 우리가 받는 급여도 높아질 거고. 연말 보너스도 일월만큼 많이 주는 곳이 어딨어. 5만 원이나 주잖아, 그거 안 주는 곳 많아, 알면서 그래. 희숙은 어이가 없었다. 일 많다고 크리스마스에도 일했잖아요. 희숙은 같은 나이지만 두 살이나 어리게 서류를 위조해서 영미한테 꼬박 존댓말을 했다. 희숙은 말을 이었다. 게다가, 신정 연휴에 휴가 달랑 이틀 주고 그나마 결근하는 사람은 연휴도 무급 처리하는데 작업장 환경이 좋아지고 있다고 하면 안 되지요. 물론 영미 언니 말대로 일월이 다른 곳보다 심하지는 않아요. 그건 맞지만… 영미는 희숙을 잠시 노려봤다. 자기 말에 대꾸해서 기분 나쁜 게 아니라 맞는 얘기여서 무안했다. 영미 자신이 연휴 전, 하루 결근해 무급 처리당한 게 떠올랐다. 그래도 영미는 자신이 억울하게 노동의 대가를 누리지 못했던 사실보다는 권리를 주장하는 과정에서 당할 일이 두려웠다. 영미는 다른 공장에서 노동조합 만들려 했다는 이유로 쫓겨난 노동자들이 출근하려다 회사 직원들에게 두들겨 맞은 얘기며 경찰에 끌려간 여공들이 당한 폭력, 성적 모욕 같은 얘기를 꺼냈다. 그런 걸 당하느니 가만히 있는 게 낫다고 했다. 여성 근로자들에게 성폭력, 성희롱과 같은 단어가 주는 공포는 상상 이상이었다. 생살여탈권을 쥔 자들의 손버릇과 언어 희롱은 예고편이나 마찬가지였다.

영미도 알았다. 예쁘다는 칭찬과 이것저것 챙기는 특혜 뒤의 엉큼하고 저속한 욕정의 속내를. 특히 대머리 양 부장이 누런 이를 드러내며 개구리처럼 튀어나온 눈으로 추파를 던질 때는 오장육부가 뒤틀리곤 했다. 영미가 양 부장에게 시달린 지는 오래됐다. 양 부장은 탕비실에 영미가 혼자 있거나 회의실이 비어있을 때를 노렸다. 탕비실에 있을 때는 재빨리 들어와 가슴과 엉덩이를 주무르며 거친 숨을 몰아쉬며 귀엣말을 했다. 오늘 밤 11시 10분까지 와. 회의실에선 더 노골적이었다. 사무실 창문 블라인드를 내리고 방문을 잠갔다. 문밖에는 회의 중이란 팻말을 걸어두었다. 대개 '회의 중' 팻말이 걸리면 직원들은 들어오지 않았다. 양 부장의 꼼수는 길어봐야 5분이었다. 영미의 회색 작업복 단추를 서둘러 풀고 브래지어를 올린 후 젖가슴을 두 손으로 모아 쪽쪽 빨았다. 영미는 양 부장이 젖가슴에 침을 묻히며 빨아댈 때마다 송충이가 기어 올라오는 느낌이 들었다. 양 부장이 영미 가슴에 머리를 박고 집중하는 모습을 위에서 보면 웃음이 나왔다. 귀 옆 주변 몇 개 안 남은 회색 머리칼 하며 파리가 앉았다가 미끄러질 정도로 맨질거리는 대머리가 애처로울 정도였다. 5분 정도 영미의 젖가슴을 빨고 나면 양 부장의 아랫도리가 불룩해졌다. 흥분할 때 흘러나온 쿠퍼액이 사타구니 쪽을 적셨다. 그러면 양 부장은 손수건에 물을 묻혀 얼룩을 지우곤 했는데 물 흔적이 더 번져 마치 바지에 오줌을 싼 일곱 살짜리 남아 같았다. 아무리 흥분해도, 양 부장은 5분을 넘기거나 다른 걸 요구하진 않았다. 어차피 양 부장의 욕정은 야근 이후 해결해도 충분했으니까. 영미는 양 부장이 신호를 보내면 야근 후 양 부장이 지시한 곳으로 갔다. 영미를 태운 양 부장은 차를 몰고 10분쯤 지나 비교적 한적한 골목길 담벼락에 주차했다. 양 부장은 영미에게 줄 선물부터 꺼냈다. 화장품 세트, 장갑, 목도리, 일제

스타킹, 실크 스카프, 때론 14K 실반지를 선물하기도 했다. 물론 현금도 챙겨주었다.

영미는 양 부장으로부터 선물을 받은 후, 다음 차례가 무엇인지 알고 있었다. 양 부장은 선물 세레모니가 끝나자마자 바지 벨트를 풀었다. 영미가 젖가슴으로, 손으로, 입으로 자기 성기를 애무해주는 걸 좋아했다. 양 부장은 키스도 직접적인 성행위도 하지 않고 오직 펠라치오를 즐겼다. 키 160센티미터 단신인 양 부장의 페니스는 길고 굵었다. 영미는 그의 성기가 목젖을 눌러 헛구역질이 났다. 특히 그의 것이 목구멍 끝까지 들어가도록 영미 머리를 짓눌렀고 그런 자세 때문에, 때때로 영미는 숨을 쉬기가 힘들었다. 양 부장은 좀처럼 사정하지 않고 시간을 끌었다. 영미가 기진맥진할 무렵 영미의 입 안 가득 그의 정액을 쏟아냈다. 차 문을 열고 입에 있던 정액을 뱉어내고 나면 친절한 양 부장은 입가심하라고 물병을 건넸다. 영미는 양 부장이 냄새나는 입으로 자신과 입맞춤하지 않은 것, 영미의 질 속으로 그의 것이 들어오지 않은 것만으로 다행이라 여겼다. 양 부장은 영미를 숙소에서 훨씬 떨어진 곳에 내려줬다. 걸어오면서 영미는 양 부장이 준, 비싼 선물 때문은 아니라고 도리질했다. 목구멍이 포도청이었다.

양 부장이 추행을 멈춘 건 권지호 덕분이었다. 권지호는 권위에 의한 상사들의 불미스런 언행이 발각되면 가차 없이 해고하겠다고 공고문을 냈다. 사업장 내 성폭행, 성추행은 비일비재했어도 여성 근로자들은 상담하거나 신고할 엄두를 못 냈다. 가해자든 피해자든 이름이 드러나면 직장을 그만둬야 했다. 여자 근로자들에게 권지호는 구세주였다. 여자들은 젊고 훤칠하고 똑똑한 사장 아들의 페어플레이에 열광했다. 그래서 더 노조설립이 찜찜했다. 영미는 노조설립을 반대하는 게 권지호에 대한 의리고 충성이라 생각했다.

희숙이 공장 환경에 익숙해지고 손이 빨라질 즈음, 권지호가 희숙을 찾았다. 공장 직원들과 잘 지내고 있다는 얘기 듣고 있다면서. 희숙에 대한 권지호의 관심은 자기 회사 직원 대하는 수준 정도여서 쓸데없이 긴장할 필요는 없었다. 희숙이 관리자급 혹은 동료들의 감시나 주의가 느껴졌다면 경계했을 터였다. 권지호는 일관성 있게 따뜻한 척, 무심했다. 잘못한 게 없어서 미워할 수 없는 캐릭터가 권지호였다. 그의 감시와 통제가 느슨한 형태로 비친 게 치밀한 전략이었다는 걸 희숙은 한참 뒤에나 깨달았다. 그는 비상한 머리를 들통나지 않게 관리했다. 평균 학력이 중졸인 근로자들 앞에서 명문대 천재성을 드러내는 행동은 유치하고 교만한 짓이었다. 권지호는 똑똑하게 처신했다. 겸손한 듯 자신의 위치를 상기시켰고 배려하는 듯 선을 그었다. 희숙에게 고금화 씨, 라고 부를 때마다 이름을 부른 건 맞는데 왜 놀린 것 같은 느낌이 드는지 알다가도 모를 일이었다. 분명 동료들이 부를 때와 다른 감이 있었다. 고금화 씨, 힘들지는 않아요? 그저 이 한마디뿐이었다. 물론 그의 관심은 공평해서, 그가 무상으로 베푼 말 한마디는 모든 직원이 수혜자였다.

희숙은 우연히 들은 것처럼 노조가 생기면 어떤 변화가 생기는지 툭툭 던지곤 했다. 무식하지만, 아는 게 힘인 듯 포장하는 건 쉬웠다. 세상이 어떻게 달라지고 있는지, 주변 사업장이 어떻게 돌아가는지 소문만 배달하면 되었다. 들은 말 옮기면서 덧붙인 내용은, 뭘 알아야 하든지 말든지 할꺼 아이가.

25. 미팅

　　승연은 주말에 오빠 고등학교 후배와 미팅이 있었다. 오빠가 괜찮은 놈만 골라서 4년 내내 진상하겠다고 약속한 첫 번째 만남이다. 자기 여동생을 소개할 때는 이미 신원 파악하고 적합한 인물인지 아닌지 검증이 끝났을 테지. 신촌역과 연대 가는 길에 있는 '러브파크'에서 오빠와 후배가 기다리고 있었다. '러브파크'는 지하에 있지만 어둡고 음습하지 않았다. 조명이 밝고 넓은, 내부 인테리어가 세련된 카페였다. 승연이 등장하자 오빠가 손을 흔들었다. 후배는 자리에서 벌떡 일어나 허리를 자기 키의 절반이나 굽혀 인사했다. 오빠는 소개만 해준 뒤 다른 약속 있다고 서둘러 나갔다. 후배는 승연과 같은 학번이었다. 대학 입학 후 일곱 번째 미팅이라 기대가 크다고 했다. 무슨 기대요? 승연의 질문에 후배는 두 손을 바지 사이로 비비며 수줍게 말했다. 일곱이 행운의 숫자니까요. 그럼 일흔일곱 번째는 행운도 두 배겠네요. 후배는 아, 그런가요. 그럼 일흔일곱 번까지 해야겠네요, 하며 멋쩍은 미소를 띠었다. 검정색 두꺼운 뿔테 안경을 쓴 그는 전형적인 이과생이었다. 똘망똘망한 눈매에 콧대가 오뚝했는데 뿔테 안경이 둔한 인상을 주었다. 말수가 적고 말투는 세련되지 않았다. 질문 하나하나에 이론적으로 생각하는 것이 습관이 된 사람이었다.

상대방이 어떤 이유로 질문하거나 대답하는 건지, 어떻게 하고 싶은 건지, 어떤 반응을 해야 하는지 몰랐다. 돌려서 말하거나 심지어 농담까지도 이해하지 못해 힘들어했다. 사물이나 현상에 과학적 이론만 적용하려 하고 감정이 통제 안 되면 당황했다. 연애할 때 중요한 건 현상을 이해하는 과정인데 습관대로 하려니 소통이 잘 안되는 것이다. 승연의 오빠가 그랬다. 가령 배가 고파서 뭐라도 먹자고 하면, 자기는 먹어서 안 먹는다. 그래도 같이 먹자, 권하면 배가 안 고픈데 왜 먹냐. 또 밥을 못 먹었다고 하면 왜 제시간에 밥을 안 먹고 다니냐, 이런 식이다. 1시간이 넘었는데 대화에 진척이 없었다. 승연은 재미없는 미팅을 서둘러 끝내고 싶었다. 몸이 안 좋다는 핑계를 댔다. 후배는 멍청하게도, 멀쩡했던 여자 몸이 갑자기 안 좋아질 수 있는 경우의 수를 철석같이 믿었다. 승연은 집까지 바래다주겠다는 후배의 호의를 거절했다. 후배는, 자신에게 흥미나 매력이 없어서 여자 몸이 아플 거라는 계산은 하지 못했다. 승연은 후배와 보내는 시간이 왜 무료하게 느껴지는지 생각했다. 편도체와 전두엽 사이의 소통 문제를 진단하고 장고의 역사를 이야기하며, 하늘을 붉게 물들인 석양 앞에서 킬리만자로의 표범을 들려주었던 남자가 떠올랐다. 그럴 리 없을 거야, 도리질했다.

세상에 멋있는 남자가 얼마나 많은데 하필 그겠어. 그가 뭐라고.

26. 민중이 지식인이다

기순은 농반 회원들과 함께 시위도 열심히, 세미나도 열심히, 연주 연습도 열심히 했다. 처음 농반에 가입할 당시, 그녀는 학생운동이나 시국 따위엔 관심이 없었다. 농반 활동이 진행되고, 세미나에 참석하면서 눈빛이 달라졌다. 기순의 얼굴에 유레카!를 외치던 아르키메데스처럼 발견의 기쁨이 나타났다. 기순은 몇 주 사이에 다른 사람이 되어갔다. 농반 선배들과 어울리며 시위에 적극적이었고, 수업에 빠지는 횟수가 늘어났다. 기순은 어떤 계기였는지, 자기에게 어떤 변화가 생겼는지 승연한테 털어놓지 않았다. 기순 자신과 승연은 본질적으로 물과 기름이라 여기는 것 같았다. 불과 얼마 전까지 봤던 기순이 맞나 싶을 정도로 낯선 존재가 되었다. 미국 유학을 꿈꾸며 영어 공부에 매진했고 혼자 사는 삶을 꿈꾸었던 평범한 여대생이 아니었다. 승연을 일부러 피하는 것 같지는 않았지만, 일부러 가까워지려 노력하지도 않았다. 마치 갈 길이

다른 사람처럼 행동했다. 농반 회원 중 비운동권인 학생은 단 한 명도 없었다. 연습이 끝나고 나면 하나의 절차처럼 진행되는 세미나에 모두 참여했다. 말이 세미나지 독서 클럽이나 다름없었다. 읽고 답하고 질문하고 성찰하기. 책 한 권을 주고 일주일에 세 번씩 세미나를 열었다. 승연은 적극 참여하지 않는 게 눈치 보였지만 그렇다고 농반 그 누구도 승연에게 세미나 참여를 강요하진 않았다.

어떤 날은 실천적 지식인의 역할을 두고, 어떤 날은 왜 사회주의여야 하는가, 또 다른 날은 한국의 기형적이고 왜곡된 자본주의 성장에 대해 발제, 토론했다. 승연은 세미나가 시작되면 혼자 벌떡 일어나 그들과 헤어지는 게 민망해지기 시작했다. 마치 세상의 공의나 변혁엔 관심 없는, 철없는 자본주의 신봉자로 치부되는 게 신경 쓰였다. 승연은 농반 회장이 추천한 책을 도서관에서 빌려 읽었다. 《민중과 사회》는 이해하기 어려운 내용이 아니었다. 객관적 실체로 존재했던 민중이, 현실의 모순을 인식하고 주체적인 실천 세력으로 발전해야 한다는 요지였다. 저자 머리말이다. '지식인은 비록 그의 과거 경험과 현재 생활의 어떤 부분이 철저한 피지배자의 특징과 다소 어긋난다 하더라도 자기 자신이 민중이라는 투철한 자의식을 갖고 있다. 통치 수단으로부터 소외를 가장 예리하게 느끼고 있는 대자적-대자적 민중은 자의식의 민중이고, 비판적 민중이고, 행동하는 민중-민중이 지식인이다' 민중이 헤게모

니를 쥐면 세상이 변하며 지식인이 행동함으로써 헤게모니를
바꿀 수 있다는 주장이었다. 잠에서 깨어난 민중, 의식화된
지식인이 대자적 민중이라면 자기가 민중이라는 자의식을 갖
지 못하는 민중, 잠에서 깨어나지 않은 민중, 즉 행동하지 않
는 승연은 즉자적 민중인 셈이었다. 민중과 지식인은 별개의
존재가 아니었다.

　기순이 부상했다는 소식을 들은 건, 10월 셋째 주 수요일,
오전부터 벌어진 시위가 점심때 소강상태였다가 오후 들어 다
시 격렬해진 시점이었다. 승연이 수업을 하는 둥, 마는 둥 농
반에 잠깐 들렀는데 기순을 가운데 두고 농반 멤버들은 물론
타과 학생들까지 모여 웅성거렸다. 기순이 눈에 최루 가루가
들어갔다며 응급조치하는 모습이었다. 기순이는 눈을 비비지
않았으나 발작하듯 몸을 비틀고 있었다. 지렁이처럼 꿈틀대
는 모습이 참담했다. 얼마나 가까이서 최루탄 가스에 노출됐
는지 기순의 주변에 있는 학생들까지 기침하고 눈물 흘렸다.
누군가 생리식염수를 가져와 기순의 눈에 부어주었다. 물과
생리식염수에 기순의 옷은 전부 젖었고 기순은 입구멍, 콧구
멍, 눈구멍으로 모든 분비물을 쏟아냈다. 승연은, 화상 입은
것처럼 살갗이 타들어 가는 고통에 몸부림치는 기순의 손을
잡았다. 기순아, 나야 승연이. 승연이 배낭에서 자신의 손수
건을 꺼내 물에 적셔 기순의 얼굴을 닦아냈다. 옆에 있던 남학
생이 소릴 지르며 욕을 했다. 이 쌍놈의 새끼들. 다 죽여라 죽

여. 시위가 벌어지면 최루분말 들이키는 거야 일상사지만 학우들이 다치는 광경을 보면, 분노는 순식간에 감염되었다. 남의 일이 아니었다. 군사독재정권을 반드시 끌어내려야 할 명분이 됐다. 농반 총무인 여자 선배가 기순을 화장실로 데려가게 도와달라 했다. 화장실에서 얼굴에 남아있는 잔류물을 비누로 씻어내야 했다. 승연은 기순을 일으켜 어깨에 멨다. 승연은 가슴에 울화가 치밀었다. 기순을 여자 선배의 기숙사로 옮겼다. 젖은 옷을 벗겨 샤워시키고 선배 옷으로 갈아입혔다. 기순은 기진맥진한 상태였고 얼마나 악을 쓰며 몸부림쳤는지 목이 쉬었다. 몸에서 열까지 났다. 그러면서도 동지들과 합류해서 계속 싸워야 한다고 고집부렸다. 승연은 기순에게 빵과 음료수, 먹을 것을 갖다 주고 막차 버스 시간까지 함께 있었다.

승연의 귀가가 조금씩 늦어지자 부모님의 걱정이 늘었다. 승연이 집에 들어오면 유난히 최루가스 냄새가 풍겼다. 옷에 남아있는 최루 가루를 털어내고 물로 닦아내도 냄새는 금방 빠지지 않았다. 지하철 곳곳에서 재채기하는 승객이 많아졌다. 서울도 사정은 같았다. 대학가 근처에서 버스나 지하철을 타면 옷에 밴 가루가 기관지를 타고 자극했다. 시민들이 콧물을 흘리고 기침했다. 가끔 데모하는 학생들을 욕하는 사람들이 있었지만, 대개는 민주화 운동을 동조하는 분위기였다. 승연 어머니는 승연이 몸에서 매번 매캐한 냄세가 날 때마다 시위하다 늦어진 건 아닌지 물어봤다. 너, 데모나 하고 다니는 거 아니지? 승연은 그때마다 말도 안 된다는 표정을 지었다. 우리 학교가 데모 전문학교인 거 몰라. 내가 데모 안 해도 사람들은 전교생이 데모하는 줄 알아. 어머니는 빨리 학교를 옮기든지 말든지 해야지 걱정이라고 응수했다. 학교 옮기는 건 승연의 몫인데 어머니한테 결정권이 있는 것처럼 말했다. 기순이가 최루가스에 몸져누운 날, 집안에 승연 몸에 밴 매운 냄새가 진동하자, 아버지는 승연을 불러 앉혔다. 혹시 너, 데모하고 다니는 거 아니지. 아버지 표정은 어느 때보다 무겁고 심각했다. 아버지는 짧게 말했다. 하지 마라. 괜히 남들 한다고 따라 하거나 남들 하는데 안 한다고 부채의식 같은 거 갖지 말고. 너희들이 학생 위치에서 공부 열심히 해서 나라에 기여하면 된다. 민주주의는 시간이 해결해, 피가 아니라. 데모로 민주주의 하자는 건 빨갱이들 발상이야.

걱정하지 마세요, 아버지. 우리 데모 안 해요.

아버지 염려를 아는, 아버지 일장 연설이 재탕될 걸 예상한 승미 언니가 축 처진 아버지 어깨를 주무르며 말했다. 아버지가 일어서면서 승연을 향해 말했다. 수업 끝나면 일찍 일찍 귀가해라. 학교가 멀어서 제일 걱정이 돼. 승연은 아무 대꾸도 못 하고 길게 한숨만 내쉬었다.

27. 희재 양화점

'희재 양화점'은 외가 오촌 당숙집에 양녀로 간 막내 이름을 따 지은 수제화 전문점이다. 6·25 터지고 아버지가 월남 후 생계를 위해 할 수 있는 일이 구두닦이였다. 윤희숙의 조부는 목사였다. 동란이 터지자 할아버지는 희숙 아버지와 할머니를 남한으로 먼저 내려보냈다. 그 뒤 희숙 아버지는 조부와 소식이 끊겼고, 모친은 아들을 데리고 부산까지 내려갔다. 아버지 형제들이 월남했다는 소식은 들려왔지만, 정확히 어디 사는지는 알 수 없었다. 구두닦이만 하다 국제시장 한 모퉁이를 얻어 구두수선을 배웠다. 스무 살에 어머니를 만나 결혼했는데 어머니도 신앙이 깊은 가정의 막내딸이었다. 희숙은 모태신앙이었다.

희숙 어머니는 막내를 낳은 지 3년 만에 혈액암이라는 불행과 마주했다. 중학생 희숙은 엄마 역할을 했다. 동생들 아침상 차려서 먹이고 등교시켰다. 아버지 도시락도 희숙이 몫이었다. 아버지는 손님이 없어도 아침 일찍 양화점으로 출근하셨다. 어머니가 돌아가신 후 집에서 일찍 나가고 늦게 들어오시는 습관이 생겼다. 아마도 어머니 기운이 남아있는 집에 계신 게 힘든 모양이었다. 희숙은 매일 양화점에 들러 도시락을 전달하고 등교했다. 하교하면 아버지 양화점 먼저 들렀다. 아저씨는 희숙이 양화점에 들르는 시각을 정확히 아셨다. 오후 다섯 시. 희숙은 수업이 일찍 끝나는 날은 교실에 남아 예습, 복습했고 늦게 끝나는 날은 시장에 들러 저녁거리를 사 갔다. 양화점에 들러 아버지께 인사부터 하고 집으로 들어가 동생들 저녁밥을 준비하는 게 반복된 패턴이었다. 희숙은 공부를 잘했다. 아버지는 양화점에 들른 희숙에게 매번 같은 질문을 했다. 오늘은 학교에서 뭘 배웠누. 학교에서 배운 게 많아 어떤 걸 말해야 할지 몰랐지만, 아버지가 궁금한 건 무얼 배웠는지가 아니라 학교에서 칭찬받은 이야기였다. 그걸 알았기에 희숙은 아버지가 듣고 싶어 하는 모범답안을 만들었다. 영어 경시대회에 뽑힌 이야기, 수학 모의고사에서 만점 받은 이야기, 100미터 달리기 1등. 희숙은 아버지에게 지난한 삶의 한 줄 희망이자 기쁨의 화수분이었다.

어머니는 암이 발병한 지 2년 만에 돌아가셨다. 아버지는 밀린 병원비를 빌리러 아는 집은 나 돌아다니셨다. 월남한 처지라 부산에 사는 친척이 있을 리 없었다. 아버지는 뒤늦게 내려온 삼촌 소식을 듣고 돈을 꾸기 위해 서울 사는 삼촌 집을 찾아가기도 했다. 빌린 돈으로 어머니 병원비를 감당하긴 역부족이었다. 어머니 오촌 당숙이 막내 희재를 양녀로 삼길 원했다. 오촌 당숙은 어머니 병원비도 해결해주었고 두 평 남짓 구둣가게를 열 수 있도록 해주었다. 희숙이는 심봉사 눈을 뜨게 한 심청이가 어린 희재에게 빙의됐다고 생각했다. 희재를 떠나보내던 날, 어머니를 보냈던 날보다 가족은 더 구슬프게 울었다. 희재가 왜 나만 가, 발버둥 칠 때 희숙은 어린 동생을 지킬 수 없는 상황에 깊이 모를 허탈감에 빠졌다. 그날따라 왜 그렇게 비는 억수로 내리는지. 아버지는 하나님도 슬퍼하나 보다, 했는데 희숙은 하나님이 원망스러웠다. 나중의 축복은 필요 없고 당장 닥친 불행만이라도 막아주셨으면. 아버지는 고난을 주실 때마다 기도하라 하셨지만, 희숙의 기도는 늘 원망으로 가득 찼다.

주여, 왜 우리에게 이토록 가혹하시나이까.

입시 준비하면서 희숙의 삶은 숨 가빴다. 반드시 서울대에 합격해야 등록금 걱정을 덜 수 있다. 아버지 양화점에 단골이 늘어나자, 희숙의 대학 등록금을 준비하기 시작했다. 동네 아주머니들과 계를 하면서 돈을 모았는데 서울대 등록금에 맞춘 것이었다. 고3 내내 아버지와 새벽기도를 빠뜨리지 않았고 아버지는 희숙의 시간을 절약하기 위해 스스로 도시락을 마련했다. 전교 10등 안에 들었던 희숙의 성적은 고3이 되면서 떨어지기 시작했다. 아버지는 희숙의 성적이 떨어지는 게 자신의 탓이라 생각했다. 과외도 안 하는 큰딸의 시간 부담을 덜어주기 위해 동생들 도시락까지 준비하셨다. 도시락 싸는 시간을 줄이면 공부 시간이 늘어날 거라는 판단이었다. 희숙의 성적이 떨어지기 시작한 게 아버지와 동생들 도시락 때문이 아니란 걸 희숙 아버지는 까맣게 몰랐다. 희숙은 새벽 기도를 빼먹지 않았다. 매일 5시 30분 예배를 보고 7시에 등교 준비를 했다. 도시락용 반찬이 따로 있는 건 아니었다. 매일 아침상에 올리는 밥과 반찬을 도시락통에 나눠 담으면 돼서 도시락 준비에 시간이 걸리진 않았다. 반찬은 김치나 콩자반 어묵조림 정도였고 가끔 김구이를 넣어주기도 했는데 그것들 대부분은 교회 집사님들이 가져다준 것이었다.

28. 교회 오빠, 변태섭

주중엔 새벽 예배만 드리지만, 주말엔 일요일 하루를 온전히 봉사로 교회에서 살다시피 했다. 지금까지 해왔던 일이고, 희숙이 교회 봉사하면서도 성적을 놓친 적 없어서 아버지는 그러려니 했다. 그리고 그 수고는 하나님께서 갚으시리라 믿었다. 같은 고등부 1년 선배 변태섭이 그랬다. 변태섭은 교회 성가대에, 새벽기도까지 다니면서 전교 1등을 놓친 적이 없었다. 서울대 경제학과에 들어간 그를 목사님은 하나님이 시간의 십일조에 기뻐하시고 응답하셔서 채워주신 결과라고 말했다. 그는 시간 핑계가 못난이들의 변명과 타협이란 것을 보란 듯이 보여준 셈이다. 더구나 변태섭의 어머니는 불교 신자에 일 년 열두 달 열세 번이나 제사 지내는 집안이었다. 변태섭을 보면서 희숙의 아버지는 당신 딸도 그러리라 믿었다. 성적을 떠나서, 하나님 섬기는 일은 삶의 우선순위라는 걸 아버지가 먼저 아셨다. 아버지가 모르는 게 있다면 윤희숙은 변태섭과 같은 달란트를 갖지 않았다는 것과 딸 희숙이 변태섭을 짝사랑하고 있다는 것이다. 희숙이 교회에 더 많은 시간을 할애한 이유는 변태섭을 더 자주 보기 위해서였다. 언제부터인가 변태섭은 희숙의 롤모델이자 설렘의 대상이었다. 시간이 갈수록 이성으로서 긴장감이 치열하게 가속되고 있었다. 변태섭은 희숙이 자신을 좋아하고 있다는 걸 아는지 몰라도 자잘하게 챙겨주긴 했다. 가령, 변태섭이 자기 아버지를 졸라 대학 입학 선물로 희재 양화점 구두를 세 켤레나 맞췄다든지, 주일에 수학이 약한 희숙의 남동생 희완을 불러다 오답 노트를 봐준다든지, 식사 때마다 밥은 먹었냐고 묻는다든지. 별 의미 없이 한 언동이었겠지만 희숙에겐 주님이 주시는 감사와 은혜만큼의 희열이었다.

변태섭은 대학생이 된 후 더 이상 교회에서 볼 수 없었다. 서울 이모 집에서 통학한다던 그를 다시 본 건 6월 말쯤이었다. 방학을 맞아 부산 집에 내려왔다는 소식은 들었는데 교회엔 얼굴을 비치지 않았다. 그러다 6월 마지막 주일에 불쑥 나타났다. 서울물이 들어서인지, 대학생이 돼서인지 그는 고등학교 때보다 훨씬 세련되고 성숙한 모습이었다. 고작 6개월 사이에. 그에게 외모의 변화 말고도 다른 변화가 있다는 걸 짐작했다. 대학 1학년 1학기를 마친 대학생의 모습은 아니었다. 의욕과 희망, 고뇌와 결기가 어우러진 분위기를 풍겼다. 그런 느낌은 아마도 어지러운 시국에, 그도 시위에 합류하지 않앉을까 하는 짐작 때문이었으리라. 청년부 진도시는 그가 반가운 나머지 그를 자기 집 저녁 식사에 초대했다. 대학생들만 초대받은 줄 알았는데 전도사는 희숙에게도 참석해달라 하셨다. 변태섭의 요청이었다는 걸 희숙은 까맣게 몰랐다. 변태섭은 저녁 식사 자리에서 자본주의 사회의 모순을 이야기했다. 시장경제 체제에서 자본을 축적한 자본가들의 독점적 이익이 극대화되면 점점 노동자들은 돈을 벌지 못하고 자본가의 이익만 쌓이는 현상이 일어난다고 설파했다. 여고생인 희숙은 그게 무슨 말인지 이해하지 못했다. 한 가지 분명한 것은, 자본가가 취득한 이윤은 타인의 노동이 축적된 결과물이란 것, 프롤레타리아 해방을 통해 자본가의 이익을 모든 노동자가 나눠 가질 때, 노동자 중심의 세상이 된다는 것이다. 적정 수준의 이익과 이윤을 국가가 나서서 통제하고 배분하면 의사든 변호사든 노동자든 모든 사람이 행복하게 살 수 있게 된다는 것이다. 희숙은 공부 잘하는 변태섭이 한 말이라 의심하지도, 의구심을 가질 필요도 없었다. 게다가 변태섭의 집안은 희숙처럼 가난하지 않았다. 변태섭의 아버지는 세관 공무원이었고 교회 사람들 얘기로 어머니는 부동산을 사고파는 복부인이라 했다. 유복한 집안의 변태섭이 부를 나눠 가져야 공평한 세상이라고 하니 자본주의는 타파해야 할 체제가 분명했다. 노동자가 자본가의 착취를 탓하는 것과 자본가가 자본가의 모순을 지적하는 건 달랐다. 변태섭은 기득권을 내려놓고 공평을 외치는 사람이라고 생각했다. 가난한 사람이 부를 나누자고 주장하면 억지처럼 들렸을 텐데 변태섭처럼 유복한 집안의 자식이 부의 균등을 주장하니 설득력 있었다. 모인 사람들 대부분은 그의 주장을 수긍했고 더러는 침묵으로 대신했다.

희숙은 학력고사를 앞둔 여름방학이었음에도 교회 청년부 수련회는 참여하겠다고 결정했다. 목사님이 수련회가 영적 성장의 기회라고 말씀하셨지만, 사실 성적 하락을 고민하던 고3 수험생에겐 갈등이 아닐 수 없었다. 부자가 천국 가는 게 서울대 들어가는 것보다 어렵다고 변태섭이 말하지 않았으면 희숙의 갈등은 더 깊었을 것이다. 변태섭은 늘 적절한 때에 명쾌한 힌트를 던져주곤 했다. 그의 힌트는 지쳐가는 자신과 타협하고 싶은 시점에서 번뜩였다. 그의 한마디는 인생의 미로에서 비상구를 발견하는 느낌이었다. 서울대 합격권에서 멀어진대도 영적 성장의 기회를 놓칠 순 없었다. 그런데다가, 교회의 누구도 고3이니 이번 수련회는 빠져도 된다, 권하는 이가 없었다. 하나님의 예비하심과 성도들의 믿음은 모든 문제의 해답이었다. 그렇다 쳐도 수련회 결심은 변태섭이 부자가 천국 가는 게 어렵다, 했던 일침보다 희숙이도 갈 거지? 란 한마디로 굳혀졌다. 변태섭이 오겠단 말도, 오라는 얘기도 아니었는데 나도 갈 거니까 너도 오란 소리로 해석했다.

29. 모두가 행복한 세상

변태섭은 수련회 마지막 날, 늦은 시각에 나타났다. 연수원 마당에 모닥불이 활활 타오를 때였다. 수련회 내내 변태섭이 안 나타나 아쉬웠던 마당이었다. 그는 수련회가 농활과 겹쳐서 일찍 오지 못했노라 했다. 서울대 친구 네 명과 왔는데 남자 셋, 여자 하나였다. 남자들은 같은 과 동기, 여자는 법대 2년 선배라고 했다. 변태섭이 청년부 교우들에게 함께 온 선배들을 소개하는데 여자 선배는 건성으로 손을 흔들었다. 변태섭 의지에 끌려온 여자 선배가 변태섭을 바라보는 눈빛은 그윽했다. 믿을 게 못 되는, 가벼운 촉이었지만 여자 선배가 변태섭을 좋아하는 것 같았다. 캠프파이어 중심으로 남자 동기들은 청년부 성도 사이사이로 앉았는데 여자는 변태섭 곁을 떠나지 않았다. 수시로 변태섭 얼굴을 쳐다보며 미소를 지었는데 희숙은 그녀의 눈길과 미소가 신경 쓰였다. 동시에 이상한 패배감이 들었다. 패배감은 그녀가 서울대생이라는 것과, 농활을 거쳐 변태섭과 부산까지 몇 날 며칠 동행했다는 사실에 기인했다. 불안한 패배감은 마치 본처를 바라보는 첩의 느낌처럼 묘한 상실감을 동반했다. 알고 보면, 밑도 끝도 없는 질투심이었다. 싸움에선-정신적이든 물리적이든-이겨야 의미가 있지 지면 아무 의미가 없다는 것을, 패자의 넋두리엔 '정신승리'만 남아있다는 것을, 희숙은 초라한 대입 성적표를 받았을 때 깨달았다.

희숙의 마음이 불 꺼진 장작처럼 쓸쓸한 걸 알았을까. 수련회 모닥불 피날레가 끝나고 모두 숙소로 돌아가려는데 변태섭이 희숙을 불렀다. 변태섭의 목소리는 다정했고 장작의 여열처럼 따뜻했다. 여자 선배를 상상함으로써 희숙의 치유되지 않은 상처들이 스멀스멀 올라오던 찰나였다. 희숙인 하나님이 사랑하는 귀한 보배니 반드시 좋은 결과가 있을 거야. 남은 시간 집중하면 돼. 꿋꿋, 씩씩, 당당. 모두 좌절하지 않으려고 붙잡았던 단어였다. 하지만 수없이 무너지고 박살 났던 순간을 버티게 한 건, 잘될 거라는 희망보다 버려지지 않을 거란 낙관이었다. 상투적으로 던졌던 말, 특별한 감흥 없이 들었던 말, '하나님이 사랑하는 귀한 보배'는 변태섭 입을 통해서야 진심이 됐다. 희숙은 목이 메어 고개만 끄덕였다. 느닷없이 여자 선배랑 무슨 관계냐고 묻고 싶었지만 그건 정말이지 주제넘은 실분일 게 뻔했다. 변태섭은 고개 숙인 희숙의 머리칼을 쓰다듬었다.

지금도 이렇게 예쁜데 대학 가면 얼마나 더 예쁠까.

희숙은 변태섭의 말이 사랑 고백처럼 느껴졌다. 희숙을 지탱하는 마지막 힘이 고작 교회 오빠 입에서 나왔다는 게 신기했다. 진짜 묻고 싶었던 말은, 아까 그 여자 선배랑 무슨 사이예요? 였는데 희숙의 질문은 엉뚱하게도 프롤레타리아 혁명으로 균등하게 배분되는 세상이 올지 물었다. 변태섭은 꺼져가는 모닥불 앞에서 고3 여학생의 진지한 질문에 심각한 표정으로 답했다. "우리가 그런 세상을 만들어야지!"

변태섭이 만들자는 모두가 행복한 세상에 대해 더 듣고 싶었는데 여자 선배가 변태섭을 불렀다. 태섭아, 여기서 뭐 해? 여자가 변태섭을 자기 애인인 양 다정하게 부르는 순간, 변태섭에 스르르 무너졌던 마음이 온데간데없이 사라졌다. 희숙 자신도 어떤 관계인지도 모를 여대생의 등장에 변태섭을 지켜야 한다는 일종의 사명감이 생겨 당황했다. 변태섭은 진지했던 표정을 거두고 여자한테 희숙을 인사시켰다. 선배, 제가 말했던 윤희숙이에요. 제가 말했던? 희숙에 관한 이야기를 여자 선배한테 했구나. 아무 사이가 아니라면 교회 여학생을 자기 학교 선배한테 이야기할 리 있나. 희숙의 머릿속이 복잡한 가운데 여자는 아, 그 애, 올리비아 핫세 닮았다는, 하며 말을 끝내기도 전에 여자 선배는 앉은뱅이 의자를 변태섭 옆으로 끌어다 놓더니 그의 어깨에 손을 올렸다. 올리비아 핫세 닮은 것 같기도 하고… 신앙심이 깊은가 봐, 공부 잘한다며? 고3이라고 했지? 여자의 말본새가 거슬렸지만, 변태섭이 그녀에게 깍듯이 존대하는 걸 보고 희숙은 감히 입을 떼지 못했다. 여자 선배는 분명히 희숙을 의식했다. 아직은 변태섭을 선점하지 못했지만 '내 거'라는 암시를 희숙에게 보였다. 변태섭 어깨에 스스럼없이 손을 올린다든가, 희숙을 애송이로 보는 눈빛이라든가.

변태섭은 주일 교회에 단 세 번 참석하곤 모습을 나타내지 않았다. 수련회 떠나기 전 주일, 수련회 마지막 날, 8월 초, 첫째 주일. 그날 저녁 변태섭은 희숙의 집 앞까지 찾아왔다. 옆집 개가 하도 짖어 아버지가 나가 보니 변태섭이 어슬렁거리고 있었다고 했다. 집이 맞는지 확인하려 서성거렸다고 했다. 아버지는 변태섭을 반갑게 맞았으며 무슨 일이냐고 했다. 변태섭은 희숙에게 줄 게 있다며 희숙을 불러달라고 부탁했다. 마침 설거지를 끝낸 희숙이 무슨 일인가 싶어 마당으로 나왔던 참이었다. 아버지는 둘이 얘기하라며 들어가셨다. 서울대 다니는 변태섭이 딸을 응원하는가 싶어 아버지는 흥분된 기분을 감추지 못하고 마치 당신 아들처럼 우리 변태섭이 왔네, 하셨다. 그는 다시 서울로 올라간다고 했다. 배낭에서 카드가 들어간 선물을 건넸다. 들어가서 뜯어 봐, 내년 겨울에 다시 내려올 때 좋은 소식 전해주고. 공부 열심히 해. 우리 같이 좋은 세상 만들어야지. 카드엔 서울에서 보자, 꼭 연락해.

그리고 이모네 집 전화번호가 적혀 있었다. 황금색 포장지를 벗겨보니 황금색 만년필이 액상 잉크병과 같이 들어있었다. 희숙은 무뚝뚝한 부산 사나이의 프로포즈라 생각했다.

30. 재회

    희숙은 기숙사 짐 정리를 끝내고 교내 공중전화 부스로 가 변태섭 이모 집에 전화했다. 누구세요? 쉰 목소리였다. 부산 억양이 있는 걸로 봐서 이모인 듯했다. 변태섭 오빠 고향 동생 윤희숙이라고 합니다. 내는 변태섭이 이몬데, 변태섭이 외출하고 없으니 저녁 10시쯤 다시 전화하세요, 메모 전달할 테니. 희숙은 밤 10시가 되길 기다렸다. 아직 기숙사는 난방이 되긴 해도 입실이 덜 완료된 상황이라 썰렁한 기운이 돌았다. 3인실 방에 희숙 말고 또 한 명의 짐이 풀리지 않은 채 침대 위에 놓여있었고, 나머지 침대는 비어있었다. 서울이 사고무친인 희숙이 연락할 수 있는 곳은 교회 권사님의 딸과 변태섭뿐이었다. 다행히 기숙사에서 동향 선배를 만났다. 10시까지 기다렸다 변태섭에게 다시 전화했다. 이모님이 받았는데 잠시 기다리라는 말에 가슴이 두근거렸다. 막상 변태섭이 받으면 무슨 말을 해야 할까. 변태섭을 부르는 소리가 수화기 건너로 들려왔다. 그 몇 초 사이, 희숙은 자신의 요동치는 심장 소릴 들었다. 일생일대에 그런 떨림음은 처음이었다. 전교생이 보는 강단 위에 올라 스피치했던 긴장도 이보다는 덜했다. 말로만 듣던 심장 터지는 느낌은 이런 거였다. 여보세요. 희숙이구나. 변태섭의 낮은 중저음이 심장 박동 속도를 늦춰주었다. 네, 올라왔어요. 기숙사 짐 풀고 지금 전화하는 거예요. 변태섭은 연락해줘서 고맙다고 했다. 변태섭은 잠시 침묵하다 내일 시간이 되느냐 물었다. 희숙은 침묵이 어떤 의미인지 생각했다. 만나는 게 부담스러운 건 아닌지, 여자친구가 있는 건 아닌지. 선뜻 대답 못하자 변태섭이 먼저 말을 꺼냈다. 만나는 거, 싫어? 희숙은 전광석화보다 빠르게 대답했다.

그럴 리가요. 만나요.

처음 갖는 감정이란 건 그토록 소중하고 고결했다. 여자친구가 있든, 부담스럽든 중요하지 않았다. 어떤 비참과 불행도 감당할 만큼 순수한 감정이었다.

변태섭이 운동권에 투신한 계기는 사소한 마찰과 퍼포먼스, 기대와 허탈이 발단이었다. 사소한 마찰은 학교 주변에 늘 있었다. 사복 경찰은 수배학생과 비슷한 옷차림만 해도 가방을 뒤졌다. 주로 비운동권 학생들과 마찰이었고 학생들은 지나친 검색에 반발했다. 중간고사 후 시위가 소강상태로 접어들었을 때였다. 변태섭은 사범대 식당에서 점심을 마친 뒤 도서관으로 향했다. 도서관 앞에서 시위가 벌어져 발길을 다시 사범대 쪽으로 돌렸다. 시위대가 사범대 쪽으로 달아나자 경찰이 흩어진 시위 학생들을 잡으러 쫓아갔다. 변태섭이 몰려온 시위대와 함께 엉겁결에 화장실 쪽으로 피신했다. 화장실엔 이미 피신해온 학생들로 가득 찼다. 화장실 밖에는 경찰이 문을 부술 기세로 두드렸다. 문 열어, 새끼들아! 너희 잡히면 다 죽었어! 하는 수 없이 화장실에 갇힌 학생들은 화장실 창문 밖으로 뛰어내렸고 변태섭도 그들을 따라 화장실 창문 밖으로 뛰어내렸다. 뛰어내리면서 발이 접질렸는지 통증이 느껴졌다. 절뚝거리며 뜀박질하고 있는 모양새가 우스웠다. 무슨 잘못을 한 것도 아닌데 도망자 신세가 된 기분이었다. 절름거리는 발로는 멀리 갈 수가 없었다. 설마 도망갔다고 절름거리는 학생을 잡아가겠나 싶어 인문관 앞으로 돌아 나오는데 경찰에 잡힌 한 학생이 목덜미가 잡힌 채 바닥에 다리가 닿은 상태로 질질 끌려가고 있었다. 연행된 학생 수가 몇 백 명이었다. 회의가 밀려왔다. 치열하게 공부해서 들어온 학교였다. 툭하면 휴강이고 학교 안은 크고 작은 소음으로 몸살을 앓았다. 내로라하는 석학들의 수업을 기대했지만, 그들이 가진 지식은 큰 감흥이 없었다. 성의 없이 시간만 때우는 건 아닌가 싶은 교수가 있었고 이게 대학 수업에서 들을 만한 내용인가 할 정도로 낮은 수준의 커리큘럼에 실망이 쌓여가던 나날이었다. 그마저도 시위로 허구한 날 휴강이라 학교 가는 게 짜증났

다. 수업 못 한 날이 많은 상태에서 술이라도 마시려 근처 곱
창집이나 순댓국집, 중국집에 모이면 경찰이 포위했다며 연
행하기 일쑤였다. 변태섭이 발을 절뚝거리며 선배들과 순댓
국집에서 선배들과 술 마시는데 경찰이 밀어닥쳤다. 타는 목
마름으로 한 곡 부른 게 연행 사유였다. 학번, 학과명, 이름을
쓰고 사진까지 찍혔다. 다신 불순한 노래를 부르지 않겠다,
불법 집단행동 안 하겠다는 반성문을 쓰고서야 새벽에 훈방됐
는데 나오면서 분노가 치밀었다. 밤새 발목 통증이 깊어진 상
태라 분노는 더욱 커졌다. 에이, 씨발!

희숙이 변태섭을 본지 대여섯 달이 지났는데 어제 만난 사
이처럼 친숙하게 느껴졌다. 전화로 목소리 듣기 전에 가슴이
뛰었던 것 같이, 만날 시각이 다가오자 가슴이 뛰기 시작됐
다. 교회에서 처음 그를 봤던 날을 떠올렸다. 그의 뒷자리에
앉아서 찬송가를 부르는데 큰 목소리가 거슬렸는지 그가 몸을
돌려 힐끗 쳐다봤다. 이내 그는 웃었다. 아마도 은혜가 넘쳐
두 팔 벌리며 눈을 감고 찬송하는 모습이 우스꽝스럽다고 느
꼈던 것 같다. 변태섭도 희숙도 처음으로 서로의 얼굴을 확인
했다. 희숙은 부산이 아닌, 서울에서, 교회가 아닌 카페에서
그를 보자 익숙한 얼굴임에도 낯설게 느껴졌다. 점심시간이
지나서 만났건만, 변태섭은 희숙에게 밥은 먹었냐, 고 물었
다. 밥은 먹었냐, 는 한마디에 조금 전 낯선 느낌은 오래된 사
이처럼 이내 편안해졌다. 변태섭의 하얀 얼굴은 여름에 봤던

것보다 까칠해 있었다. 짐작건대, 그는 평범한 대학생이 아닌 게 분명했다. 비장하고 무거운 분위기가 그랬다. 희숙이 선배라고 불러도 되냐, 물었다. 당연하지, 선배 맞잖아. 변태섭 얼굴에 그의 대답처럼 짧고 간결한 미소가 스쳤다. 변태섭이 수시로 시계를 들여다봤다. 바쁜 일이 있으면 가셔도 된다, 했더니 변태섭이 뜬금없이 물었다.

터미네이터 봤어?

31. 처음, 처녀

어머니 살아계실 때 가족과 '벤지'라는 영화를, 중학교 때 단체로 '죠스', 친구와 '라붐' 본 게 전부였다. 희숙의 청소년기는 어머니를 대신해 가족을 챙기고 공부에 매진하는 것 말고 선택할 수 있는 것들은 전부 호사였다. 변태섭은 영화 보러 가는 동안 버스 차창 밖으로 보이는 구간마다 짧게 설명했다. 여긴 아현 사거리야, 충정로야, 서소문이야, 광화문이야. TV에 제일 많이 나오는 곳이지. 다음이 종로, 우린 종로 3가에서 내릴 거고. 변태섭은 버스가 흔들릴 때, 버스에서 내릴 때, 두 번 희숙의 손을 잡았다. 감정은 없고 배려뿐인 접촉이었지만 희숙은 그때마다 가슴이 두근거렸다. 영화에 집중할 수 없었다. 변태섭이 영화 보는 중간에 희숙의 손을 잡았기 때문이다. 뿌리치는 건 맘에 없는 짓이고 가만히 놔두는 건 헤퍼 보일지 모른다는 생각이 들었다. 그래도 뿌리치면 변태섭이 무안할까 봐, 다신 희숙을 만나려 하지 않을까 봐 손을 그에게

맡겼다. 영화가 끝나고 변태섭은 희숙을 데리고 단성사 옆 중
국집으로 데려갔다. 여기가 서울에서 물만두랑 옛날짜장이
가장 유명하다는 곳이야. 특히 물만두가 다른 집이랑 달라.
입에서 터질 때 나오는 육즙이 끝내줘. 단무지에 식초를 듬뿍
뿌리면서 말했다. 짜장면이 나와 희숙은 긴 머리칼이 음식에
닿지 않도록 머리칼을 돌돌 말아 위로 올렸다. 익숙하게 젓가
락으로 머리카락을 고정했다. 변태섭은 희숙의 귀 옆으로 긴
머리카락 흘러내린 몇 가닥을 쓸어 귀 뒤로 넘겨 주었다. 영화
관에서 잡은 손의 여운이 아직 가시지 않은 상태에서 그의 손
길이 닿자 희숙의 심장이 미세하게 떨렸다.

　　변태섭은 중국집을 나와 종로 2가 쪽으로 내려갔다. 그를
졸졸 따라다니는 희숙의 모습이 부자연스럽게 느껴졌는지 변
태섭은 희숙의 어깨에 손을 걸쳤다. 종로 2가 골목 어딘가로
가더니 변태섭은 희숙의 손을 잡고 황금장 간판이 걸린 건물
로 들어갔다. 변태섭은 황금장 프런트에서 열쇠를 받은 뒤 다
시 희숙의 손을 잡고 계단을 통해 2층으로 올라갔다. 길을 걷
다가 골목으로 빠졌고, 거기서 모텔을 발견하곤 열쇠 받아 2
층으로 올라가기까지 순식간에 일어난 상황이었다. 게다가
변태섭의 태도가 너무 자연스러워서 희숙이 따져 묻는다는 게
이상할 정도였다. 열쇠로 문을 열고 들어가자 흰 침대와 맞은
편에 놓인 TV, 그 옆에 작은 화장대가 보였다. TV 앞에는 물
통이 있었고 수건과 일회용 칫솔이 놓여있었다. 변태섭은 멀

뚱하게 서 있는 희숙의 코트를 벗겨주며 괜찮아, 어제 잠을 못 자서 피곤했어. 잠깐만 쉬었다 가자. 안심해도 된다는 눈빛을 보냈다. 희숙은 여전히 신발을 벗지 못하고 문 앞에 서 있었다. 변태섭이 피식 웃으면서 계속 거기 서 있을 거야? 입가에 흐르는 미묘한 그 미소는 분명 '촌스럽다'는 형용사를 동반한 일종의 야유였다. 변태섭은 엉거주춤 신발을 벗고 들어온 희숙의 손을 낚아채듯 당기더니 침대 위로 앉혔다. 내가 그랬지, 대학 가면 얼마나 더 예쁘겠냐고. 중국집에서 머리카락을 쓸어올린 것처럼 변태섭은 희숙의 머리카락을 쓸어올리면서 말했다.

변태섭은 희숙의 머리칼 속으로 손가락을 집어넣더니 머리를 감싸 안고 오른손으로는 귀밑 볼 아래를 살포시 붙잡았다. 희숙이 숨 고를 틈도 주지 않고 변태섭은 혓바닥을 희숙의 입안으로 밀어 넣었다. 희숙은 옴짝달싹할 수가 없었다. 변태섭을 향한 설렘과 너무 이른 속도에 대한 불안함이 교차해서 머릿속이 복잡했다. 어느새 변태섭의 두 손은 희숙의 상의 속에서 하얀 속살을 더듬고 있었다. 희숙이 움찔하며 몸을 뒤로 뺐지만, 변태섭은 희숙의 몸이 달아나지 못하도록 뒤로 젖힌 채, 가쁜 숨을 몰아쉬고 있었다. 변태섭의 손은 빨랐다. 왼손으로는 희숙의 두 손을, 오른손으로는 브래지어를 풀었다. 변태섭은 속절없이 무방비 상태인 희숙의 젖가슴을 더듬었다. 물컹거리는 젖가슴이 손끝에 닿자 변태섭의 입에서 작은 탄식이 흘러나왔다. 희숙의 상의가 반쯤 올려졌다. 변태섭은 희숙의 몸 위로 올라가 기마자세를 취했다. 꼼짝없이 변태섭의 통제하에 놓인 게 됐다. 두렵기도 하고 떨리기도 한 순간 속에서도 변태섭의 여자가 되는 과정이라는 안도와 믿음이 불안한 감정 안에서 갈등하고 있었다. 변태섭은 상의를 벗었다. 희숙의 상의도 벗겼다. 변태섭은 전의를 상실한 아름다운 비너스의 봉긋한 젖무덤을 속수무책으로 방치된 모습을 내려보았다. 마른 몸에 비해 크고 성숙한 젖가슴이었다. 시골 선산의 조부모 봉분처럼 가지런했고 탐스러웠다. 희숙은 고개를 돌렸다. 차마 변태섭의 눈을 맞출 수가 없었다. 희숙은 두 손을 어디에 둬야 할지 몰랐다. 변태섭이 희숙의 손을 위로 올리곤 그녀의 가슴을 두 손으로 모아 쥐었다. 볼록하게 솟구친 젖가슴 위로 분홍빛 젖꼭지가 5월의 장미보다 선명했다. 변태섭은 흥분을 가라앉혀야 했다. 희숙의 몸을 천천히, 조금씩 음미하고픈 욕구가 생겼다. 변태섭은 눈을 감고 젖가슴에 혀를 갖다 대었다. 희숙은 몸을 꿈틀거렸다. 희숙은 변태섭의 자극에 자기 몸이 반응하는 게 부끄러운지 손으로 입을 막았다. 변태섭이 젖꼭지를 문 채 혀의 연주를 시작했다. 혀가 젖꼭지에 닿을 때마다 희숙의 몸은 갓 잡힌 물고기처럼 팔딱거렸다. 변태섭은 왼손과 입은 젖가슴에 두고 오른손으로 희숙의 바지 속을 더듬었다. 가슴을 포기했던 희숙이 아래만큼은 안 된다고 생각했는지 변태섭의 손을 잡았다. 고개를 좌우로 돌려 안 된다는 표시를 했다. 변태섭이 갑자기 일어나 희숙의 청바지를 아래로 끌어내렸다. 희숙의 손은 계속 저항하고 있었으나 결사적이진 않았다. 다만 일찍 체념하는 데에 대한 민망함이 남아 선지 변태섭에 잡힌 손아귀의 힘을 주었다, 풀었다를 반복했다. 변태섭이 거친 손길로 팬티마저 벗겼을 때, 희숙은 눈을 감았다. 희숙은 그 순간, 성도의 몸은 거룩한 하나님의 성전이란 말씀이 떠올랐다. 자신이 좋아하는 남자와 첫 관계 맺는 순간에 어째서 죄책감이 밀려오는지 알 수 없었다.

홍분이 고조된 변태섭은 희숙의 검고 풍성한 숲 사이로 한껏 부풀어진 성기를 밀어 넣으려 희숙의 다리를 벌렸다. 아무리 좋아하는 변태섭이지만, 희숙은 이런 식으로 그와 첫날을 맞이하고 싶지 않았다. 변태섭이 벌어진 다리 사이를 바라보는데 수치심이 들었다. 은밀하고 내밀한 곳을 누군가 보고 있다는 사실이 불쾌하게 느껴졌다. 희숙은 변태섭의 얼굴을 바라볼 수가 없었다. 희숙이 손으로 그곳을 가렸다. 슬프고 비참한 생각에 눈물이 흘렀다. 스무 해 동안 간직했던 순결을 내어주는 아쉬움이었는지 허망함 때문이었는지 알 수 없었다. 변태섭은 희숙의 손을 자신의 사타구니 가운데로 가져갔다. 희숙이 깜짝 놀라 손을 치웠다. 한 번도 본 적 없는 남자의 성기를, 보는 것도 민망하고 부끄러운데 만지도록 하다니 참을 수가 없었다. 변태섭은 다시 희숙의 손을 가져왔지만, 희숙은 만지기를 거부했다. 변태섭은 성기를 희숙의 아랫도리에 밀착했다. 딱딱한 물체가 희숙의 그곳에 닿자 공포심과 수치심이 극에 다다랐다. 희숙의 두 손이 변태섭의 손에 묶여 꼼짝 못 하자 희숙은 안간힘을 다해 엉덩이를 뒤로 빼려 발버둥 쳤다. 엉덩이 아래는 방바닥이라 뒤로 갈 틈이 없었다. 안 닿으려고 좌우로 엉덩이를 밀어보지만 소용없었다. 변태섭의 거친 숨소리는 절규에 가까운 희숙의 울부짖는 소리와 불협화음을 이뤘다. 희숙이 몸을 뒤트는 사이 변태섭은 자기 것을 손으로 잡고 희숙의 안으로 밀어 넣기 시작했다.

악.

날카로운 외마디가 스무 해 희숙의 순결한 정절을 끊어놓았다. 통증이 밀려왔다. 참을 수가 없었다. 찢어지는 듯한 통증 때문에, 희숙은 아무것도 생각할 수가 없었다. 희숙은 두 손으로 변태섭의 가슴을 밀쳐냈다. 변태섭의 혀가, 목덜미를 유린하고 젖가슴을 농락할 때 입 밖으로 신음소리가 새어 나올까 봐 입을 막았다. 소리가 나오는 게 부끄럽고 민망했다. 변태섭은 희숙이 통증으로 인상을 쓰는 동안에도 희숙의 몸을 눈으로, 입술로 핥았다. 아무도 가보지 못한 미지의 땅에서 작은 터널을 발견한 느낌이었다. 변태섭이 허리를 움직일 때마다 그녀의 풍만한 젖가슴이 출렁거렸다. 변태섭은 흔들리는 희숙의 가슴을 부여잡았다. 희숙의 통증은 해일처럼 밀려왔고 변태십의 욕정은 요동치는 배처럼 산만했다. 비명인지 흐느낌인지 희숙의 신음은 점점 더 커졌다. 아파서 내는 소리였을 텐데 변태섭은 고통을 느끼는 그녀에게 묘한 흥분을 느꼈다. 살이 살 속에서 요동치더니 변태섭의 몸이 희숙의 몸 위로 포개졌다. 차가운 겨울바람이 창문 틈새를 비집고 들어왔다. 겨울바람만큼 차디찬 그의 목소리가 낮게 깔렸다.

희숙이 처녀 맞구나.

32. 그 해 가을, 일감호

총학생회에서 오더가 떨어졌다. 농반, 탈반, 산악회, 연극반 할 것 없이 동아리 소속 학우들은 10월 마지막 주 화요일에 있을 건국대 애국학생투쟁연합 결성식에 참여할 준비를 마쳤다. 시위, 집회 등은 동아리를 통해 조직적으로 동원되기 때문에 일반 학생들은 어디서, 무슨 일이 일어나는지 알 수 없었다. 여러 갈래로 분열되어 있던 학생운동권은 분열과 반목을 멈추고 투쟁 방향을 반미자주화, 반파쇼 민주화, 조국통일투쟁으로 재설정했다. 애학투련 발족식을 거행하는 것은 대규모 연대투쟁을 전개할 목적이었다. 기순이 승연에게 동지로서 함께하자고 했다. 승연이 기순에게 동지라고는 했지만, 문제 속으로 같이 들어가자는 의미는 아니었다. 승연에게 동지란, 어려움에 처한 친구 곁을 지킨다는 뜻이었다.

태주는 정문 앞에 있었다. 그는 제1조 전투선봉대장이었다. 백골단이 들어오는 걸 막는 임무였다. 잘 훈련된 백골단과 싸우려면 태주 같은 선수가 나서야 했다. 주로 외부에서 활동하고 있었던 태주는 애학투련 결성식 전날 밤 오산에 갔다가 건국대 백골단 제1조 전선대를 진두지휘하라는 택을 받았다. 화염병은 세종대학교, 경희, 건국, 한양대가 만들었다. 그는 오산 캠퍼스에서 100여 명을 이끌고 정문 앞 50미터 지점에서 동향을 살피고 있었다. 건대 주변엔 수많은 경찰병력이 학교를 에워싸고 있었다. 경찰은 시위 정보를 알고 있었지만, 출입을 통제하진 않았다. 제16회 가을 국화전 관람객들도 학교 안팎을 오갔다. 그는 상황이 시위대에 좋지 않게 전개되고 있다고 판단했다. 경찰은 토끼몰이로 시위대를 건물 안으로 몬 다음 체포할 계획이었다. 태주는 학교에서 시위 전력이 있거나, 구류를 받거나, 전과가 있는 동지들은 빼자고 했다. 만약 이번에 대거 달리면 캠퍼스에 남아있는 학생이 거의 없을 거라 생각했다. 정부 방침은 전원 구속이었다. 특히 전과 있는 선수들이 잡히면 구속은 피할 수 없었다. 운동권이 무너질 수 있는 상황이었다.

본관 앞에 2천여 명이 모여 있었고 태주는 정문 쪽에서 한참 떨어진 곳을 지키고 있었다. 대규모 경찰이 학교 안으로 들어오기 시작하자 태주는 막으면서 물러나는 상황이 됐다. 집회하던 시위대는 사회과학관이나 학생회관 건물로 흩어졌다. 순식간에 아수라장이 됐다. 경찰은 학생들에게 최루탄과 사과탄을 쏘며 서서히 진격했고 학생들은 저항했다. 일부는 일 감호로 뛰어들었다. 건대 외부까지 경찰로 둘러싸인 마당에 시위대가 도망갈 곳은 없었다. 독 안에 든 쥐 형상이었다. 태 주는 민중병원 쪽 탈출로를 생각했다. 병원에 최루탄을 쏘진 않을 것이고 환자들이 드나드는 곳이라 그쪽은 틈이 있을 게 분명했다. 일단 퇴로를 확보하고 지대가 높은 건대역으로 가 서 상황을 봐야 했다. 본관 쪽으로 도망치던 전투선봉대 일부 는 동부경찰서에서 민중병원 방향으로 경찰이 넘어오는 걸 보 았다. 전선대에서 낙오된 3, 40명을 데리고 경찰과 싸우며 밖 으로 나갈 기회를 엿봤다.

　태주는 민중병원 방향으로 뛰어가는 와중에 황소상 근처 에서 최루탄 뒤집어쓰고 눈을 못 뜨고 한쪽에 쓰러져 정신을 못 차리고 있는 여학생을 발견했다. 승연이었다. 태주가 민중 병원 쪽으로 퇴로를 택한 것은 병원까지 최루탄을 쏘지는 않 을 거고, 환자들이 있는 곳이라 빠질 공간이 있을 거라는 판단 이었다. 태주는 승연의 손을 잡아챘다. 승연 어깨에 맨 무거 운 배낭을 벗겨 던졌다. 승연이 가느다랗게 뜬 눈으로 남자를 쳐다봤다. 태주가 외쳤다. 뛰어! 승연은 놀랄 여유가 없었다. 태주의 손을 잡고 태주가 이끄는 대로 뛰었다. 태주는 한 손엔 승연의 손을, 한 손엔 쇠 파이프 든 상태에서 경찰 2, 30명과 싸우고 있던 전선 대원들과 합류했다. 싸움은 치열했다. 마치 조직폭력배 패싸움처럼 살벌했다. 태주는 승연을 데리고 그곳을 빠져나왔다. 승연의 눈을 씻겨야 해서 지하철 플랫폼 화장실로 내려갔다. 태주와 승연은 서로 여긴 어떤 일인지 묻지 않았다. 태주는 승연이 진정되면 그녀를 집으로 보내고 다시 학교로 들어가려 했다. 학생들이 건물 안에 남아있던 상황이라 안으로 들어갈 기회를 엿봐야 했고 승연은 걸림돌이었다. 태주는 승연에게 집으로 가길 권했다. 저 안에 기순이, 선희가 있어요. 걔들 놔두고 못가요. 건대 상황은 더욱 나빠졌다. 본관으로 들어간 학생들은 포위상태에서 저항하는 것 말고 달리 방법이 없었다. 다시 건대 안으로 들어가는 일은 불가능했다. 태주는 승연이 귀가를 거부하자 오산 캠퍼스로 돌아가자고 했다.

33. 어쩌다 그는

쉴 곳이 필요했다. 매운 가스 냄새 밴 옷을 털어내고 지친 몸을 잠시 달래기로 했다. 태주의 자취방은 아름식당 뒤 50여 미터 떨어진 곳에 있었다. 반 한옥, 반 슬라브인 집 끝방이 태주 자취방이었다. 남자 자취방답지 않게 깨끗하게 청소되어 있었고 작은 창문 아래 책상, 그 옆에 조립식 옷장 하나가 전부였다. 방문 오른쪽으로 여름용 차렵이불이 얌전하게 개켜있었다. 조석으로 날씨가 쌀쌀한데 가을용 이불로 못 바꿨구나…. 승연은 방문 앞에 엉거주춤 서 있었다. 태주는 조립식 옷장에서 단추 달린 곤색 체크 무늬 셔츠를 꺼내 승연에게 건넸다. 그걸로 갈아입어. 입고 있는 옷에서 가스 냄새나, 털어줄게. 태주는 승연이 옷을 갈아입을 수 있도록 밖으로 나갔다. 잠시 후, 태주가 최루가루를 턴 승연의 옷을 가지고 들이닥쳤다. 나는 밤에 건대 근처로 다시 갈 거야. 태주는 갑갑한 표정을 지으며 말했다. 잠시 쉬었다가 집으로 돌아가. 승연이 너, 한가하게 보살필 여력이 없어. 건물 안으로 들어간 동지들은 못 나올 거다. 태주는 낮의 상황을 보고 다음 결과를 예상했다. 담담하게 말했지만 참담해 보이진 않았다. 무엇엔가에 단련된다는 것은, 감정을 담보로 하는 것이란 걸 태주의 얼굴이 말하고 있었다. 헬멧을 쓰고 방패와 곤봉 든 경찰에 맞서 싸우는 장면을 본 승연은 전선 대장이 어떤 존재인지 짐작했다. 그가 어떻게 살아왔는지, 무슨 공부를 했는지, 싸움은 왜 그렇게 잘하는지 물을 수가 없었다. 승연은 옷가지에서 냄새가 가셨는지 냄새를 맡았다. 한가하게 보살필 여력이 없다고 말한 사람을 붙잡아 둘 순 없었다. 물 한 모금 마실 시간도 없나요… 승연이 태주 눈치를 보며 말했다. 좀 더 있다가 나가자. 상황 봐서 나도 안으로 들어갈 거야. 어쩌면 지금이 나에게 주어진 유일한 자유시간일지도. 태주는 주인집 부엌에서 물을 가져와야 한다며 나갔다. 태주는 유리병에 든 보리차를 가져왔다. 먹을 게 없네. 승연은 보리차를 두 컵이나 연거푸 들이켰다. 물어볼 때가 아닌 줄 알지만, 대답해주지 않을지 모르지만, 승연은 듣고 싶었다. 학교엔 왜 안 나와요. 승연의 말에 태주는 피식 웃었다. 모르긴 해도 그 미소는, 한글을 못 뗀 아이와 칸트를 논하는 꼴과 같다는 의미였을 게다.

중학교 때부터 고등학교까지 안 해본 일이 없었어. 신문팔이, 구두닦이, 무역회사 사환, 찹쌀떡, 메밀묵, 우유배달, 담배, 만년필 장사. 가장 비싼 노동이 과외였어. 내가 공부 잘한다고 소문나니까 사촌 형이 소개해줘서 부잣집 꼴통 하나 가르쳤는데 4년제 갔어. 그때 걔 부모가 기분 좋다고 한 학기 등록금에 해당하는 돈을 주더라고. 그거 엄마 전부 갖다 드렸지. 난 내 인생에서 엄마가 그렇게 밝게 웃는 거, 처음 봤어. 돈이 행복을 주는구나. 근데 그 돈 내 형 감옥에서 빼느라 다 썼지. 형이 트럭을 모는데 새벽에 깜박 졸다 사람을 쳤거든. 있는 돈 없는 돈 다 긁어서 줘도 모자랐어. 누이동생은 미장원 시다야. 원장한테 빌려서 줬고, 나도 친구 변호사 형한테 사정해서 돈을 빌렸어. 돈 벌어서 갚겠다, 했거든. 과외 다시 시작하려 했는데 과외가 들어와야지. 대학 가기 전이야 공부 잘한 거 소문났으니 소개해준 거고. 대학 들어와선 아무도 지방대생한테 자기 새끼 안 맡기더라고. 닥치는 대로 일했지. 막노동도 하고 염료 공장도 가고, 염전도 가고, 돈이 되는 곳은 다 갔어. 갚아야 하니까. 하루에 10시간씩 일하는데 시간당 500에서 800원이야. 그나마 주면 다행이고 못 받을 때도 허다했으니. 중고등학교 때는 먹고 살아야 하니 노동했고, 지금까지는 갚으려고 노동했어. 물론 얼마 전에 다 갚았고. 다시 먹고 사는 노동해야지. 대학 4년 장학금 주니까 왔지, 내 주제에 대학 다니는 거, 사치지. 그래도 고등학교 졸업할 때만 해도 대학 나와야 몸으로 때우는 일은 안 하겠다 싶었어. 노동, 지긋지긋했거든. 태주는 방문을 조금 열고 담배를 연거푸 피웠다. 학교에 왜 안 나오냐는 질문이, 한 인간의 고통스러운 기억을 떠올리게 하는 일인 줄 몰랐다.

태주의 자취방을 나온 승연은 버스가 끊긴 것을 알았다. 학교 본관 몇 군데 불이 켜져 있었지만, 인기척은 없었다. 마을버스를 타려면 정문 앞에서 족히 1킬로미터는 걸어야 했다. 승연이 태주 뒤를 따라 이면 도로 위를 걷고 있을 때 뒤에서 승용차 한 대가 지나가며 경적을 울렸다. 교목이었다. 둘은 교목 차에 올랐다. 교목이 건대 소식 들은 거 없냐 물었고 태주는 모른다고 답했다. 교목은 태주와 승연이 학교에서 나왔기 때문에, 서울 시위대에 합류하지 않은 걸로 생각했다. 어쨌든 너희들은 거기 안 가서 다행이다. 얼른 귀가하렴. 태주는 승연과 신도림에서 헤어졌다. 승연은 헤어지면서 태주에게 내일 10시까지 건대역 2번 출구로 나가겠다고 했다. 태주는 그래라, 마라 소릴 안 했다. 한가하게 '승연을' 보살필 여력이 없다, 했던 말을 그새 잊었다.

34. 청계천 6가

경찰에 포위된 농성 학생들은 나흘 만에 전원 연행됐다. 오산 캠퍼스에서도 100명 이상이 연행돼 수업이 불가했다. 영문과에서는 기순과 선희, 철규를 비롯해 일곱 명이나 경찰서로 끌려갔다. 주동자가 누구냐는 경찰 신문 과정에서 김태주 이름이 나왔다. 형사들이 김태주 자취방에 들이닥쳐 사회과학서들을 모두 압수했지만, 그들이 찾는 유의미한 증거는 발견하지 못했다. 김태주에게 수배령이 내려졌다. 자취방으로 들어가기 전 김태주 자취방이 털렸다는 소식을 듣고 태주는 서울로 갔다. 경찰에 연행된 영문과 학우들 일곱 명은 전원 훈방됐지만 김태주 소식은 끊겨 승연은 불안했다. 어디서 그를 찾아야 할지, 만날 수는 있을지 궁금했다. 그가 건대 황소상 앞에서 승연을 발견하지 못했다면 승연도 경찰에 연행되었을 거고, 승연 아버지는 승연을 자퇴시켰을 것이다. 아버지는 평소 학교 다니기 힘들면 언제든지 말해라, 미국 이모네로 보내

유학하면 된다고 말씀하셨다. 아닌 게 아니라 아버지는 승연을 1년 후에 미국으로 보낼 계획을 하고 있었다. 막내 승연의 통학이 안쓰럽기도 했고 학력 콤플렉스에 시달리느니 일찌감치 유학 보내는 게 낫다고 생각했다.

김태주와 연락이 닿은 건, 11월 둘째 주말이었다. 전화선을 타고 들려온 김태주 목소리는 낮고 작았다. 모든 것이 궁금했지만 한꺼번에 물어볼 순 없었다. 밥은 제때 드시고 다니는 거죠?

밥이야 뭐, 걱정하지 말고. 승연의 마음속에 연민이 끓어오른 건 느닷없는 감정이 아니었다. 김태주가 뭘 하든, 김태주 곁을 지켜야 한다는 의무감은 충동이 아니었다. 종로 어학원 근처 커피숍에서 만나기로 약속했다. 김태주는 의외로 말끔한 차림이었다. 수배 중이라 해서 남루한 옷차림에 살 빠진 장발을 상상했다. 주로 기숙사에 숨거나 친구 집을 전전한다고 했다. 도망 다녀도 행동에 특별히 제약받지 않았다고 했다. 만화방에 가고 친구 면회 가고 선배 결혼식에도 참석했다며 수배 생활에 그다지 중압감을 느끼지 않는 것처럼 말했다. 서울대 연건 캠퍼스 소아과 병동 화장실은 따뜻해서 잠자기 좋았단 말을 하며 웃었을 땐 고단한 그의 삶이 만화처럼 그려졌다. 그가 승연을 데리고 간 곳은 청계천 피복공장이었다. 일용직이라 하루만 일할 때도 있고 운 좋으면 일주일도 가능하다 했다. 태주가 데려간 곳은 청계 6가 끄트머리였다. 낮은 3층 건물들이 청계 2가까지 이어졌는데 겉으로 봐선 공장인지 상점인지 분간이 안 됐다. 태주는 손가락으로 건물을 가리키며 들어가 보면 알아, 예전에는 3층에서 원단을 던져주면 2층에서 재단했지. 재단한 걸 1층에서 재봉틀로 박아. 지금은 1층이 상점이야. 원단 먼지 맡는 게 광산 분진 못지않게 건강에 나빠. 저기에 있는 근로자들은 폐병 원인이 뭔지도 모르고 죽을 때까지 일해. 태주는 걸음을 재촉하느라 승연의 손을 잡았다. 태주는 평화시장이란 간판 밑으로 난 계단으로 올라갔다. 알루미늄 미닫이를 여니 다다다다, 두두두두 소리가 마치 따발총 발사음처럼 들렸다. 누구 하나 지나가는 두 사람을 향해 고개를 들거나 눈을 맞추지 않았다. 태주는 승연의 손을 잡고 공장 견학하듯 열과 열 사이로 지나갔다. 창문 아래 공간에는 원단이 빼곡하게 쌓였고, 몇몇 남자가 담요같이 생긴 두꺼운 천을 공중에서 펄럭이자 천정에 매단 형광등 아래로 뽀얀 먼지가 흩뿌려진 물안개처럼 비쳤다. 계단 한 층을 더 올라가자 엄청난 양의 원단이 새벽 배달 전 보급소 신문지처럼 쌓여 있었다. 가위와 길게 휜 대나무 자를 들고 있는 사람들의 침묵은, 원단 먼지보다 무거워 보였다. 조그만 창문이 있긴 하지만 실내 공기를 환기할 만한 크기는 아니었다. 근로자들이 밤이 돼서 방을 비우면 공기 중에 부유하던 먼지는 바닥에서 포복하듯 기다렸다 출근 시각에 맞춰 활동을 시작하겠지.

할아버지가 양복점 하셨다지? 일제 시절 양복점 하셨으니 주로 일본군 장성이나 고위급 인사들이 단골이었겠네. 김태주는 신입생 환영회 때 승연의 자기소개를 기억했다. 혼자 사환 한둘 두고 재단, 재봉까지 다 하셨을 테니 솜씨가 대단하셨을 거야. 돈도 많이 버셨을 테고. 승연 아버님이 의류공장 하신다면 구로, 부천, 인천 주안 중 하나에 있겠네? 승연이 죄지은 사람처럼, 기어들어 가는 목소리로 말했다. 부평이요. 그는 열악한 피복공장 환경을 보고 나니 어때? 너희 아버지 공장도 다르지 않을 거야, 라고 말하고 싶은 걸 다르게 질문한 것 같았다. 여기 근로자들은 아침 7시에 나와서 일을 시작하지, 밤 11시까지. 여기서 일하는 여자들은 대단해. 집에 가서 애 밥 해먹이고 청소하고 빨래하고 도시락 싸서 여기와 까 먹어. 얼마 되지 않은 돈 아끼려고. 아프고 열 나도 계속 일해야 해. 한 3일 빠지면 쫓겨나거든. 그러니까 아파도 앉아서 재봉틀 돌리는 거야. 안질, 치질, 신경통, 신경성 위장병, 폐결핵 같은 거 달고 살아. 죽기 직전에 자기가 그런 몹쓸 병에 걸린 줄 알지. 아파도 진통제 먹고 견뎌야 했으니까. 내 사촌 누나가 결핵으로 죽는 순간까지 먼지 마시며 재봉틀 돌렸어. 죽어야 끝나더라고 가난이, 그러니까 가난은 죽음의 그림자인 거야. 가난이 운명인 사람들은 24시간 중 단 몇 분도 선택 못해. 시간이 노동이고 시간이 삶인 걸.

뼈마디 마디 부서지는 고통이. 그의 어깨에 내려앉은 무게

는 가난이라는 짐이었다. 짙은 고독과 외로움의 시작이 가난
이었고 가난을 끝내야 그의 외로움도 끝이 나는 거였다. 공장
한 바퀴 돌고 내려오니 밖은 어둑어둑했다. 태주는 승연의 손
을 잡아끌었다.

배 안 고파? 칼국수 먹을래?

35. 악덕 기업주는 강도

분노할 만큼 울분이 끓어오른 건 아니었다. 죽음의 그림
자를 밟고 사는 사람들의 가혹한 현실이 눈에 아른거렸다. 가
지고 누리는 걸 선택하지 못하는 운명이 있다는 게 서글펐다.
승연은 초점을 잃은 또래 여공의 눈이 아른거렸다. 잠자고 먹
고, 재봉틀 돌리는 일이 여공에겐 기계처럼 작동하는 삶 이상
도 이하도 아니었다. 시간을 선택할 수 있다는 건 인간이 비로
소 인간다워진다는 삶의 가치였다. 승연은 자기가 누리는 시
간이, 타인의 노동으로 채워진 호사였고 별다른 노력 없이 시
간을 소유했다는 생각에 가슴 한구석이 쓰라렸다.

승미는 어젯밤 술 마시고 늦게 들어와 아직 일어나지 못했
다. 승연은 주말 아침 식탁에 모인 가족의 얼굴을 찬찬히 살폈
다. 청계천 피복공장에서 고개를 떨구고 무표정한 얼굴로 삶
을 재단하는 노동자의 얼굴과 아버지, 엄마, 오빠의 얼굴이

겹쳤다. 아버지 공장에도 아직 젖살을 떼지 않은 승연 또래의 여공이 천 가루 마시며 재봉틀을 돌리고 있겠지. 아버지, 아버지 공장엔 여자 공장 직원이 모두 몇 명이에요? 승연의 뜬금없는 질문에 아버지 어머니가 밥을 뜨다 말고 승연의 얼굴을 멀뚱하게 쳐다보았다. 그건 왜 물어. 어머니가 아버지 얼굴을 흘끗 쳐다보며 말했다. 승연 옆에 앉은 승호가 여자 공장 직원이 뭐냐, 그냥 공순이라면 될걸. 하며 키득거렸다. 오빠, 꼭 그렇게 말해야 해? 공순이가 뭐야 공순이가! 불쌍한 애들을 왜 무시하는 거야! 승연은 숟가락을 식탁에 내려놓으며 승호를 노려봤다. 승호는 입에 밥을 가득 담은 채 잘 들리지 않는 발음으로 말했다. 야 인마, 나도 공돌이야, 산업현장에서 기계 다루는 일을 하면 모두 공순이, 공돌이지 그리고 불쌍하고 말고가 어딨어. 돈을 안 받냐 불쌍하게. 가시나 아침부터 왜 시비 걸고 난리냐.

어머니는 승호와 승연이 티격태격하는 모습에 조용히 하라고 하셨다. 아버지가 국을 뜨며 승연에게 여직원들만 200명 정도 된다고 말씀하셨다. 그리곤 어머니에게 약간의 짜증 섞인 말투로 말했다. 오늘은 국이 좀 짜네. 뜨거운 물 좀 갖고 와봐. 섞어 먹든지 해야겠어. 개수대에서 일을 하고 있던 이모가 국이 짜다는 말을 들었다. 얼른 다가와 죄송하다며 국을 새로 가져다드리겠다고 했다. 아버지는 승연에게 어머니와 같은 대답을 하셨다. 그건 왜 물어. 우리 과 동기 중에 동생이 피

163

복공장 재봉사로 일한다더라고요. 근데 월급도 제때 못 받고, 또 밤늦게까지 일하는데 야근 수당도 못 받는다고…. 이모가 새로 국을 가져왔다. 아버지는 국을 한번 뜨시더니 이제 간이 맞다는 듯 고개를 끄덕이며 말했다. 무슨 일이 있어도 월급 밀리는 일은 없어야지. 걔들 돈 모아 대부분 고향집 부모한테 부쳐주거나 적금 부어서 동생 학자금, 결혼 자금 마련하는 애들인데 한 달 펑크 나면 힘들지. 집을 저당 잡히는 한이 있더라도 직원들 월급 밀려선 안 되는 거야. 우리 회사는 야근 수당 꼬박꼬박 챙겨준다. 일 시켜놓고 돈 안 주면 그게 강도지 뭐야. 아버지 말씀이 끝나자 어머니와 승호, 승연은 서로 얼굴을 번갈아 쳐다봤다. 얼굴 가득 미소가 담겼다. 땀은 거짓말을 하지 않는다는 평소 아버지의 생활 철학이 근로자들을 대하는 마음에도 담겨 있는 것 같아 뿌듯했다. 아버지의 가치관은 할아버지로부터 받은 정신이었다. 아버지는 할 수 없이 할아버지 가업을 이어받아 사업을 진행하고 있긴 해도 아들 승호한테는 물려 줄 생각이 없다고 하셨다. 승호는 네 갈길 스스로 개척하라면서.

승연은 자기 아버지가 태주한테 들었던 악덕 기업주가 아니어서 다행이었고 그런 악덕 기업주를 강도 취급하고 있다는 게 자랑스러웠다. 승호도 으쓱했는지 몸을 승연 쪽으로 기울이며 말했다. 우리 아버지 같은 사장님만 계시면 노조가 필요 없을 텐데 말이지 안 그래? 아버진 직원 기숙사 만들어주는 게 목표라잖아. 아버지는 항상 밥은 반 공기만 드시고 대신 국을 다 드셨다. 아버지는 자리에서 일어서며 승연에게, 네 동기 동생이란 애, 미싱 경력 얼마나 됐니. 동생 이력서나 하나 받아두라 해. 승연의 입이 벌어졌다. 지어낸 얘긴데 이력서 받아두라니. 승연은 대답하지 못했고 아버지가 일어나신 뒤에야 밥을 뜨기 시작했다. 승호는 식사를 마치고 일어서며 승연에게 말했다. 너, 어나더 공돌이 소개받을래? 지난번 소개했던 후배 놈은 내가 봐도 디디해. 너한테 연락 없냐고 계속 묻기만 하더라. 우리 집 전화번호 아는데 너한테 연락하면 되지 나한테 왜 묻냐, 등신 새끼. 오빠가 딴 놈으로 해줄게. 아주 괜찮은 놈이 하나 있어. 무슨 방직 아들이라는데 회사 이름은 까먹었고 샤프하게 생겨서 너랑 맞을 것 같네. 언제 시간 되는지 물어볼 테니 그렇게 알고 있어.

식탁에 어머니와 단둘이 남은 승연은 이모가 듣지 못하게 낮고 조용한 목소리로 물었다. 엄마, 우리 집 이모, 월급 얼마 받아? 이모는 일요일도 공휴일도 없이 우리 집에서 숙식하면서 일하는데 이거 노동 착취 아닌가? 엄마는 어이없다는 듯 승연을 쳐다보았다. 얘가 진짜. 아빠가 악덕 기업주인지 아닌지 살피더니 이제 엄마가 악질 안방마님인지 아닌지 알아보는 거냐? 승연은 그냥 궁금했을 뿐이라고 대꾸했다. 엄마가 문득 생각난 듯 말했다. 근데 악질 기준이 뭐니? 의도는

순수한데 결과가 나쁜 거랑 의도는 불순했는데 친절한 것 중
어떤 게 악질이야? 승연은 생각해본 적 없는 문제였다.

36. 그 남자, 권지호

어디다 할까. 안에, 배에, 손에, 가슴에, 입에? 절정의 순간에서 권지호는 침착하고 상냥했다. 기다리는 동안에도 그의 몸은 멈추지 않았다. 대신 희숙은 조급해졌다. 손이요, 라고 대답했지만 어떻게 하라는 건지 알 수 없었다. 권지호는 여전히 친절했다. 그가 시키는 대로 약수 떠 마실 때처럼 두 손을 모으자 권지호가 그 위에 조심스럽게 정액을 부었다. 이러면 씻기 편하잖아. 권지호는 싱긋 웃었고 희숙은 멍하게 자기 손바닥에 담긴 그의 분비물을 바라보았다. 일을 마치고도 권지호는 뒷정리에 충실했다. 희숙을 꼭 안고 머리칼을 쓰다듬었고 얼굴을 어루만졌다. 섹스가 끝나면 피곤하다 나 좀 잘게, 하고 이내 스르르 코를 골아버리는 변태섭과 달랐다. 입술 사이로 그의 손가락이 지나갈 때 희숙은 그만 혀로 그걸 핥을 뻔했다. 뭐 먹고 싶니. 떡볶이요. 권지호는 잠시 생각하는 듯하더니 선선하게 대답했다. 그러자. 마침 나도 칼칼한 게

167

먹고 싶었거든. 막상 권지호가 희숙을 데리고 간 곳은 이태리 식당이었다. 여기 파스타가 맛이 떡볶이랑 비슷해. 이상한 남 자다. 멋대로인데 그렇다고 멋대로도 아니고. 맛은 권지호가 장담한 대로 시장 떡볶이와 비슷했다. 이틀 전에 권지호와 먹 었던 해피 타임 떡볶이. 일주일 전 오전 작업을 마치고 점심을 먹으러 가는 길이었다. 마주 오던 권지호가 지나치며 무심한 듯 물었다.

그런데 자기는 전공이 뭐야?

하마터면 영문학이요, 대답할 뻔했다. 희숙은 이게 무슨 상황이지? 분명히 희숙의 전공이 뭐냐고 물었다. 잘못 들은 게 아니었다. 그렇게 숨겼는데, 잘 숨겼다고 생각했는데 권지 호가 어떻게 알았을까? 희숙은 불안했다. 동료들과 잘 지내고 있었고 노동조합 설립 필요성을 조금씩 알리면서 조합원들 구 성하고 있었다. 일월 내 노조설립 분위기는 무르익었다. 희숙 이 주워들은 소식처럼 전달했고 관심 가질 만한 동료들과 어 울리며 정보를 흘렸다. 주변 사업장마다 다 노조가 설립돼 노 동자 편익이 향상되는데 우리만 없으면 손해 아닌가? 제법 머 리가 돌아가는 동료들 사이에서 나오는 볼멘소리는 시기가 다 가왔음을 알리는 신호탄이었다. 고지가 바로 저긴데 예서 말 수는 없었다. 희숙은 권지호를 만나기로 결심했다. 간단한 조 례가 끝나자마자 권지호가 있는 영업부 2층 사무실로 올라갔다. 창문으로 보니 권지호가 인스턴트커피 봉투를 들고 탕비실로 들어가고 있었다. 희숙은 노크 없이 문을 열고 들어갔다. 탕비실에서 컵을 들고나오던 권지호와 눈이 마주쳤다. 어? 고금화 씨, 어쩐 일? 무슨 할 말이라도? 희숙은 애교 섞인 목소리로 말했다. 저 떡볶이 사주세요. 해피타임 떡볶이요. 권지호는 콧잔등을 찡긋하더니 야릇한 표정을 지었다. 응. 알았어, 해피타임. 오늘은 내가 약속 있으니 목요일 어때? 좋아요. 권지호는 들고 있던 커피를 희숙에게 건넸다. 이거 자기가 마셔, 오늘도 해피타임, 고구마 파이팅. 해피타임 떡볶이 집에서 만나기 전에 또 한 번의 해프닝이 있었다. 희숙이 작업장에서 부품 포장 작업을 하고 있는데 권지호가 희숙 옆에 와서 노동조합 말이야, 영어로 Trade Union이 맞을까, Labor Union이 맞을까. 희숙이 못 들은 척, 아무 말도 하지 않았다. 권지호는 아, 맞다. 그거 영국 놈들은 Trade Union이라 하고 미국 놈들은 Labor Union이라 하더라. 애덤 스미스 국부론에 보면 이런 말이 나와. The workmen desire to get as much, the masters to give as little as possible. The former are disposed to combine in order to raise, the latter in order to lower, the wages of labour—노동자들은 최대한 많은 임금을 받으려고 하고 주인들은 최대한 적게 주려고 한다. 전자는 노동력의 가격을 높이려고, 그리고 후자는 낮추려고 뭉치는 경향을 지닌다—권지호는 희숙의 반응이나 표정을 확인하시 않고 휙 지나갔다. 도대체 권지호, 어디까지 아는 거야.

37. 패배한 영혼

　종로에서 영화 보고, 황금장에서 처음 사랑을 나눈 이후로, 변태섭은 희숙을 자주 찾았다. 변태섭은 이모 집에서 나와 낙성대 근처에 자취방을 얻었다. 그는 희숙에게 일주일에 책 하나씩 던져주고 읽어 오도록 했다. 의식화 개인 과외였다. 토요일 오전부터 오후 4시까지 과외 아르바이트가 끝나면 희숙은 간단한 찬거리를 준비해 변태섭의 자취방으로 향했다. 희숙은 변태섭의 여자가 됐다고 믿었다. 몸과 정신이 그와 하나가 되었으며 그와 함께하는 모든 것엔, 이유와 의미가 있었다. 학교 운동권 동아리는 물론 기숙사 내 운동권 선배들이 하는 세미나에도 열심히 참석했다. 변태섭이 던져준 책을 외울 정도로 읽고 또 읽었다. 모르는 게 있으면 기숙사 선배들한테 물었다. 변태섭을 실망하게 놔둘 순 없었다. 아니, 그가 기뻐하는 모습을 보고 싶었다. 변태섭을 만나는 날이면 희숙은 아침 일찍 학교 근처 공중목욕탕에 가서 몸을 정성껏 씻었다. 책을 읽고 목욕하고. 희숙에겐 제식 행위나 다름없었다. 그러나 막상 만나면 그는, 희숙이 요약 정리한 내용을 묻지도, 그녀의 생각을 묻지도 않았다. 다 잘 읽었겠지, 희숙이 똑똑한 거 아는데. 숙제 검사받기를 기다리는 학생처럼 가져온 책과 노트를 가지런히 책상 위에 올려놓으면, 변태섭은 책과 노트를 치우고 희숙을 방바닥에 눕혔다. 희숙의 가슴에 얼굴을 묻고 거친 숨을 몰아쉬었다. 앞으로 나 만날 땐 브래지어 하지 마. 희숙은 변태섭이 젖가슴을 움켜쥐고 젖꼭지를 빨 때마다 갓난아이에 젖을 물린 어미 같은 심정으로 그를 내려다보았다. 눈을 감고 젖꼭지에 집중하는 모습에서 희숙은 묘한 쾌감을 느꼈다. 변태섭은 후배위를 좋아했다. 변태섭은 젖꼭지를 깨물다가 갑자기 희숙의 몸을 뒤로 돌려 상의는 그대로 둔 채 가슴만 드러나게 한 뒤 희숙의 두 손은 책상 모서리를 잡게 했다. 변태섭은 희숙이 상체를 더 숙여, 희숙의 은밀한 곳이 천정을 향하도록 했다. 희숙이 가장 싫어하는 자세였다. 여자는 볼 수 없는, 보여주고 싶지 않은 두 개의 구멍을 감상하게 놔두는 일은 수치스러웠다. 책상 위 손바닥 크기의 거울을 통해 그가 어떤 표정을 짓는지 보였다. 그는 자기 손가락을 혀로 가져가 침을 묻혀 희숙의 그곳에 발랐다. 그가 손가락을 넣었다 뺐다 하는 모습이 거울에 비쳤다. 변태섭은 아마존을 탐험하다 길을 잃은 사람처럼 낯설고 신기한 표정을 지었다. 더욱 수치스러운 자세는, 희숙이 얼굴을 책상에 대고 두 손으로 양쪽 엉덩이를 벌리게 하는 것이었다. 희숙은 그런 자세를 요구할 때마다 마치 여러 명에게 강간당하는 느낌이 들었다. 보이지 않는 눈들이 희숙의 그곳을 바라보며 낄낄거리는 것 같은, 모멸감이었다. 거울 속 희숙은 무력에 짓밟혀 저항하기를 포기한, 인간의 존엄이라곤 한치도 남아 있지 않은 패배한 영혼이었다. 희숙은 제발 빨리 끝내길 바랐지만, 변태섭의 감상 속도는 더뎠다. 변태섭도 작은 거울로 희숙을 훔쳐보긴 마찬가지였다. 오히려 거울을 통해 그녀가 얼마나 절망하는지 확인하려는 눈치였다. 그녀가 절망할수록, 변태섭의 희열은 걷잡을 수 없이 뜨거웠다. 변태섭은 희한한 자세를 유지하게 하면서 무릎 꿇어 희숙의 다리 사이로 들어갔다. 변태섭이 머리를 쳐들면, 희숙의 그곳을 감상하는 꼴이었다. 여전히 희숙의 두 손이 엉덩이를 벌린 상태에서 변태섭은 혀의 향연을 시작했다. 변태섭은 마치 자동차 하부를 수리하는 수리공처럼 희숙의 배꼽 아래서 희숙의 그곳을 손으로, 입으로 핥고 만졌다. 희숙은 전혀 즐겁지 않았다. 변태섭이 좋아하고 요구하니까 할 뿐이었다. 부끄러워 견딜 수가 없었다. 변태섭은 희숙의 가슴이 양쪽, 위아래로 원을 그리며 출렁거릴 때마다 야수의 신음 소릴 냈다. 고문을 견디지 못한 남자가 고통에 무릎 꿇은 자신을 자학하다 울부짖는 소리와 비슷했다. 희숙이 부끄러워 고개를 숙이면 변태섭은 그녀의 머리채를 붙잡아 거울을 응시하게 했다. 거울 속 남녀는 사람이 아니었다. 욕정으로 가득한 한 쌍의 동물이었다. 가느다란 목구멍을 타고 희숙이 아, 아, 아, 신음 소릴 내면 변태섭은 손으로 희숙의 입을 막았다. 희숙의 엉덩이와 변태섭의 사타구니가 맞닿는 소리가 철벅 철벅 크게 났지만, 변태섭은 그것에 주의하지 않았다. 변태섭이 절정에 이르게 되면 희숙의 가슴을 터질 듯이 쥐어짜고 귀밑 목덜미를 이로 깨물곤 했는데 희숙은 소스라치게 놀라면서도 비명을 지르지 않았다. 그의 몰두와 집중을 깨고 싶지 않아서였다.

한바탕 격정이 지나고 나면 변태섭은 몹시 피곤한 듯 벌거벗은 채로 곯아떨어졌다. 희숙은 그런 변태섭의 모습을 안쓰럽게 바라봤다. 조금 전의 모멸감도 원망도, 그를 향한 연민 앞에서 연기처럼 사라졌다. 희숙은 변태섭의 나신을 이불로 가려주었다. 팔베개도 내어주었다. 그가 희숙의 품 안에서 곤히 잘 수 있도록.

변태섭은 일요일 아침, 희숙이 차려준 밥을 먹고 나갔다. 희숙은 설거지와 방 뒷정리 후 방문 열쇠를 대문 밖 화분 아래 두고 갔다. 책상엔 변태섭이 다음에 읽어 올 책을 메모지에 남기고 나갔는데 희숙은 메모지를 볼 때마다 쓴웃음을 지었다. 알아서 읽어 오라는 게지. 어차피 학교 세미나에서 공부할 줄 아니까. 그래도 희숙은 변태섭이 적어두고 간 책은 반드시 선배들이나 동기한테 빌려 읽었다. 탈춤반 활동도 게을리하지 않았다. 주일 예배도 거르지 않았다. 변태섭이 교회에 발을 끊은 건 안타까웠지만 그에게 주일 성수를 권하지는 않았다.

그에게 부담 주는 일은 하고 싶지 않았고 그가 하는 일은 하나
님의 주관이라고 믿었다. 변태섭은 희숙을 만나면 섹스부터
했고 섹스가 끝나면 왕의 하사품처럼 서울대 지하서클에서 기
획하고 있는 작전의 일부를 흘리곤 했다. 희숙은 그것을 들고
학교로 가 은밀하게 전달하곤 했는데 희숙으로부터 얻은 정보
가 중요하고 적확해서 선배들로부터 각별한 관리를 받았다.

38. 아기, 엄마, 희숙

희숙이 변태섭의 아이를 가진 건 두 차례였다. 1학년 겨울, 2학년 가을. 처음 몇 번은 질외사정을 했고 콘돔을 쓰기도 했다. 그러다 생리주기가 정확한 희숙이 콘돔 사용을 꺼리는 변태섭을 위해 배란일을 피해 관계를 갖는 방법을 택했다. 배란일이 되면 희숙도 성욕을 느꼈다. 콘돔이 준비 안 된 어느 날 질외사정을 시도한 게 임신이 되었다. 희숙은 만감이 교차했다. 사랑하는 남자의 아이를 가진 기쁨과 미혼모, 출산, 낙태, 라는 두려움 사이에서 갈등했다. 혹시, 낳자고 할지도 몰라. 희숙은 임신 전에 감기약이라도 먹었는지 돌이켜봤다. 아버지가 임신 소식을 알게 되면 반응이 어떨지도 생각했다. 학교는 그만두어야겠지. 그런 갈등이 얼마나 부질없는 짓인지 변태섭은 무안하리만큼 냉정하게 정리해줬다. 희숙이 임신 소식을 알리자 변태섭은 10만 원을 구해 주곤 병원엔 혼자 가, 미안하다는 말만 건넸다. 희숙은 신촌 로터리에서 동교동

가는 길목 언덕에 있는 산부인과로 갔다. 최영희 산부인과. 간판이 여자 이름이어서 들어간 곳은, 남자 의사가 운영하는 병원이었다. 임신 8주 지났으니 석 달째 들어가고요, 낙태할 거면 지금 수술 결정해야 해요. 망설이다 배불러 오면 수술하기 힘들어요. 다섯 달만 되어도 아이 태동이 느껴져요. 태동이라는 소리에 희숙은 울컥했다. 변태섭의 아이고 하나님이 주신 생명이었다. 네, 가능하면 빨리 수술해 주세요, 낳을 처지가 아니에요. 의사는 희숙의 얼굴을 보지 않고 동사무소 공무원처럼 말했다. 오늘 수술이 없는데 할 수 있으면 오늘 하든지. 준비가 안 됐다고 하자 의사는 환자가 준비할 건 결심뿐이라고 말했다. 다리를 벌리고 수술대에 오른 희숙의 몸이 사시나무 떨듯 떨렸다. 의사는 상담할 때 무심했던 태도와 달리 부드럽고 다정하게 말했다. 많이 떨리지요? 걱정 마요. 금방 끝날 거니까. 수술실은 냉기로 가득했다. 의사에게 몸이 춥다고 말하는 순간 잠이 들었다. 나이 든 간호사가 깨웠을 때 눈을 떠보니 회복실이었다. 방은 뜨끈뜨끈했다. 간호사는 집에 갈 시간인데 보호자가 없냐고 물었다. 낙태도 출산과 비슷하니 몸을 따뜻하게 하고 미역국을 먹으라 했다. 희숙은 주섬주섬 코트를 챙겨 입고 8시가 다 돼서야 병원을 나왔다. 눈이 펑펑 내리고 있었다. 마취가 덜 풀렸는지 입에서 단내가 나면서 어지럼이 느껴졌다. 눈길에 미끄러질까 봐 비탈길 옆 가로등에 기대어 잠시 쉬는데 뱃속 아기가 있었다는 사실이 그제야 생각났다. 돌아가신 엄마 생각이 났다. 흐르는 눈물이 엄마에 대한 그리움이었는지, 변태섭에 대한 서운함이었는지 알 수 없었다. 지독하게 외롭고 슬픈 겨울 저녁이었다.

두 번째 임신 소식에 변태섭은 돈을 건네주면서 짜증 섞인 볼멘소리를 했다. 여자가 피임 같은 건 알아서 해야지. 두 번째 임신은 확실히 희숙의 실수였다. 첫 소파수술 후 희숙은 경구용 피임약을 복용했다. 경구용 피임약은 가장 확실한 방법이었지만 부작용이 심했다. 구토와 멀미가 끊이지 않았다. 약을 잠시 끊은 사이 일이 벌어졌다. 임신이 문제가 아니라 희숙의 건강이 문제였다. 위장과 신장이 급속도로 나빠졌다. 불안정한 식습관에 기인한 영양실조, 스트레스였다. 두 번째 낙태 수술 후 건강 악화가 심해져 희숙은 더 이상 학교에 다닐 수가 없었다. 희숙은 2학년을 마치고 학교에 자퇴서를 냈다.

변태섭의 외면은 지독했고 잔인했다. 두 번이나 임신하고 수술했는데도 아기에 대한 연민을 드러내거나 희숙의 아픔에 동요하지 않았다. 희숙이 건강 문제로 휴학하겠다, 말을 했을 때도 반응하지 않았다. 억지로나마 걱정하거나 미안한 표정을 지으면 좋을 텐데 변태섭은 그러지 않았다. 대신 뭉칫돈을 주면서 옷이나 사 입어. 춥게 입고 다니지 말고, 정도로 마무리했다. 희숙은 몹시 서운했지만, 옷 사 입으라 돈 주는 게 변태섭의 애정과 위로의 어색한 표현이라 생각했다. 무뚝뚝한 부산 남자들이 원래 그렇지 하면서. 부산에 계신 아버지는 변태섭과 자주 만난다고 하니까 인심하는 분위기였다. 희숙은 변태섭이 준 뭉칫돈을 자기 옷 사는 데 쓰지 않고, 아버지와 두 동생, 막내 희재 옷을 장만해 보냈다. 변태섭이 사준 거라 했다. 그래, 변태섭이라카믄 내는 안심이데이. 희숙이 자퇴한 사실을 가족은 알지 못했다. 희숙이 동지들과 함께 임무를 완성하고 나면 세상은 바뀌어 있을 거고, 아버지는 공평한 세상을 맞게 된다. 그때 가서 털어놔도 된다고 생각했다.

변태섭이 희숙에게 이러저러한 이야기는 안 해도 희숙이 변태섭을 만날 때 세미나에서 공부한 내용을 조심스레 꺼내면 변태섭은 그저 묵묵히 듣고만 있었다. 다만, 가끔, 그는 프랑스 혁명에서 민주주의의 본질을 찾아야 한다고 말했다. 그러면서 세미나를 통한 지적 작업은 지식과 권력, 인간의 가슴과 뇌 사이를 동요하고 투쟁하는 관계를 탐구하는 과정이라고 했다. 새로운 세계에 진입하기 위한 문명화 작업이라고.

39. 비밀

떡볶이를 앞에 두고 권지호는 말했다. 자기 이거 알아? 노
동자들이 뭉쳐서 자본가들을 상대로 임금, 노동시간, 노동조
건 등에 대해 요구하는 상황이 점차 확산됐잖아. 그러면 자본
가들도 노동자들의 집단행동에 뭔가 대응해야 할 거 아냐, 막
말로 자본가가 나 못 살겠다, 공장 안 할래, 하면 누구 손해겠
어, 국가지. 그래서 국가가 법을 제정한 거야. 조직적인 노동
자들 활동 저지하려고 1779년에 영국 최초로 제정된 법이 '조
합법(Combination Act)'이야. 이런 건 당연히 알았을 거고. 암
튼, 그렇다는 얘기야. 이 정도면 희숙의 신분이 들통났다는
얘기였다. 희숙은 최대한 멀리 도망쳤다. 저한테 전공이 뭐냐
고 왜 물어봤어요? 검정고시에 전공이 어딨어요. 떡볶이를 질
겅질겅 씹으며 말했다. 떡볶이 양념이 입가에 잔뜩 묻었다.
설령 권지호가 눈치챘다 해도 그냥 던진 말일 수도 있었다. 권
지호가 살살 웃으며 말했다. 자기는 다 좋은데 자기가 사람들

에게 어떻게 보이는지 전혀 모르는 것 같더라. 걱정은 마, 노동조합 만드는 거 눈감아 줄 테니. 나는 너 눈감아줄 생각인데, 너는 나한테 뭐 줄 건데? 비즈니스라면 비즈니스로 해두자, 선수끼리. 희숙은 가슴이 철렁 내려앉았다. 이왕 들통난 거 여기서 더 아닌 척 우겼다간 망신당하고 쫓겨나겠다 싶었다. 아니, 그런 염려보다는 호기 있게 정면 돌파로 대처하는 게 낫겠다 싶었다. 뭘 원하시는데요. 권지호는 나중에 쪽지 줄 테니 거기서 보자고 했다.

신기했다. 희숙은 위장취업이 들통난 상황에서 담담할 수 있었던 자신이 믿기지 않았다. 권지호가 희숙의 존재를 알면서도 눈감아 준다고 한 이유에 대해 굳이 깊이 생각할 필요는 없었다. 권지호가 뭘 요구하든 눈감을 대가는 치욕일 것이고 어차피 갑을 관계에서 동등한 비즈니스란 없을 거니까. 희숙은 이미 저항할 뜻을 버리고 그의 요구에 어떤 반감이나 조건 따윈 제시하지 않으려 마음먹었다. 그러나 권지호는 열흘이 넘도록 그녀를 찾지 않았다. 담담하게 받아들이자 했던 처음의 결심도 시간이 지나도록 연락이 없자 초조함으로 바뀌었다. 권지호는 때론 전보다 친절하면서 때로 전보다 무심했다. 매도 빨리 맞으면 좋으련만 무슨 대단한 비즈니스라고 뜸을 들이는 건지 아니면 덮고 가려고 그가 배려하는 건지 추측하기 어려웠다.

노조설립을 마친 사업장들이 주변에서 빠른 속도로 늘어났고 희숙이 준비하는 일월의 노조설립도 연말 안으로는 가능할 것 같았다. 희숙은 잔업이 끝나고도 남아서 일했다. 화장실 청소도, 마룻바닥 닦는 일도, 잔업 정리도 도맡았다. 혹시 열심히 일하면 아무 대가 없이 눈감아 줄 수도 있겠지. 실낱같은 희망이지만 권지호의 태도에서 그 희망은 가능성으로 굳혀졌다. 보름째 되는 날, 권지호가 책 한 권을 들고 작업 중인 희숙 곁에 나타났다. 어이 고구마, '난장이가 쏘아올린 작은 공'이거 읽고 싶다면서. 집에 가서 찾아보니까 없더라. 내가 읽은 후에 누굴 빌려준 것 같은데, 도무지 기억이 안 나더라. 그래서 책방에 가서 샀어. 고구마가 읽어 보고 여기 언니 동생들한테도 빌려줘. 서민의 삶이 사실적으로 그려졌더라. 여기서 이런 말이 나와. 천국에 사는 사람들은 지옥을 생각할 필요가 없다. 그러나 우리 식구는 지옥에 살면서 천국을 생각했다. 근데 틀렸어. 천국에 살면서 지옥을 생각하지 않는 사람들이 지옥을 경험하거든. 지옥에 살면서 천국을 생각하는 사람들은 꿈이라도 꾸지. 안 그래? 권지호 말을 들으면서 책을 후루룩 훑어보는데 책 사이에서 뭔가가 툭 떨어졌다. 딱지 모양으로 접은 쪽지였다. 희숙은 누가 볼까 놀라 얼른 집어 들었다. 화장실에 가서 쪽지를 펼쳤다. 로얄장 207호, 9시. 야근 없음.

40. 로얄장 207호

로얄장은 공장에서 1킬로미터 정도 떨어진 곳에 있었다. 대로와는 반대편 골목에 있어서 사람들이 뜸했고 희숙 역시 그쪽으로 걸어보긴 처음이었다. 희숙의 옆을 승용차 하나가 스쳐 지나갔다. 차를 타고 왔다가 차를 타고 돌아 나오는 그런 곳이었다. 카운터에 앉은 중년의 여자는 희숙을 힐끔 보았을 뿐 어떤 말도 묻지 않았다. 그냥, 그런 곳이었다. 희숙은 심호흡을 한 번 하고 207호로 들어갔다. 비교적 깨끗하게 보이는 요와 이불이 창가 밑에 놓였고 방바닥 중앙에 맥주와 마른안주, 귤 한 봉지가 사각 쟁반 위에 얌전히 놓여있었다. 희숙이 상기된 표정으로 들어가자 권지호가 반색했다. 어서 와, 일하느라 고생했네, 내가 오늘 금화 부서만 야근시키지 말라 했어. 포장 작업은 다음 주부터 해도 돼. 여기가 따뜻하니 이리로 앉아서 몸 좀 녹여. 권지호는 일어나서 희숙의 점퍼를 벗겨 벽에 박힌 옷걸이에 걸었다. 그래도 쭈뼛하고 서 있자 희숙의 어깨를 감싸 안아 바닥에 깔린 요 위로 앉혔다. 추우면 요 아래로 손을 넣어봐. 요 아래가 뜨끈뜨끈해. 권지호가 희숙의 손을 잡아당겨 요 밑으로 넣으며 말했다. 이미 샤워했는지 그의 몸에서 비누향이 났다. 권지호가 요 아래로 넣은 희숙의 손 위에 자기 손을 올려놓아 한참 동안 손이 데워지도록 놔뒀다. 희숙이 눈을 어디에 두어야 할지 몰라 고개를 이리저리 돌리자, 한 손을 빼내 희숙의 얼굴을 어루만졌다. 괜찮아. 어색함도 잠시야, 곧 가까워질 텐데 뭘. 그리곤 나무젓가락으로 병맥주 뚜껑을 땄다. 하얀 기체가 솟구쳤다. 한 잔만 마시고 시작하자. 시작? 섹스하자는 말이었다. 긴장으로 목이 마른 희숙은 요 밑에 두었던 손을 빼 권지호가 따 놓은 맥주병을 입에 대고 마시기 시작했다. 어허, 성격 급하네. 그렇게 마실 거면 맥주병 입구 좀 닦아주려고 했더니. 권지호는 말하면서 동시에 귤껍질을 까고 있었다. 희숙이 반병쯤 마시고 병을 내려놓자 희숙의 입에 땅콩과 귤을 넣어줬다. 비즈니스부터 하시지요. 희숙이 상의를 훌러덩 벗자 권지호가 저지했다. 먼저 씻고 와, 나는 깨끗한 게 좋아서. 희숙이 권지호 얼굴을 뚫어지게 쳐다보다 마지못해 수건을 들고 샤워실로 갔다.

빨리 끝내지 뜸 들이고 있네.

라고 희숙은 생각했다. 희숙이 샤워를 끝내고 수건 한 장에 몸을 가린 채 화장실 밖으로 나왔을 때 권지호는 이미 실오라기 하나 남기지 않은 채 이불 속으로 들어가 있었다. 불은 꺼져 있고 가로등 불이 방안을 비추고 있었다. 희숙이 몸을 가리고 있던 수건을 치우자 창문 빛이 희숙의 나신을 조명처럼 밝혀주었다. 권지호는 이불 모서리를 걷어 들어오라는 시늉을 했다. 희숙은 이 시간이 빨리 지나가길 바랐지만, 권지호는 느긋했다. 희숙의 몸은 마치 폭풍우로 외딴섬 해안가에 고립된 조각배 마냥, 속수무책이었다. 징벌적 권력 앞에서 성적 자기 결정권은 무의미했다. 우아하고 고급스런 방법은 없었다. 약자에게 선택권은 없었다. 맞서겠다는 충동을 버린 지 오래였다. 네가 원한다면, 내가 무너지는 걸 보고 싶다면 그렇게 해주마. 네가 해달라는 대로 해서 성취할 무엇이 있다면 그렇게 하마. 희숙은 이를 악물었다. 그게 몇 시간 전의 상황이었다. 그리고 지금은 권지호와 함께 태연하게 파스타를 먹고 있는 자신을 희숙은 이해할 수도, 납득할 수도 없었다.

권지호는 일주일에 한 번씩 희숙을 로얄장 207호로 불렀다. 그는 항상 먼저 샤워를 마친 후였고 맥주와 안주를 준비했다. 그가 희숙을 다루는 방법은 변태섭과 달랐다. 좋은지 안 좋은지 수시로 물었고 어느 곳을 애무해야 희숙이 반응하는지 기억했다. 부드럽게, 천천히. 그렇다고 권지호가 실험적이지 않은 건 아니었다. 온갖 새로운 방법의 체위를 시도했고 섹스에 상당히 공을 들였다. 권지호는 희숙의 호기심을 자극했고 그녀의 몸에 자부심 갖도록 유도했다. 굴욕이라 느꼈던 섹스에 차츰 희열을 느끼는 자신이 저주스러웠지만 희숙의 몸은 의지와 상관없이 두 갈래로 길들고 있었다. 변태섭이 희숙에게 이렇게 하자, 저렇게 하자 묻지 않고 일방적으로 자신의 욕정을 푸는 데 몰입한 반면, 권지호는 언제나 희숙의 의사를 물었다. 그러나 권지호 자신의 의지대로 섹스를 풀어갔다. 미국 포르노 비디오엔 이런 장면이 나오는데 저렇게 해야 여자들이 오르가즘에 도달한다는 둥 일본 포르노에서 등장하는 실험적 체위가 유행이라는 둥, 장면 하나하나를 묘사하며 시도해보길 원했다. 반면 변태섭은 얼굴에 사정하기도 하고 가슴 사이에 자신의 그것을 끼워놓고 피스톤 행위를 즐기기도 했다. 변태섭은 부카케와 프리즈리할 때 가장 흥분된 표정을 지었고 숨소리도 거칠었다. 권지호는 실험적인 섹스를, 변태섭은 가학적인 섹스를 원했다. 결국은 그랬다. 권지호는 매번 사정하는 순간 희숙에게 물었다. 이번엔 어디다 할까. 안에, 배에, 손에, 가슴에, 입에?

허망하고 모욕적인 굴종이었지만 굴종의 열매는 달콤했다. 권지호는 야근조에서 희숙을 자주 제외해주었다. 그러나 특혜처럼 보이지 않도록 같은 조 다른 직원을 묶어서 조치했다. 또 자신의 개인 비서처럼 일을 시키곤 했는데 이 역시 서류 업무를 희숙이 제일 잘하는 것처럼 떠벌린 후라 직원들은 별다른 눈치를 채지 못했다. 권지호는 희숙의 위장취업을 첩보영화에 나오는 스파이처럼 보호하고 감춰주었다. 하루는 권지호가 정사 후 담배 연기를 길게 뿜어대며 말했다. 금화, 미국 유학 안 다녀올래? 미국 다녀와도 별 볼 일 없는 애가 있고 다녀와서 인생이 확 달라질 애가 있거든. 내가 보기에 금화는 후자야. 미국 유학이란 말에 희숙은 재학 시 교내 학생 게시판에 미국 자매학교 교환학생 모집 공고를 본 기억이 되살아났다.-미국 유학, 비전을 드립니다-그러나 변태섭이 타락한 매판 자본주의 국가 미국에 가서 공부하느니 프랑스로 가서 민주주의를 제대로 배우고 오겠다, 프랑스야말로 성공한 사회주의국가다, 말한 이후로 기회가 된다면 프랑스로 유학하겠다 마음먹었다. 프랑스로 변태섭과 함께 유학하는 게 희숙의 버킷리스트였다.

41. 모순

프랑스 유학은 어때요? 희숙이 가슴을 드러낸 채로 머리에 팔을 괴며 물었다. 거기서 뭘 배우게. 배울 거 하나도 없어. 갈 거면 독일이나 오스트리아로 가. 독일이 패전국이라고 무시하는 경향이 있는데 실은 그 시기에 가장 발전한 국가는 오스트리아-헝가리 제국이었어. 당시 오스트리아는 학문과 예술의 중심이었거든. 프로이트도 거기서 나왔고. 오스트리아 경제학파가 등장한 것도 그 시기였으니까. 암튼 내가 생각하는 학문의 중심지는 오스트리아라고 생각해. 희숙은 권지호에게 프랑스 혁명으로 자유, 평등, 인민주권의 질서가 확립되었고 근대 민주주의 기원이 이루어지면서 정치도 성장하게 되었다고 변태섭에게 들은 말을 자기 생각처럼 흘렸다. 권지호는 심드렁한 표정으로 말했다. 독일 공산당이 전멸하면서 유럽 좌익의 핵심이 프랑스가 된 거고 그러면서 전 세계 좌파를 수출하는 수출국이 된 거지. 무슨 민주주의 기원이야.

사회주의를 꿈꾸는 사람들이 프랑스를 거쳐 러시아로 가게 된 것뿐이고. 암튼 그건 세계사적으로 보면 엄청 멍청한 짓이었어. 근데 말이지 좌익 공부하겠다는 사람들 말야, 러시아가 사회주의 본거지인 거 알면서 러시아로 가는 건 원하지 않았어. 왜 그랬을까. 러시아가 잘살아야 갈 맛이 날 텐데 못 사니까. 결국 사회주의 배우겠다는 명분으로 프랑스, 스웨덴, 노르웨이, 오스트리아 같은 나라로 가서 살길 희망한 거지. 중국도 마찬가지고. 레닌이즘, 마오이즘이 태동한 나라에 가서 배우든 말든 해야 하는데 거지꼴하고 있는 나라는 가기 싫은 거지. 사르트르가 한참 소련을 빨다가, 문화대혁명을 높이 평가하면서 모택동 빨았잖아. 캄보디아에서 200만 명 죽인 놈들의 학문적 아버지가 사르트르라잖아. 이건 어떻게 설명해야 해? 사르트르가 계약 결혼한 걸 참신하다, 자유로운 영혼이다, 하는데 보봐르 거기 냄새 맡는 거 좋아하는 변태 새끼일 뿐이라고. 프랑스로 가겠다는 놈들 진짜 이유가 뭔 줄 알아? 프랑스가 성적으로 리버럴한 나라라서 그래. 융성한 문화? 예술의 나라? 미식가들 천국? 프랑스는 프리섹스가 발달된 나라야. 프랑스 미식이 왜 발달했는데. 식욕과 성욕은 같아. 그걸 즐기고 싶은 것뿐이고. 예술 어쩌구 하면서 외설 즐기고 싶어서 그러는 거라고. 얼마나 좋아, 별짓 다 해도 예술이라 괜찮잖아. 언더스탠?

권지호 입에서 나온 얘기는 낯설었다. 문화대혁명, 그럴 듯하게 들리지? 그냥 집단 광기야. 모택동식 분서갱유란 말이지. 왜? 라고 반항하지 못하게 지식인들 씨를 말린 사건이라고. 반봉건제 표방하면서 오히려 모택동을 봉건적으로 신격화하기 위한 구조 만든 거 아냐, 모택동하고 홍위병 빼고는 다 제거했잖아. 찬란한 문화유산까지 전부 작살내고 조지고 말이지. 하, 모택동 이 새끼는 반제국주의 외치면서 중소 분쟁이 일자 재빨리 미국에 손을 뻗어 도움을 요청했잖아. 칼 막스도 그렇고 모택동도 그렇고 노동자, 인민의 삶엔 개뿔 관심 없고 오직 계집질에만 몰두했던 것들인데 그 잡놈들 이념 공부하겠다고 빠는 인간들 보면 답이 없지. 모택동이가 따먹은 여자만 몇 명인 줄 아냐? 그것도 숫처녀들만 골라서. 이 새끼 성병 달고 살았어. 얼마나 더러운 놈이냐면 여자랑 관계하고 한 번도 씻지 않았다지. 어차피 숫처녀 거기에다 씻으면 된다나 뭐라나. 그래도 모랑 자고 싶어서 안달 난 여자들이 줄을 섰었단다. 모에게 몸을 바치는 걸 가문의 영광으로 알았다니 이 정도면 광신도 집단이지 뭐겠어. 속이는 놈이나 속는 놈이나.

그나저나, 금화 어릴 때 꿈이 뭐였어? 권지호가 팔베개한 희숙의 머리칼을 쓰다듬으며 물었다. 꿈을 잊고 산 지 오래돼서, 제 꿈이 뭐였는지 생각이 안 나네요. 의사가 되고 싶었어요, 잠깐은. 엄마가 무척 아팠거든요. 엄마 병은 제가 의사가 되어도 고칠 수 있는 병이 아닐지 몰라요. 근데 막연히 의사가 되어야겠단 생각을 했어요. 그땐 제가 공부를 잘했어요. 그

다음엔 번역가가 되려고 했어요. 19세기 영미소설이나 시에 관심이 많았죠. 특히 애드거 앨런 포 추리소설에 완전히 빠졌었어요. 밥 안 먹고 잠도 안 자고 '모르그가의 살인 사건'과 '검은 고양이'를 읽었죠. 저는 셜록 홈즈보다 애드거 앨런 포 추리가 구성력이나 논리 면에서 더 뛰어나다고 생각해요. 권지호는 동작을 멈추고 반쯤 일어나서 희숙을 쳐다봤다. 너, 영문과 출신이니? 희숙이는 아차, 했다. 어차피 위장취업 들통난 마당에 굳이 숨길 필요 없겠다 싶었지만 대답하지 않았다. 꿈이 뭐였냐면서요, 꿈 얘기만 해요 딴 거 물어보지 마시고. 전무님 꿈은 뭐였는데요? 권지호는 한숨부터 쉬었다. 나 어릴 때 누가 누가 잘하나, 라는 프로그램이 있었는데 거기 나갔었어. 두 손 모으고 입 크게 벌려 노래했지. 곧잘했어. 입상도 하고. 그래서 크면 가수가 돼야지 했거든. 고등학교 올라가선 반드시 대학가요제 나가겠다 마음먹었어. 그런데… 참, 금화는 절대음감이 뭔지 알아? 뜬금없는 질문이었고 모르는 말이었다. 절대음감이 뭔데요? 천진하게 묻는 희숙이 귀여운지 권기호는 강아지 머리 쓰다듬듯 정수리 머리카락을 간지럽혔다. 절대음감이란 게 뭐냐면, 음을 들었을 때 그 음이 어떤 음을 내는지 다른 음을 듣지 않고도 알아내는 능력을 말해. 고3 때 말야, 같은 반에 절대음감을 가진 놈이 있었거든. 그놈은 피아노 88개 음반 중에 어느 것을 눌러도 그게 도인지, 파인지, 라인지 아는 거야. 샵 음까지도. 심지어 공중전화 걸다 끊어진 발신음 알지? 뚜뚜뚜뚜 하는. 그 음이 '라'인 것도 알더라고. 그냥 들으면 아는 거야. 내가 그놈 정도는 돼야 가수 하지 싶어서 가수 꿈을 접었어. 희숙이 고개를 절레절레 흔들었다. 절대음감을 가진 사람만 가수 하는 건 아니잖아요? 조용필을 좋아하는 사람도 있고 김완선을 좋아하는 사람도 있잖아요. 대학가요제 나오는 학생 중에 절대음감 가진 사람이 몇 명이나 있다고. 권지호는 희숙의 말에 수긍했다. 그건 그렇지, 근데 아버지가 우리 집에 딴따라는 절대 안 키운다고 엄명을 내리셨어. 아버지가 무서웠거든. 아버지는 그런 거, 이해 못하셔. 우등상을 타와도 칭찬 안 했고 모형 만들기 대회 나가서 대상 받아도 그딴 거 잘해서 뭐 하냐고 무시하셨거든. 우등상 받아도 칭찬은 안 하신 분이 성적 떨어지면 회초리로 무지때리셨어. 아버지가 번 돈으로 먹고 자고 하면서 공부 못하면 맞아야 한다고. 나는 아버지한테 잘 보이려고, 밥 잘 먹으려고 공부했지, 진짜 공부가 좋아서 한 적은 없었다니까. 어쩌면 가수 되겠다 한 건, 아버지에 대한 반발이었을 거야. 남들은 우리가 큰 집에 사니까 자식들한테 돈 많이 주고 매일 맛있는 것만 먹는 줄 아는데, 아버지는 집에서 먹여주고 재워주고 월사금 내 주고 옷 입 사입혀 주면 됐지, 용돈이 어째서 필요한지 이해 못 하셨다니까. 하다못해 영어사전 하나를 사도 사전값 외엔 한 푼도 안 주셨어. 삥도 못 해. 영수증 갖다 드려야했거든. 그래서 아버지는 내 친부가 아닐지도 모른단 생각을한 적도 있었거든. 그런 아버지인데 절대음감도 안 가진 놈이가수 한다고 하면 허락했겠어? 쫓겨났겠지. 내가 어렸을 때는 엄청 소심하고 내성적인 성격이었거든. 심지어 서울대도 못 가는 놈이라고 호되게 꾸짖어서 그럼 나는 죽어야 하나, 그런 생각까지 했었는데 뭘. 사랑한 여자가 있었는데 그 여자 집이 너무 가난했어. 아버지가 기껏 공부시켜놨더니 고작 가난한 집 딸이냐고 또 뭐라시는 거야. 헤어졌지. 아버지가 무서워서 포기하고 산 게 많아. 근데 시간이 지나고 또 살아보니까 아버지 말씀이 맞는 게 많더라고.

　권지호는 옷을 주섬주섬 챙겨입었다. 기분이 좋은지 휘파람을 불었다. 아 참, 까먹을 뻔했네. 권지호는 재킷 안주머니에서 무언가를 꺼냈다. 포장은 못 했어. 지난 주말에 백화점 갔다가 하나 샀다. 모레가 네 생일이더라. 변변한 목걸이 하나 없는 것 같아서. 권지호가 내민 건 푸른색 리본이 달린 사각의 작은 박스였다. 열어보니 하트 모양의 목걸이였다. 희숙이 놀라는 표정을 하자 권지호가 윙크했다. 그거, 금화 한 달 월급하고 맞먹어. 감동하지는 말고. 나, 먼저 나갈게. 희숙은 나가려는 권지호의 팔을 붙잡았다. 제 생일은 어떻게 알았어요? 어떻게 알긴. 이력서에 있잖아. 그거 가짜 아니지? 희숙은 권지호가 주고 간 목걸이를 한참 동안 바라봤다. 손으로 만지작거리다 화장실로 가 거울에 비추어봤다. 희숙의 흰 목에서 금색의 목걸이가 반짝였다. 희숙은 하트 모양의 펜던트를 손가락 끝으로 쓰다듬었다. 이성으로부터 처음 받은 귀금속이었다. 기분이 묘했다. 가짜 생일이지만 기억하고 있다니.

권지호가 정이 넘치는 사람이구나, 혹시 자신을 마음에 두고 있는 건 아닐까. 사랑하는 변태섭을 만나는 동안 희숙은 단 한 번도 그로부터 선물을 받지 못했다. 생일이 한참 지난 후에 딱 한 번, 그는 생일인 줄 몰랐어, 밥이나 먹자, 했을 뿐이었다. 그나마도 얼마나 행복했던지. 대학 와서 만나기 전까지만 해도 아버지 양화점에서 구두도 맞추고 남동생 수학 공부도 도와줬던 그였다. 바쁘고 정신없어서 그런 거지 희숙을 생각하는 마음은 깊을 거라 믿었다. 국가와 민족을 위해 큰일을 도모하는 변태섭에게 투정 부리는 애인이 되고 싶은 마음은 없었다. 그런데 막상 권지호한테 선물을 받아보니, 누군가에게 시간과 마음을 쏟는 일은 의미를 기념하는 행위로 보상될 수 있음을 깨달았다.

일월산업에서 노조가 만들어진 건 그리 어렵지 않았다. 다른 공장처럼 노조 만든다고 조합원들을 해고하거나 이를 방관한 임원들을 쪼아대거나 하지 않았다. 아무 일도 일어나지 않아 오히려 불안할 정도였다. 노조 만든다는 소문이 돌 때만 해도 대머리 양 부장과 반백 이 상무는 직원들에게 노조의 노자도 꺼내지 말라, 노조 만들다 걸리면 관련자들 모두 해고하겠다 흘리고 다녔지만, 막상 권지호는 노조위원장을 만나 법과 원칙만 지키면 노사가 행복한 직장으로 키워나갈 수 있을 거라고 했다. 괜히 노조 만든다고, 노조에 가입한다고 행여 불이익이라도 당할 줄 알았던 근로자들은 노조설립 필증이 나온 날 환호했고 숙소에선 자축 파티가 벌어졌다. 동이가 가장 기뻐했다. 내가 진즉에 전태일 정신을 이어받아야 한다고 말하고 다녔자네. 하늘은 스스로 돕는 자를 도운다드만, 우리 일인디 우리가 안 싸우면 누가 대신 싸워 준당가. 희숙은 동이가 노조설립에 적극적이었던 것처럼 으스대고 다니는 모습에 흐뭇했다. 영미도 마찬가지였다. 처음의 삐딱했던 태도와 달리 노조 모양새가 드러날 무렵부터 별 도움 되지 않는, 이미 알고 있는 자잘한 정보를 중요한 내용인 양 흘리고 다니며 노조 부역에 한쪽 발을 담갔다. 그러다 노조가 힘 써보지도 못하고 무너질 것에 대비해 적당히 거리 두는 모습을 보이곤 했다. 노조설립에 필요한 안건을 두고 찬반 투표를 하면, 영미는 항상 중립이었다. 중립이란 게 첨예하게 대립하는 양쪽 논리에 균형을 잡느라 유지한 태도가 아니라 이도 저도 아닌, 아 몰라, 식의 방관이었다. 그건 어느 쪽이 우세하거나 열세하든지 유리한 쪽으로 편을 들겠다는 치사한 선택이었다.

42. 망월동

태주가 승연한테 연락하지 않는 한, 도망 다니는 태주와 연락할 길은 없었다. 승연은 태주 소식이 궁금해 전화벨만 울리면 혹시 그인가 싶어 냉큼 수화기를 들곤 했다. 오빠 승호가 후배를 또 소개하겠다고 했을 때 마음에 어떤 동요도 일지 않은 건 태주 때문이었다. 수배당한 상태로 친구 결혼식에 가고 군대 친구 면회도 간다며 승연을 안심시켰다. 승연은 여전히 그가 밥은 먹고 다니는지 궁금했다. 어느 만화방에서 시간을 보내는지 물어보지 않은 걸 후회했다. 승연은 갑자기 서울대 연건 캠퍼스 소아과 병동 화장실이 떠올랐다. 낮에 어디든지 다녀도 잠은 한 곳에서 잘 것 같았다. 추운 겨울엔 따뜻한 곳이 필요할 테니 저녁 무렵 그곳에 가서 기다리면 만날 수 있겠단 생각이 들었다. 혹시 태주한테 따뜻한 외투가 필요할지 모른다는 생각에 오빠 승호 방에 들어갔다. 태주와 승호는 키가 비슷했다. 오빠 체구가 더 큰 것 같은데 외투는 커도 되겠다 싶었다. 옷장에서 옷을 고르고 있을 때 전화벨이 울렸다. 태주였다. 승연은 태주 목소리 듣자마자 왜, 이제 전화하세요, 제가 얼마나 기다렸는데! 소리 지를 뻔했다. 하마터면 입 밖으로 쏟아낼 뻔했던, 왜 이제 전화했냐는, 기다렸다는 말은 그에 대한 그리움이었단 걸 승연은 알고 있었다. 승연은 집안에 전화 내용을 듣는 사람이 있는지 두리번거리다 차분하고 침착하게 물었다. 어디 계세요. 제가 지금 갈게요. 혹시 필요한 게 있으면 말해주세요. 태주는 다른 건 필요 없고 내일 아침 일찍 같이 갈 곳이 있는데 먼 곳이라 하루 자고 올 수도 있다, 가능하겠냐 물었다. 그가 승연과 어딜 갈 생각인지 궁금하지 않았다. 먼 곳이라 하루 자고 올 수 있다는 말이 걸렸다. 한 번도 외박해본 적이 없고 아버지 허락을 받아 낼 방법이 없어서 선뜻 대답하지 못했다. 침묵이 흐르자 태주가 아, 곤란한 제안을 한 것 같군. 미안. 그러면 아침 첫차 타고 저녁 늦게 오는 건 어때? 그건 가능할까? 태주가 이렇게까지 말하는 건 반드시 승연과 함께 갈 곳이 있다는 의미였다. 지난번처럼 열악한 노동 현장을 보여주려는 걸까. 단지 그곳이 아주 먼 곳이라서 그런 걸까. 태주가 대답을 기다릴 정도로 승연이 망설이면 분명히 태주는 없던 걸로 하자며 전화를 끊을 게 분명했다. 승연은 침착하게 말했다.

내일 어디서 몇 시에 만날지 말해주세요.

서울역에서 만난 태주는 광주행 무궁화호 두 장을 손에 들고 있었다. 광주는 왜. 망월동에 선배 만나러 가는데 너랑 같이 가고 싶어서. 망월동이라니, 승연은 전혀 생각지 못한 일정에 어안이 벙벙했다. 그래도 더 이상 묻지 않았다. 까닭이 있겠지 생각했다. 승연은 기차표 마련하느라 또 일용직 일자리를 찾았거나 단기 아르바이트를 했을 태주가 안쓰러웠다. 기차표, 밥값, 숙식비는 승연의 용돈으로 감당할 수 있었다. 승연이 부모님께 받은 용돈을 제법 모아 통장이 두둑했다. 기회를 봐서, 태주의 자존심을 건드리지 않는 선에서 자기 돈을 가져다 써도 된다고 말할 생각이었다. 태주는 큰 가방을 들고 있는 승연을 보자 눈이 둥그레졌다. 당일치기로 다녀올 차림이 아니었다. 승연은 태주의 눈길을 따라가며 변명했다. 아, 이거요. 혹시 만에 하나, 기차 시각을 못 맞춰 기차 놓치게 될까 봐. 1박 할 생각으로 짐을 꾸린 모습을 태주가 어떻게 생각할지 신경이 쓰였다. 태주는 아무 말 없이 승연의 손을 잡고 플랫폼으로 내려갔다. 모자를 깊게 눌러쓴 태주가 승연을 창가 쪽에 앉히려는데 승연이 태주를 창가 쪽으로 권했다. 가방에서 승호 외투를 꺼내 갈아입으라 했다. 버버리 로고가 새겨진 감색 더플코트였다. 태주는 선뜻 받지 못하고 승연을 바라보며 망설였다. 승연은 생각이 있다는 듯 고개를 끄덕여 입으라는 신호를 보냈다. 태주가 승호 옷으로 갈아입으니 누가 봐도 부유한 승연의 남자친구였다. 승연은, 아닌 게 아니라 자기 돈으로 태주에게 좋은 코트를 사주고 싶었지만 그러지 못

해 미안했다. 태주에게 물질적인 행위를 한다는 게 상처를 주
는 일일지도 모르겠다는 생각이 들어 이러지도 저러지도 못했
다. 가난과 절망이란 진흙탕 속에서 자신이 존재할 수 있도록
지탱해 준 유일한 에너지가 있다면, 그건 자존심일 게 분명했
다. 승연은 그의 자존심에 상처 나지 않도록 지혜를 모아야 했
다. 내 생각이 맞았네! 부잣집 남자친구로 변장했군요. 이제
부터 서울로 다시 돌아올 때까지 제 남자친구 역할 잘하셔야
해요. 태주는 그런 뜻이었구나, 하는 표정을 지었다. 기차가
움직일 무렵 태주가 물었다. 부모님께 뭐라 하고 왔어? 만약,
오늘 진짜 못 올라가면 어쩌려고. 승연은 예상한 듯 태주의 질
문이 끝나기도 전에 대답했다. 동기 아버지 돌아가셨다고 했
어요. 누구 이름을 댈까 했는데 안 물으시고 부의금 내라고 봉
투 주시더라고요. 이걸로 오늘 비용 다 쓰면 돼요. 남으면 선
배가 가져가세요. 승무원이 지나갈 때는 승연이 태주 팔짱을
끼고 어깨에 머리를 대며 자는 시늉을 했다. 간간이 눈을 뜨기
도 했지만 둘은 내릴 때까지 단잠에 빠졌다.

　태주와 승연은 광주역에 내려 점심 할 곳을 찾았다. 승연
이 태주에게 광주에 온 적이 있냐고 물었더니 그렇다고 했다.
선배 만나러. 승연은 멈칫했다. 태주가 데려간 곳은 생선구
이, 된장 애호박찌개가 유명한 집이었다. 전라도 음식이 맛있
다더니 과연 반찬이며 찌개며 입에 잘 맞았다. 식당에서 나올
때, 맑았던 하늘에 갑자기 구름이 몰려왔다. 금방이라도 비

가 내릴 것 같았다. 우산을 가져오지 않았는데 비가 오면 어쩌나. 묘지로 향하는 마음이 무거워졌다. 택시를 타고 망월동으로 가자 했더니 기사가 태주와 승연을 흘끗 쳐다봤다. 아따, 서울서 온 양반들인갑서. 망월동 답사하러 왔소? 여그가 6년 전에 광주시립공원묘지 할라고 했다가 망월동 묘지가 되부렀제. 기사는 짧은 시간 동안 최대한 많은 얘길 하려는 태세였다. 말이 빨랐다. 죽은 사람들 묻어놓는 거는 똑같은디 쪼까 의미가 다르제. 걍 전두환이가 계엄군을 보내 무력으로 진압해 부렀자네. 신문, 방송에서 나오는 거 다 거짓말이여. 유언비어 아니랑게. 나가 두 눈으로 똑바로 봤다니께. 계엄군들이 무지하게 많은 시민을 총칼로 죽였당게. 아조 광주바닥이 피바다였어. 죽은 시민들 여그 망월동 묘지로 실려왔어라. 영구차 그런 게 있었가니? 걍 손수레, 청소차로 막 실어갖고 쏟아부어부렀제. 시상에 전쟁 말고 그런 경우가 어디 있가니? 태주는 심각한 표정을 지었고 승연은 기사의 호들갑이 과장되었다는 생각이 들었지만 두 눈으로 다 봤다는 말에 대꾸할 말이 없었다.

묘지는 황량했다. 공동묘지라 으스스할 줄 알았는데 가슴이 먹먹했다. 얼마나 많은 사연을 가진 사람들이 저곳에 묻혔을까. 봉분 앞마다 본관과 이름이 적힌 묘비석이 놓였고 봉분을 덮은 키 낮은 나무가 수호신처럼 지키고 있었다. 간간이 형형색색의 꽃다발이 놓여있긴 했지만 그래도 묘지는 쓸쓸했다. 묘지 상태로 보니, 5·18 영혼들은 택시 기사 말처럼 손수레, 청소차로 옮겨진 채 아무렇게나 버려진 운명 같았다. 태주는 익숙한 발걸음으로 어디론가 가고 있었다. 태주는 어느 묘 앞에서 걸음을 멈췄다. 회색의 초라한 비석엔 류동운지묘라 새겨져 있었다. 태주는 곁으로 다가온 승연에게 나직이 말했다. 선배야, 한신대 신학과 2학년 류동운. 우리 선배지. 목사 아들이었어. 5월 17일 기숙사에서 나와 광주로 갔지. 류 선배는 18일부터 시위에 동참했고 연행됐다가 풀려났어. 그러다 다시 금남로로 나갔고. 끝까지 도청 사수하다 27일 계엄군 총에 사망했어. 계엄군이 온다는 사실을 알고도 간 거야. 아버지가 만류하니까 아버지, 붙잡지 마세요. 다른 집 자녀들이 다 이 나라를 위해 희생을 하는데 왜 자기 아들만 보호하려 합니까. 아버지의 평소 소신이 이럴 때 흔들리면 안 됩니다. 그리고 아버지 설교 말씀에 역사가 병들었을 때 누군가가 역사를 위해 십자가를 져야만 이 역사가 큰 생명으로 부활한다고 말씀하시지 않았습니까. 이런 때 아버지 신념이 흔들리지 마시고, 붙잡지 말아 주세요. 그랬대. 대학교 2학년생이. 죽을 걸 알았는지 유서로 한 줌의 재가 된다면 어느 이름 모를 강가에 조용히 뿌려달라고 했대. 나는 어땠을까. 나는 선배처럼 행동할 수 있을까. 자기 신념을 목숨과 바꾸는 사람이 몇이나 되겠어. 목숨 때문에 신념을 굽히는 건데. 목숨이란 거, 그렇게 가벼운 거, 아니거든. 교수는, 목사는, 정치인은, 지식인은 역사의 십자가를 져야 해. 책임 있는 사람들은 침묵해선 안 돼. 태주는 주머니에서 담배를 꺼내 물었다. 석양을 바라보며 담배 연기를 내뿜던 모습이 떠올랐다.

태주가 진 짐은 언제쯤 가벼워질까.

류동운이 사수하려 했던 전남 도청과 도청 주변에서 가장 높다는 전일빌딩의 총격전 흔적을 보고 난 후 태주와 승연은 이른 저녁을 먹기 위해 금남로로 갔다. 식당을 나와 서둘러 기차역으로 갔다. 한 시간이라도 빠른 차편이 있으면 바꾸겠다, 했다. 기차역에 도착한 태주는 안으로 들어가다 말고 승연의 손을 꽉 잡았다. 주변을 둘러보더니 마치 귀신이라도 본 것 같은 표정으로 승연에게 돌아가자고 했다. 영문을 묻자 사복 경찰이 깔렸다고 했다. 아무리 봐도 경찰로 보이는 사람은 없었다. 어떻게 알아요? 보면 알지. 아까 금남로에도 깔렸었어. 검문을 피해야 하니 좀 멀리 떨어진 곳에서 잠시 몸을 숨기자. 괜찮지? 이따가 원래 떠나려 했던 시각에 다시 오자. 태주는 번화가를 피해 한적한 곳에 있다가 어스름이 내리면 역으로 다시 오자고 했다. 승연은 말없이 그의 뒤를 따랐다. 허름한 다방에서 시간을 보내고 있다가 어스름이 내리기 시작하자 역으로 이동했다. 아침 일찍 나온 데다 종일 걷기만 해서 피곤할 대로 피곤해진 승연은 더 쉬자는 말도 못 하고 묵묵히 따라나섰다. 버스에서 내리려던 태주가 멈칫했다. 그는 버스 뒤쪽으로 이동하며 난감한 표정을 지었다. 젠장, 아까보다 더 많네.

태주는 승연에게 두 가지 방법을 제시했다. 승연 혼자 서울로 올라가는 방법과 하루 자고 서울로 가는 방법. 승연은 태주의 얼굴을 빤히 응시했다. 하, 친절도 하셔라. 새벽부터 나오라 하곤 아무 말 없이 망월동 묘지 구경시켜주더니 짭새들 깔렸으니 혼자 가라고요? 선배는 류 선배 어떤 점에 감동해 매년 이곳까지 온 거예요? 보여줄 거 다 보여주고 생각 좀 하고 살아라, 내 머릿속에 개념 심어주곤 혼자 가라? 태주는 승연의 반발에 당황했다. 부모님이 걱정하잖아, 차표도 끊어 놨고….

허름한 간판의 무등여관은 깨끗했다. 보료가 깔린 특실이었다. 미리 불을 때놓았는지 방은 온기로 가득했다. 입구 오른쪽 조그만 화장실엔 세면대와 커튼이 드리워진 샤워 공간이 있었다. 물을 트니 뜨거운 온수가 콸콸 쏟아졌다. 태주는 전화로 이부자리 한 채 더 갖다주라고 말하고는 담배 피우고 올 테니 쉬고 있으라 했다. 뜨거운 물에 샤워를 마친 승연이 욕실 밖으로 나오자 방 한가운데 이부자리 한 채가 놓여있었다. 태주는 보료 위에 이불을 깔아주었다. 어색한 침묵이 오갔다. 태주가 수건을 가지고 욕실로 들어간 사이 승연은 가방을 뒤져 편한 복장으로 갈아입었다. 서울 집으로 전화할까 하다가 말았다. 내려올 때 행여 당일에 못 올라오더라도 걱정하지 말라고 했지만 처음 외박인 데다 남자와 하룻밤을 보낸다는 생각에 가슴이 갑갑하고 두근거렸다. 샤워를 마치고 나온 태주는 승연과 눈을 마주치지 못해 어색한 침묵을 이어갔다. 음료수라곤 달랑 따뜻한 보리차가 담긴 물 주전자뿐이었다. 태주가 일찍 자고 아침 차로 서울 가자며 불을 꺼도 되겠냐고 했다.

불을 끄고도 잠이 오지 않았다. 승연은 태주에게 물었다. 낮고 조용한 목소리였지만 숲속 동굴에 있는 것처럼 크게 울려 퍼졌다. 있잖아요, 건대 사건 때. 저 때문에 건물 안으로 못 들어간 거죠? 태주 선배가 절 발견하지 못했으면 제가 잡혔을 거예요. 그리고 아버지가 어떻게든 빼내 주셨을 거고 전 지금쯤 미국 갈 준비를 하고 있을 거예요. 태주는 아무 대꾸도 하지 않았다. 제가 건대에서처럼 아니, 더 위험한 처지에 놓였어도 선배가 절 구하러 왔을까요. 태주의 뒤척이는 소리가 들렸다. 창문 틈으로 새어든 빛이 방안을 제법 훤히 비추었다. 승연이 다시 몸을 뒤척일 때 태주는 이미 승연의 곁으로 와있었다. 도저히 안 되겠다. 너를 두고 잠이 안 오네. 구하러 가지, 무슨 일이 있어도. 태주는 승연의 머리를 쓰다듬으며 승연의 입술에 자기 입술을 포갰다. 태주의 손이 승연의 셔츠 속으로 들어왔다. 여고 졸업 후 만난 석진과 키스했을 때도 이렇게 떨리거나 설레지는 않았다. 입맞춤이나 손의 느낌, 작은 흥분까지 모든 게 낯설었지만 황홀했다. 태주가 승연의 팬티를 벗기려 하자 승연은 떨리는 목소리로 말했다. 저, 처음이에요. 아프면 어쩌죠? 태주는 승연을 사랑스러운 눈빛으로 바라보며 얼굴을 어루만졌다. 그럼 하지 말까? 승연은 머리를 좌우로 흔들었다. 아픔을 참겠다는 각오였지만 온몸에 힘이 잔뜩 들어갔다. 태주는 서두르지 않았다. 승연이 아프지 않도록 천천히, 부드럽게 품었다. 승연은 그가, 이 순간만이라도 짐을 내려놓고 자기 품 안에서 행복하길 바랐다.

43. 87년, 혁명과 혼란

봄은 다시 어지러웠다. 대학가에선 연일 '군부독재타도' 구호가 끊이지 않았다. 87년 새해에 들려온 소식은 처참했다. 박종철이 치안본부 대공분실에서 고문으로 사망한 사건이 보도된 이후 학생, 시민들의 분노는 극에 다다랐다. 학교 수업은 거의 마비된 상태였다. 기순이도 승연이도 독재타도를 외치며 돌멩이를 들었다. 어지럽고 어두운 세상의 중심에 촛불이 되어 타겠다는 각오였다. 태주는 휴학했고, 희숙은 작년부터 자취를 감춘 상태였다. 박철규는 오산의 전선대장 노릇을 했다. 박철규는 건대 애학투련 항쟁에서 나흘 정도 조사받고 훈방된 이후 행동이 더욱 산만했다. 주동자가 되지 못해 안달난 사람처럼 행동했다. 나중에 안 일이지만 시위를 주동하고 체포되는 '동 뜰 수 있는' 자격은 아무에게나 주어지지 않는데 박철규는 조직에 충성하기로 작정한 이상 큰 임무를 맡아 산화되길 희망했다. 박철규는 큰 체구에 비해 발은 빠르고 날렵

했다. 언제부터인가 검은색으로 착장하고 검은 수건으로 입을 가렸다. 최루탄 연기 속에서 그의 존재는 빛이 났다. 영화에서처럼 뿌연 연기 사이로 재빠르게 나타나 돌멩이를 던지고 다시 연기 속으로 사라지는 모습은 제법 멋있었다. 그가 던진 돌은 목표물에 정확히 꽂혔다. 돌은, 적의 머리면 머리, 가슴이면 가슴, 방패면 방패로 날아갔다. 박철규는 후배들에게 뒤로 도망가며 투석하는 방법과 손목을 이용해 돌을 던지는 방법을 가르쳤다. 손목을 이용할 때는 야구 투수처럼 직구와 변화구를 적절히 사용해야 한다며 비법 전수에 열을 올렸다. 박철규는 서울이나 경기도에서 거센 민주화 바람으로 광주 같은 사태가 일어나길 바라는 것 같았다. 제2의 광주사태가 일어나야 대한민국에서 군부독재가 사라진다고 했다. 그 중심에 박철규 자신이 류동운 아니, 박종철 같은 역할을 해 민주 신화 주인공이 되길 바랐다. 신념에서 비롯된 죽음이 아니어도 좋았다. 신념이든 우연이든 혼돈의 시대에서는 죽는 사람이 영웅이라 믿었다.

승연이 귀가가 늦어지고 몸에서 매캐한 냄새가 빠질 날 없자 아버지는 노발대발하셨다. 그도 그럴 것이 아버지 공장이 있는 인천은 노동자들의 시위와 노조설립으로 몸살을 앓고 있었다. 아버지 회사에 해고된 위장취업자들이 복직을 요구하는 농성이 매일 회사 앞에서 벌어졌다. 회사 대표 오정일을 악덕기업주 취급했다. 임시 노조위원장은 회사 내 동지회를 만들어 유인물을 살포하고 파업을 유도했다. 회사 임원진은 강경 대처하자며 노조설립 주동자는 물론 부역자까지도 해고해야 한다고 주장했지만 오정일은 반대했다. 노조설립이 불법 아닌 이상 허락하겠다는 입장이었다. 그래도 오정일은 노조가 순수하지 않다고 생각했다. 그들이 정치적 이슈를 들고 노동 현장을 오염시키고 있다고 판단했다. 노동악법철폐가 아닌, 군부독재타도는 노동 이슈가 아니었다. 공장 화장실에서 북괴 불온 삐라가 발견된 이후 아버지의 노조에 대한 정체성은 부정적이었다. 이런 와중에 승연이 군부독재타도를 외치며 돌멩이를 든다는 사실에 오정일은 분노했다.

너 학교 때려치워. 그깐 똥통 학교 다니면서 시위나 할 거면 때려치우고 미국 가.

승연의 집은 아버지 중심으로 질서가 탄탄했다. 가족을 부양하는 가장으로서, 수백 명 직원을 책임지는 회사 대표로서, 아버지는 의무와 책임에 충실했다. 근면하고 성실했고 과장이나 사치, 허례허식이 없는 분이었다. 할아버지 가업을 물려받긴 했어도 회사를 크게 키운 건 아버지의 노력과 성과였다. 양육에 있어서 기준이 엄격했으나, 강압이나 강제는 없었다. 아버지는 자율 속 책임을 중시했다. 매일 오전 4시에 기상해서 조간을, 저녁엔 두 종류의 석간을 읽었다. 책 읽기를 게을리하지 않았고 좋은 책은 자녀들과 공유했으며 토론하길 즐겼다. 아버지의 충실한 독서 토론자는 오빠 승호였다. 아버지는 오빠가 이과생이라 문학적 감성을 키워야 한다며 독서를 강권했다. 오빠는 건들건들, 건성인 것 같아도 침착하고 치밀한 면이 있었다. 특히 아버지와 토론할 때 행간을 분석하는 능력이 뛰어나 아버지조차 감탄하는 눈빛이었다. 아버지는 애당초 오빠 승호에게 기업을 맡길 생각이 없었으나 차츰 변하는 게 보였다.

똥통 학교 다니니까 데모라도 해야죠. 똥통 학교 다니면 나라 걱정 안 해도 돼요? 승연은 아버지께 처음으로 말대꾸했다. 네가 나라 걱정한다고 바뀌지 않아, 때가 있는 거야. 때가, 결국 선진 국가로 가게 돼 있고, 네가 하는 건, 달걀로 바위 치기야. 아버지는 타이르듯 말했으나 분을 참고 있었다. 아버지! 달걀로 바위라도 쳐야 흔적이 남을 거 아녜요. 승연이 태주한테 했던 말이었고 태주의 대답이었다. 아버지는 급기야 평생 하지 않은 말까지 했다. 데모하다 잡혀서 경찰서라도 가게 되면 안 빼준다, 호적에서 파내겠다, 하셨다. 아버지가 얼마나 화나셨는지, 끊었던 담배를 피우셨다. 아버지가 마당에서 담배를 피우는 모습을 본 승호는 승연을 경멸하는 눈빛으로 바라봤다. 야, 너 이용당하는 거 모르지. 너같이 찌질한 애들, 운동권에서 특히 지방대생들을 뭐라 부르는지 알아? '인자'라고 해. 조폭에서 맨 밑 따까리, 행농내싱. 그냥 찌가 왜 죽는지 모르고 충성 맹세하고 죽는 애들 있잖아. 서울대 대가리들은 큰 건더기 하나 해서 별 다는 게 목표야, 그게 운동 지분이거든. 나중에 봐라, 걔들한테 빚진 거 다 갚아주지. 근데 이 따까리 병신들은 시키는 대로 해요, 공부 대가리가 안 되니 시키는 일만 하지. 너 맑스, 레닌의 사회주의 혁명론 공부는 하고 돌 던지는 거냐? 모르면 부화뇌동하지 말고 알 때까지 잠자코 있어. 데모가 유행인 줄 아는 애들이 남 따라서 하는데, 촌스러워도 자기 색깔 지키는 게 더 폼나고 멋있어.

오빠에게 무시당해서 서러운 게 아니었다. 혁명에 따르는 혼란이었다. 승연은 풍요에 젖어 시대의 아픔을 읽지 못하는 부르주아적 발상이 혐오스러웠고 변혁을 거부하고 안주하려는 안일주의가 역겨웠다. 아버지를 이해시키려 했던 건 아니다. 다만 승연의 행동을 철부지 치기로 취급하는 탓에 감정이 복받쳐 아버지를 설득하지 못하고 마찰 일으킨 어리석음을 후회했다. 아버지의 불같은 역정 앞에서 승연이 한다는 게 고작 빈약한 비유뿐이라 허탈했다.

44. 희숙 선배

5월 3일은 때 이른 여름 날씨처럼 더웠다. 신민당이 전국을 돌며 개헌추진위원회 지부 결성대회를 열었는데 마지막이 인천이었다. 모든 시민단체와 노조, 재야 세력이 총 집결된 대회는 공권력과 부딪혀 아수라장이 될 게 뻔했다. 승연은 일요일에도 불구하고 아침 일찍 회사로 간 아버지가 걱정됐다. 부평 주안산업단지에 있는 아버지 회사는 심각했다. 노조 파업으로 공장 가동이 중지된 상태였다. 홍대입구역에서 2호선을 타고 신도림에서 갈아타면 주안역까지 40분 거리였다. 아버지 공장이 세워진 지 10년이 넘었지만 한 번도 찾은 적 없는 초행길이었다. 1호선은 붐볐다. 특히 신도림에서 1호선으로 갈아타려는 승객들이 쏟아졌다. 주안역이나 부평역으로 가는 시위대였다. 독재타도 빨간 띠를 머리에 두른 사람들 수가 승객의 반이었다. 승연과 기순은 주안역 2번 출구에서 만나기로 했다. 주안역에 도착했을 때는 이미 서울, 인천, 경기 지역 대학생들이 4월 28일 분신한 김세진·이재호의 죽음을 두고 미제국주의와 전두환 정권은 물러나라고 주장하며 곳곳에서 경찰과 대치하고 있었다. 승연은 기순을 찾을 수 없었다. 인파에 쓸려서 자리 지키기가 힘들었다. 주안역 2번 출구에서 기순을 못 만나면 정오에 교보생명 정문에서 보기로 했었다.

승연은 철규나 기순이 없이 혼자서 구호 외치며 시위할 엄두가 안 났다. 승연은 정오 전까지는 주안역 2번 출구에서 끝까지 기순을 기다리기로 마음먹었다. 기다려도 기순은 나타나지 않았다. 하는 수 없이 승연이 건너편 시민회관 쪽으로 가기 위해 사거리로 내려가는데 서문통닭 앞에서 낯익은 얼굴이 보였다. 윤희숙이었다. 선배! 승연이 소리쳤다. 희숙은 소리 나는 방향으로 고개를 돌렸다. 희숙은 승연을 보자 놀라는 기색이었다. 너가 여길 왜. 희숙은 주변을 살피더니 잽싸게 승연 손을 낚아챘다. 승연은 반가웠고 희숙은 당황했다. 여기서 만날 사이가 아니라고 생각했다. 그동안 안 보여서 궁금했는데 선배도 여기 오셨구나. 희숙은 빨간 티셔츠에 검정색 주머니가 많이 달린 조끼를 입고 있었다. 머리는 짧게 자른 상태였고 피부는 거칠었다. 분명, 학생 신분이 아니었다. 혹시? 승연이 묻자 희숙은 고개를 끄덕였다. 저쪽으로 가자. 석바위나 신기촌 방향으로는 경찰이 바리케이드 친 상태였다. 주안 성당 쪽으로 다시 올라가야 했다. 그때 인노련과 서노련 무리가 '노동자 농민 피땀 짜는 미국놈을 몰아내자' '노동자가 주인이 되는 삼민 헌법 쟁취하자'는 구호를 외치며 성당 쪽으로 밀고 내려왔다. 무리가 구호를 외칠 때마다 희숙은 따라 오른 주먹을 불끈 쥐고 따라 외쳤다. 선배 어디 계세요? 혹시 우리 아버지 회사는 아니겠죠? 승연은 엄마 잃어버릴까 봐 손 꼭 붙잡고 따라다니는 아이처럼 행동했다. 말해줄 수 없어. 너희 아버지 패션 회사라며. 난 다른 곳이야. 너희 아버지 공장이 이 근처니? 네. 주안 산단에. 오늘 회사에 나가셨는데 걱정돼요. 희숙은 일요일이라 회사 문은 닫았을 거라면서 걱정하지 말라고 했다.

너 혼자 왔어? 아녜요. 기순일 주안역 2번 출구에서 만나기로 했는데 못 만났어요. 못 만나면 12시에 교보생명 앞에서 보기로 했어요. 희숙은 기순이 만나면 안부 전해달라며 승연 어깨를 두드렸다. 승연은 희숙의 연락처를 물었다. 언젠가 좋은 날 있을 때 만나게 될 거야. 그런데 승연아, 기특하다. 희숙은 희미한 미소를 남겼다, 승연이 지갑에서 명함을 꺼냈다. 정일어패럴. 아버지 회사예요. 이 뒤에 제집 전화번호 남길게요. 꼭 전화 주세요. 그렇게. 꼭 연락할게. 집 전화번호를 남긴 명함을 건네자마자 시민회관 방향에서 최루탄 터지는 소리가 들렸다. 거리는 최루탄 연기로 뒤덮여 순식간에 아수라장이 되었다. 희숙은 재빨리 목에 두르고 있던 스카프로 입을 가리며 승연에게 가라는 손짓을 하고 시민회관 사거리 쪽으로 뛰어갔다. 승연은 교보생명 방향으로 갈 수 없었다. 주안 성

당 뒤로 뛰어갔다. 사거리 대각선에 있는 민정당 지구당사 쪽
에서 검은 연기가 솟구쳐 올랐다. 거리는 깨진 보도블럭, 전
단지, 최루탄 분말 가루가 잔뜩 깔렸다. 승연은 최루탄을 피
해 도망치는 인파 안으로 들어갔다.

45. 코끼리 보온병

권지호가 희숙에게 건넨 건 제법 부피가 큰 물건이었다. 노란 황금 보자기에 둘러싸인 물건을 주면서 권지호가 중얼거렸다. 쪽팔려서 혼났네. 내가 이제 이런 것도 들고 다니는군. 희숙이 어리둥절해서 보자기를 풀었다. 포장 겉면에 온통 일본어였지만 누가 봐도 코끼리표 보온병이란 걸 알 수 있었다. 놀라서 입을 닫지 못하고 있는 희숙에게 권지호는 자비로운 표정으로 말했다. 숙소에서 컵라면 많이 먹지? 양은 냄비로 물 끓이지 말고 저거 써. 몇 시간 지나도 팔팔 끓은 것처럼 뜨거워. 아이고, 부산 아줌마들 단체로 일본 가서 코끼리 밥통 사 왔다가 걸린 이후로 코끼리표 밥통이니 보온병이니 사 오면 눈치 보여서. 희숙의 감동하는 표정을 보자 권지호는 다시 생색냈다. 뭘 또 그렇게 감동해, 실은 내가 사 온 거 아니고 부산 사는 누나가 지난주 올라왔잖아. 나 쓰라고 꾸디리고. 그 여편네는 결혼 안 한 나한테 살림살이를 왜 주는지 몰라. 우리 집에 저거 두 개나 있어. 그래서 누나가 준 거 박스째 안 풀고 가져온 거야. 금화한테 요긴할 것 같아서. 희숙은 감동한 나머지 울컥했다. 누나가 준 거라고 말하지만 희숙은 믿지 않았다. 집에 두 개나 있다면서 굳이 또 가져왔다는 걸 믿을 사람은 없다. 권지호가 누나에게 부탁한 게 틀림없었다. 희숙은 포장을 벗겨보라는 권지호의 말에 노란 황금 보자기를 도로 집어 들었다. 내가 일본어는 모르지만 배워서 쓸게요. 보온병을 꺼내 확인 안 한 채 도자기 다루듯 황금색 노란 보자기로 감싸는 희숙의 모습이 애처로웠는지 웃겼는지 권지호는 어이없는 너털웃음을 터뜨렸다. 일본어 배울 필요 없어. 설명서 보지 않고도 사용할 수 있어. 코드 꽂고, 물 넣고. 뚜껑 위에 그림 순서대로 하면 끝. 오케이? 희숙이 포장을 뜯지 않은 건, 그대로 부산 아버지 댁에 보낼 생각이었다. 권지호가 잘 쓰고 있냐 물으면 그렇다고 말하면 그만이다. 숙소에 와서 확인할 것도 아니다.

권지호는 탕비실에서 희숙에게 만날 장소가 적힌 쪽지를 건넸다. 일주일 뒤였다. 희숙은 쪽지를 슬쩍 열어보고 나서 지난번에 큰 선물을 받았으니 권지호에게 감사의 표시로 특별한 서비스를 해주겠다고 했다. 권지호는 희숙의 귀에 대고 나직이 말했다. 기대되는 걸? 그날 여고생 교복 구해와 봐 그럼, 그거 입고 하자. 그는 콧잔등을 찡그리곤 이내 돌아섰다. 희숙이 어디서 교복을? 말을 마치기도 전이었다. 희숙은 권지호가 오기 전에 모텔로 들어갔다. 여고 때 입던 교복이었다. 쪽지 받은 날, 희숙은 부산 집에 전화해 자신이 입던 교복을 부쳐달라고 했다. 세일러복 형태의 상의는 여전히 잘 맞았다. 여고 시절 희숙은 마른 편이었다. 대학에 와서 체중이 조금 느는 듯했다. 두 번의 임신중절 후 희숙은 여고 시절 몸무게로 다시 돌아갔다. 불과 3년 사이, 교복을 입고 화장실 거울에 비친 희숙의 모습은 늙고 초췌했다. 올리비아 핫세를 닮은 여고생은 사라지고 깡마른 여성 노동자가 세파의 잔짐을 진 채 힘겹게 서 있었다. 희숙은 손가락을 이용해 머리칼을 대충 쓸었다. 단발로 자란 머리카락을 양 갈래로 나눠 묶어보았다. 그때 달칵, 문 여는 소리가 들렸다. 권지호가 양손 가득 먹을 것을 들고 콧노래를 불렀다. 목욕탕에서 나온 희숙을 보자 권지호는 놀라서 손에 들고 있던 쇼핑백을 바닥에 떨어뜨렸다. 정말 교복을 구해왔네? 권지호는 신발을 벗는 둥 마는 둥 방 안으로 뛰어들었다. 희숙의 교복 위로 봉긋 솟은 가슴을 스치듯 만지더니 두 번째와 세 번째 단추를 풀었다. 변태섭이 희숙을 대하는 태도와 권지호의 태도는 달랐다. 변태섭은 희숙의 가슴이나 엉덩이, 아랫도리를 보면 호흡이 가쁘고 눈빛이 달랐다. 권지호는 서두르는 법이 없었다. 희숙의 몸을 미술관 작품 보듯 찬찬히, 침착하게 바라봤고 때론 손으로 얼굴부터 엉덩이까지 손가락 등으로 쓸어내렸다. 권지호가 단추 두 개를 풀자 열린 교복 사이로 가슴이 노출됐다. 희숙이 맨 위 단추까지 풀려고 하자 권지호는 희숙의 손을 저지했다. 노노, 그러지 마. 그대로 있어 봐. 권지호는 스커트 안으로 손을 넣어 희숙의 팬티를 아래로 내렸다. 권지호는 희숙의 손을 잡고 침대로 이끌었다.

일본 포르노 보면 코스튬 놀이가 나오잖아. 궁금했거든. 자기가 이렇게 교복 입고 있으니 여고생과 하는 기분이 드네.

그래서 좋아요? 희숙의 질문에 권지호는 짧게 생각하고 역시 짧게 답했다. 별로. 뭐 그렇다고 내가 도덕적이라는 얘기는 아니고. 권지호는 희숙에 팔베개를 내밀었다. 교복 어디서 났어? 그냥 궁금해서. 희숙은 권지호 쪽으로 돌아누워 권지호의 가슴팍에 얼굴을 묻었다. 제 거예요. 제가 입던 거. 권지호 팔에 힘이 들어갔다. 희숙을 꼭 안았다. 코끼리 보온병 줬다고 진짜 특별한 이벤트를 마련했네. 다음엔 코끼리 밥솥 줄게. 희숙이 고개를 들어 권지호를 바라보자 권지호는 큰소리로 웃으며 말했다. 그거 주면 뭘 해줄지 궁금한데? 농담이야, 농담. 그런데 일본인들 말야, 정말 웃기지 않니? 포르노 보면 뭐 저런 종족이 다 있나 싶어. 인간의 본능에 아주 충실하지. 코스튬 놀이, 밧줄로 꽁꽁 묶기, 여자 목에 개 줄 걸고 바닥을 기어 다니게 하질 않나, 몸에 촛농 떨어뜨리며 고통스러워하는 거 보질 않나. 거기도 쪼매난 놈들이 게임처럼 섹스해. 서양 놈들은 방망이만 한 물건 가지고 재미없게 하는데 일본 놈들은 립스틱만 한 물건 가지고 재밌게 하더라. 아주 볼거리가 풍부해서 좋아, 동양인 성서엔 일본 야동이 딱이지. 아, 그런 눈으로 쳐다보지는 마, 나 그렇게까지 짐승 짓은 안 한 다고. 일본에 가면 뭐가 많은지 알아? 뭔데요. 서점하고 성인 숍. 독서량이 세계 1, 2위야. 동양에서 노벨상 가장 많이 받은 나라가 된 게 우연은 아니지. 지적 욕구와 성적 욕구가 충족 되면 무슨 결과가 나오겠어, 상상력과 창의력이지. 일본 놈들 코끼리 밥통 만들면서 졸라 섹스했을 거야. 여자들 오르가즘 느끼게 하는 방법이 뭘까 고민하는 놈들이 고장 안 나는 밥통 은 연구 안 했겠어? 희숙은 고개를 끄덕이면서도 입에선 다른 말이 나왔다. 그래봤자 전쟁광들이죠. 청일전쟁, 러일전쟁, 태평양 전쟁… 가쓰라 태프트 조약만 아니었어도 조선이 일본 지배를 받게 되진 않았는데. 미국과 일본 같은 악랄한 제국주 의는 몰아내야 해요.

권지호는 팔베개를 뺐다. 하의를 찾아 입으며 말했다. 에 고, 쯧쯧 금화야, 너 어디 가서 그런 무식한 소리 하고 다니지 마라. 일본을 밀었던 시어도어 루스벨트 대통령은 철저한 사 회진화론자였어. 힘이 모든 걸 결정한다고 믿었지. 조선인들 게으르고 무능력하니 일본인들한테 맡기려 한 거야. 조선인 들이 얼마나 무지하고 패배 의식에 절었는지 아냐? 일본인들 이 패망하고 나니까 등대에 몰려가서 돌로 라이트를 다 때려 부쉈어. 일본인들이 만들었다고 박살 내고는 환호했지. 근데 고기 잡으러 나갔던 어부들이 등대가 없어져서 돌아오지 못했다는 거 아냐, 등대란 등대는 다 깨부수고 망가뜨려서 어디가 땅인지, 어디가 바닷길인지 모르고 물귀신이 됐다는 거 알아? 일본 잔재 지운다고 죄다 불태우고 모조리 깨부수고. 그리곤 만세 불렀지. 일본 기술로 만든 거 보존한 뒤 어떻게 만들었는지 연구해서 쓸 생각은 안 하고 말이야. 조선이 돛단배 띄울 때 일본은 항공모함 만들었어. 지주 몰아내고 재산 빼앗고 전답 차지하면 진짜 이긴 것 같지? 그게 노예근성이야. 수백 년 조선을 이어 내려온 노예근성. 지주의 생각을 읽을 줄 알아야지. 루스벨트 안목이 제대로였던 거야. 일본은 주인의식, 조선은 노예근성. 그러니까 힘을 갖는 건 찬성할 일이야. 힘을 가지려고 노비들이 작당해서 지주 몰아내려는 것 아니야? 넌 안 그래? 너희들 노조 만드는 것도 마찬가지고. 내가 안 막았잖아. 힘 가지라고, 힘! 노조 만드니 마니, 그것도 트렌드라고 다들 만드는데 내가 말린다고 되겠니. 근데 말이지, 힘 가져 보면 알아. 공평하게 힘을 나누려 하지 않아. 힘없는 대상 앞에 군림하려 하지. 너희들은 안 그럴 것 같지? 인간 본성이 남보다 쎈 거 과시하는 건데. 그건 그렇고 나는 말야, 한국 노조들이 밥통 하나는 제대로 만들고, 텔레비전 한 대는 튼튼하게 만들고 권리든 뭐든 주장하기를 바라. 내 아버지는 공부 안 하고 밥만 많이 처먹는 놈들은 죽도록 패주고 싶다고 했거든. 내가 졸라 열심히 공부한 건 안 맞으려고, 아니 밥 많이 먹으려고. 권지호는 눈을 찡긋했다. 그리곤 언제나처럼 희숙 이마에 입맞춤하고 먼저 나갔다.

시간의 시간

46. 강윤희, 너는 누구냐

　승연은 승준 엄마를 만나기로 결심했다. 무엇보다 도저히 참을 수가 없었다. 내년 대학입시를 앞두고 예민한 상태에 있는 딸이다. 수정의 심사를 뒤틀리게 해서 성적을 떨어뜨릴 의도였는지, 식사 자리에서 당한 망신성 보복이었는지 몰라도 충분히 유치하고 저급한 시도였다. 승준 엄마는 이미 수정으로부터 이야기를 들었다고 판단했을 것이다. 그런데도 언제 그랬냐는 듯 세상에, 잘 있었어요? 공부하는 애가 얼굴에 신경 못 쓸 텐데 어쩜 갈수록 예뻐지냐며 뜬금없는 소릴 해댔다. 승연은 다짜고짜 따졌다. 내 딸에게 무슨 말을 한 거죠? 무슨 말을 했냐니, 내가 무슨 말을 해요. 엄마 닮아서 예쁘다고는 했는데. 승준 엄마는 시치미를 뗐다. 승연 입에서 그 이야기가 나오길 기다린 것이다. 입에 담기도 끔찍한 내용을 승연이 먼저 꺼내길 바란 것이다. 다음 순서는 승연이 몰라서 그래요? 수정이한테 별 얘기 다 했던데! 하며 따지는 거겠지. 승연은 이런 능구렁이한테는 정공법을 써야 한다는 걸 알았다. 승준 엄마는 미끼를 덥석 문, 대가리 나쁜 열대어였다. 당신 나 알아? 내가 학교 다닐 때 뭐 했는지, 당신이 더 잘 알 거 아니야. 좋아, 그럼 나는 승준이 찾아가서 당신이 뭘 하고 다녔는지 이야기할 차례네. 승연은 그 순간을 놓치지 않았다. 승준 엄마가 당황하기 시작했다. 승준 엄마 반응이 그려졌다. 그게 아니라, 수정 엄마가 뭔가 오해하고 있나 본데, 하며 변명할 것이다. 승연의 예상대로였다. 그게 아니라, 오해 어쩌구 하며 승준 엄마는 만나자고 했다. 무조건 만나서 이야기하자고. 블러핑은 효과가 있었다.

아무리 봐도 승준 엄마는 기억에 없는 사람이었다. 앨범을 뒤져봐도, 기억을 분해하고 헤집어봐도 승준 엄마에 대한 데이터는 저장되어 있지 않았다. 이제 승준 엄마의 시간 여행으로 들어가 퍼즐을 맞추면 된다. 며칠 전부터 두근거리는 가슴을 부여잡고 안절부절못했던 승연이었다. 승준 엄마가 왜 그런 말을 했는지 몰라도-당장 만나자는 걸로 봐서-승준 엄마 역시 승연과 어느 한 부분에 공통분모가 존재했을 것이다. 승준 엄마가 스스로 털어놓을 때까지 기다리면 될 일이었다. 급했다. 음료수 주문도 안 했는데 승준 엄마가 변명을 시작했다. 내가 지난번 이태리 음식점에서 우리 만났을 때 난 긴가민가했었죠. 내가 아는 오승연 씨 맞나 해서. 그래서 수정이한테 엄마 이름이 오승연이냐고 물었던 거고, 맞다, 고 하니 옛

날 기억이 나더라고요. 그 얘기밖에 안 했어요. 다른 건 일반적인 얘기였지 수정 엄마 얘기가 아니라니까. 수정이가 뭐라 그래요? 난 딴 얘긴 안 했어. 그때 우리 다 묻기로 했는데 내가 무슨 말을 해. 그리고 우리 그 일이랑 상관없잖아. 승준 엄마는 존댓말과 반말 사이를 오갔다. 승연은 승준 엄마 이야기를 듣고 머리가 하얘졌다. 그 얘기라니, 묻기로 했다니, 그 일이랑 상관없다니 무슨 얘기지? 정리가 필요했다. 승연은 차분하고 침착하게 말했다. 횡설수설하지 말고 승준 엄마는 나를 어떻게 아는지, 무슨 얘길 하는 건지 말하세요.

순간 승준 엄마 표정이 달라졌다. 어라? 그 일을 모르는 척해? 승준 엄마는 옷매무새를 다듬었고 자세를 고쳐 앉았다. 커피숍에 들어오자마자 급하게 변명하던 좀 전과 다른 태세전환이었다. 기억 안 난다는 게 승준 엄마에게 유리한 건지 불리한 건지도 감이 없었다. 전화해서 승준이한테 말하겠다, 했을 때 자세를 낮추더니 승연이 무슨 소린지 모른다니까 다시 기선을 잡은 듯 행동했다. 상대방이 모르면 자신에게 유리한 기억만을 들춰내고 상대방이 알면 불리한 증거는 감추는 게 상책이었다. 승준 엄마는 조작이 가능한지 테스트부터 했다. 내 이름은 강윤희. 이름만 예쁘고 얼굴은 안 예쁘다고 놀렸던. 기억나죠? 승연은 반응하지 않았다. 승연이 눈을 껌벅이는 걸로 봐서 기억이 없다는 거다. 나쁜 년. 그래, 넌 내 이름 따윈 기억에도 없는 거지. 예쁜 년들은 자기보다 예쁜 년들 아니면 기억 못하더라. 승준 엄마는 아무리 오래된 일이라 할지라도 숙박하며 밥도 먹었던 일을 기억하지 못한다는 건 이해할 수 없었다. 승준 엄마는 잘됐다고 생각했다. 어차피 자신을 기억하지 못한다면 자기 아들에게 전달할 내용도 없다는 뜻이었다. 승준 엄마는 한 번 더 간을 봤다. 김은주, 이정희, 이지은, 박은숙 기억 안 나요? 우리는 다 오승연을 기억하는데. 승연은 당황했다. 전혀 기억나지 않는 이름들이었다. 그러나 승준 엄마의 조롱 섞인 비웃음이 갑자기 그녀의 태도를 바꾼 주요한 단서라는 걸 눈치챘다. 승연은 승준 엄마의 조롱을 똑같이 복사했다.

다른 사람은 다 기억 안 나는데 강윤희 씨, 승준 엄마 이름은 기억나네요. 이름이 너무 예뻐서, 가만히 보니, 얼굴도 기억나요. 세월이 흘러도 변하지 않는 게 있죠. 눈빛이요. 그건 절대 못 바꾸거든요. 사실 승연은 강윤희의 이름도 얼굴도 기억하지 못했다. 나쁜 패를 가지고 있다는 사실을 감춘 채 베팅하며 상대를 착각에 빠지게 하는 것이 블러핑의 기본이다. 승준 엄마는 승연의 블러핑에 걸려들었다. 자신이 결혼 전에 성형 수술을 해 못 알아볼 줄 알았는데 느낌이 남아있나보다는 둥, 눈빛은 못 바꾼다는 둥, 자기 이름이 예뻐서 얼굴을 기억해낸다는 둥 쓸데없는 말을 지껄였다. 이제 강윤희가 어디서 자길 봤는지 실토하게 하는 것만 남았다. 승연은 먼저 묻는 것보다 강윤희가 단서를 제공하도록 유인해야 했다. 수정이한테 별의 별소리 다 했던데요. 묻기로 했다면서 왜 꺼냈어요.

승연이 미소를 거두고 취조하듯 단호하게 물었다. 목이 타는
지 강윤희가 테이블에 놓인 물을 벌컥 들이켰다.

47. 성적 자기 결정권

묻기로 한 건 말 안 했어요! 내가 수정이한테 말한 건, 스스로 내린 성적 결정에 따라 상대를 선택하고 성관계해야 진정한 여성해방이라 했던 여성 운동권 얘기였다고요. 성 해방 운동 덕분에 요즘 여자들 성 기득권이 된 거라고. 기억이 났다. 아버지와 김태주가 떠난 뒤 지워버린 기억이 떠올랐다. 강윤희 이름과 얼굴은 기억나지 않아도, 그때 일을 잊을 수는 없었다. 86 건대 항쟁 이후 각 대학 비밀서클이나 언더로 활동했던 조직들이 조직 강화 일환으로 소규모 연합 세미나를 열었다. 본격적인 대중 민주화를 꾀하기 위해 전국 규모의 학생운동 연합의 필요성을 느꼈다. 전대협 결성일 한 달 앞두고 농활 겸 연합동아리 워크숍이 있었는데 거기서 강윤희를 만났다. 정말 다른 건 몰라도 눈빛과 말하는 습관, 분위기는 변하지 않았다. 승연은 기억이 한 가지씩 떠오르자 더욱 참을 수 없었다. 왜 제 딸한테 벌거벗고 무슨 의식을 했다는 둥 남녀가 뒤엉켜 잤다는 둥 그런 말을 한 거죠? 강윤희는 둘러댈 변명을 미리 정리해왔는지 침착하게 말했다.

그 얘긴 쉬쉬해서 그렇지 알만한 사람들은 다 아는 얘긴데, 없는 걸 지어낸 것도 아니고. 안 그래요? 동아리 세미나 하고 나서 동아리 방이나 선배들 자취방에서 섞여 잤잖아요. 1박 2일 합숙 세미나 이럴 때 다 한방에서 잤지. 잤다고 무슨 일이 일어났다는 건 아니에요. 그런데 한방에서 잤던 건 확실하잖아요. 분명히 내가 보는 데서도 그런 일이 벌어졌으니까. 여자도 자기가 자고 싶은 상대와 잘 수 있어야 한다면서 우리보고 자고 싶은 사람 찍어보라 한 거 생각 안 나요? 난 똑똑히 기억하는걸. 수정이 엄마도 왔던 그 워크숍에서도 그랬던 거.

정신이 번쩍 들었다. 기순과 승연이 농반 활동하면서 87년 여름 연합동아리 워크숍에 갔던 일이 뚜렷하게 기억났다. 한때, 미국 유학을 꿈꾸기도 했던 그녀는 반제반미 투사가 되어 미국을 증오했다. 시위할 때 앞줄에 서서 용감하게 싸우던 그녀, 구치소에 끌려가서도 경찰에게 미제의 앞잡이들이라고 소리 지르던 그녀, 농반에서 가장 장구를 잘 쳤던 그녀. 잔치국수 한 그릇을 1분 안에 먹는 그녀, 혼자인 삶을 한 번만이라도 살아봤으면 좋겠다던 그녀, 기순이 생각에 승연은 목이 메었다.

기순은 건대 애학투련 사태에서 도피하지 못하고 경찰에 연행되었다. 무려 105명의 한신대생이 연행됐다. 집회에서 연행된 학생 수는 건국대를 제외하고 서울대에 이어 두 번째였다. 부상으로 병원에 입원한 학생이 있었고 경찰서로 연행된 학생 대부분이 경찰의 무자비한 폭행에 속수무책이었다. 기순도 과 대표 선희도 곤봉으로 수차례 맞았다. 조사 결과 전과가 없고 시위 전력도 없어서 훈방으로 풀려나긴 했는데 온몸은 멍투성이였다. 과 대표 박선희는 집에서 알고 난리가 났다. 그녀는 건대 사건 이후 다신 운동권에 발을 들이지 않았고 졸업 후 동기 중에서 가장 먼저 결혼했다. 기순이는 달랐다. 건대 사건 이후 눈빛은 더욱 강렬해지고 의지는 갈수록 공고해졌다. 승연은 기순의 변신이 자기 탓 같아 가슴 아팠다. 여름방학에 영어학원 같이 다니자고 꼬드기고, 김태주가 보고 싶어 농반 활동하자고 또 꼬드겨서 결국 팔자에 없는 투사가 된 것 아닌가 자책했다. 오히려 '진실에 눈뜨게 되어 고맙다는' 기순이 비장한 눈빛으로 승연의 손을 잡았을 때 알 수 없는 전율까지 느꼈다. 사람의 인생이 어느 장소, 어느 시간, 누구와 있었는가에 달라질 수 있다는 평범한 작동을 기순은 운명처럼 받아들였다.

48. 허탈의 끝

그러니까 왜 수정이한테 쓸데없는 얘길 했냐고요! 굳이 수십 년 지난 내용을 왜 수정이가 알아야 하냐고! 나한테 무슨 억하심정이 있어서! 감추어 왔던 과거의 기억은 분노를 불러냈다. 그 악몽 지우려 얼마나 많은 시간을 리셋하며 살아왔는지 강윤희가 안다면 그래선 안 됐다.

고대생이었던가… 3학년 남자 선배가 여성해방은 여성 스스로 성적 자기 결정권을 갖는 것부터 시작해야 하는 거라고, 그래서 여자는 먼저 성적 수치심부터 깰 필요가 있다고, 용감하게 누가 웃옷 벗고 브래지어도 벗을 거냐고 물었지. 아무도 그건 아니라고 얘기할 분위기가 아니었어. 한 방에 남자들 스무 명이 둘러싸여 있었는데 여잔 고작 네댓 명이었고. 승연 씨랑 같이 온 여자가 먼저 셔츠를 벗고 브래지어를 벗었지. 용감하다며 남자들이 박수하고. 긴장했는지 강윤희

는 얼음물을 벌컥 마셨다. 다음으로 이지은, 이정희가 벗었
고. 차례차례 손뼉 쳤지. 내 차례가 돼서 윗도리를 벗으려 하
자, 여성해방 어쩌구 조장하던 3학년 그 새끼가 그만하면 됐
다면서 앞으로 여성 동지들은 무슨 일을 하더라도 여성이라
는 피해자 의식에서 벗어나 남성과 동등한, 남성을 지배하
게 되길 바란다고 했지. 승연 씨가 벗을 차례였는데 그걸 막
은 거야 그 새끼가. 예쁜 승연 씨 가슴을 여러 명이 공유하
는 게 싫었던 거야. 그 새끼한테 내가 물어봤거든 왜 내 차례
에서 멈추게 했냐, 나도 오승연도 해야지. 우리의 사상성, 투
쟁성은 검증 안 하냐고. 그랬더니 그 자식이 뭐라 했는지 알
아? 강윤희는 안 벗어도 벗으리라는 걸 안다고, 사상성 충분
히 검증됐다고. 그 새끼, 김태주만 없었으면 오승연 따먹으
려 무슨 수라도 썼다고 공공연하게 말하고 다닌 놈이야. 예
쁜 신입만 들어오면 서로 따먹으려 별 구실을 다 붙여서 전
전긍긍하는 것들이 나한테는 어떤 구실도 붙이지 않더라고.
계급 투쟁하자면서 얼굴에 계급 매기는 거, 내가 모를 줄 알
아? 선배 자취방에서 세미나 하고 모두 한방에서 자, 그러면
남자들이 여자애들 한 명씩 데리고 나가더라고. 어딜 가는지
모르지만. 나는 남자 네댓 남아있는 방에서도 항상 혼자 남
았어. 위선자 새끼들. 그 새끼들 예쁜 애들하고 히히덕거리
는 동안 저것들 먹고 난 설거지는 내 몫이었어. 나? 노동 현
장에서 일하려 준비하는 중에 내 남동생이 교통사고로 죽었
어. 그래서 운동은 더 이상 못하게 됐지. 내가 가장이 되는 바

람에. 겨우 졸업하고 취직 준비했어. 항상 서류에선 합격하는데 면접만 보면 떨어지는 거야. 왜 그런가 했더니… 그때 알았지. 내가 상당히 못생겼다는 걸. 그래서 수술하기로 결심했어. 돈만 모으면 수술했어. 쌍꺼풀하고 나면 코 세우고, 이마 지방 넣고, 턱 깎고. 턱 깎을 땐 이렇게 살아야 싶을 정도로 아파서 회의감이 생기더군. 붕대 감은 얼굴로 거울을 보면 퉁퉁 부은 사스콰치보다 더 못났더라. 고통의 시간이 지나니 못생긴 내가, 봐줄 만한 얼굴이 돼 있더라고. 이후에 남편 만난 거야. 내 남편, 변호사면 뭘 해. 너무 키가 작아서 맞선만 보면 퇴짜 맞았대. 내가 그 심정 알잖아. 그래서 결혼했지. 그러다 아들 때문에 수정이 알게 된 거고… 수정이 엄마가 승연 씨인 거 알고 깜짝 놀랐고. 긴가민가했어. 그때 동아리 워크숍 같이 간 옛 친구한테 수정이 카톡 대문 사진에 엄마랑 찍은 거 보여줬더니 자기 맞다고. 자긴 여전히 예쁘더라. 솔직히 샘이 났고 지난번 밥 먹으면서 대통령 두둔하는 거 보니 열도 받았고. 그 여편네는 무슨 천운이 있어서 대통령 부인까지 하는 건지. 암튼 미안해요. 그럴 의도는 없었어요. 수정이한테는 내가 잘 말할게요. 제가 벌인 일이니 제가 수습해야죠. 나도 운동했던 과거, 남편한테도 말 안 하는데. 강윤희는 자기가 경솔했음을 인정했다. 듣고 보니 더욱 기가 막혔다. 승연은 가느다란 한숨을 길게 내뿜고 잠시 숨을 고른 후 말했다.

일단, 그 자리에서 무슨 일이 있었는지 기억납니다. 내 순서가 되었어도 저는 옷을 벗지 않았을 거예요. 성적 자기 결정권을 강요하는 학습이 민주적입니까. 제 차례가 돌아오면 그렇게 말하려 했어요. 그리고, 질투 때문에, 아무도 윤희 씨를 찾지 않았다는 이유로 함구하기로 했던 그날 일을 내 딸한테 말해요? 윤희 씨 기억에 함정이 있네요. 그날 정말 무슨 일이 있었는지, 왜 그날 일을 묻기로 했는지. 기순이, 윤간당했어요. 자정이 다 돼서, 펜션 밖에 바람 쐬러 나갔다가. 윤희 씨는 남자들이 안 찾아서 목숨도 건지고 수술도 해서 변호사 남편 만나 행복한 삶을 사는 거 아닐까요. 아이러니죠. 윤희 씨는 여자 취급 안 당한 게 수치스럽고 힘들었는지 몰라도 어떤 이는 그 반대 이유로 고통받죠. 수술해서라도 밝은 인생 찾을 수 있다면 좋은 거 아녜요? 마음도 수술할 수 있다면, 그녀가 죽음을 택하지 않았겠죠. 인생에서 돈으로 해결하는 방법이 가장 쉬운 방법이에요. 윤희 씨는 돈으로 결국 인생 바꾼 거잖아요. 그리고 당신도 얼굴 세탁해서 인생 바꿨는데 영부인은 왜 불만인가요. 형수 생식기 찢겠단 놈이 사람 새끼입니까? 그놈이 사회주의 하자는데 괜찮냐고요. 사회주의 하면 당신 남편, 지금처럼 돈 벌 수 있을 것 같아요? 병원 의사들 의료 기술은 좋아질 것 같아요? 당신 수술은요? 잊고 있었던 악몽 끄집어놓고, 아픈 상처 건드려 놓고, 내 딸이 엄마 의심하게 만들어놓고, 딸과 나 사이 멀어지게 만들어놓고 이제 와 수습한다고요? 당신 같은 개딸들은 뭐든 저질러놓고 아니면 말고, 그런 식으로 삽니까. 맨살에 소금 뿌려놓고 아파하면 물로 헹굴게, 그러면 다예요?

수정이는 내가 알아서 할 테니 다신 수정이 부르지 마세요. 나는 형수 보지 찢겠단 놈이 당선되지 않아서 정말 다행이라 생각합니다. 그놈이 됐으면 승준이 좋은 대학 못 가요. 입시제도도 발기발기 찢어놓을 거 아냐, 거기 찢듯이.

승연은 허탈함에 다리 힘이 빠졌다. 강윤희를 만나기 전까닭 모를 불안감에 시달렸던 걸 생각하니 웃음이 났다. 억울하기도 하고 분하기도 했다. 강윤희를 만나기 전까지 마치 승연이 모르는 큰 비밀을 강윤희가 쥐고 있던 걸로 생각하고 안절부절못했던 시간이 허무했다. 미국의 한 저술가가 시샘은 내가 가진 것이 아닌 다른 사람이 가진 것을 세는 기술이라더니. 암튼 저 돌대가리들 생각하는 꼬라지라니. 한편으론 수정에 더 당당할 수 있어서 머리가 맑아지는 느낌이었다. 승연은 저녁에 수정이가 좋아하는 햄파이를 만들기로 했다. 달걀물을 프라이팬에 깔고 그 뒤에 다진 햄을 얹어 노릇하게 굽고 햄 위에 또띠야를 올려 뒤집으면 맛있는 햄파이가 됐다.

수정이 엄마와 화해하든 말든 승연은 신경 쓰지 않기로 했다. 승준 엄마가 잘못 알고 떠도는 소문을 말했을 뿐이라고 할 거니까. 저녁 식사를 막 끝냈는데 친정어머니로부터 전화

가 왔다. 이번 주말이 아버지 기일인데 참석할 수 있겠니. 아
버지 기일이구나… 달력에 표시해두었는데 수정이 모의고사
신경 쓰느라 까맣게 잊고 있었다. 그럼요 엄마, 꼭 가지요. 배
서방한테도 얘기해 둘게요.

49. 아버지, 아버지

아버지 기일이야, 일찍 와. 승연이 남편에게 연락했다. 승연은 어제 구입해서 핏물 빼고 한소큼 끓여 잡냄새 뺀 갈비에 과일 양념을 한 찜갈비를 준비했다. 아버지가 좋아하던 음식이었다. 갈비찜은 가사일 도와주던 이모가 맛있게 만들었는데 아버지 돌아가신 후 승연이 이모님께 배웠다. 승연은 갈비찜과 호박전을 준비했다. 호박전은 둥글게 썰어 밀가루 묻히고 달걀물 묻힌 일반적인 전과 다르게 채를 썰어 달걀 반죽에 넣는 방식이었는데 이것도 아버지가 좋아했다. 식감이 좋다고 자주 해달라 요구한 음식이다. 상차림을 간소화하자 해서 제사 음식 가짓수가 줄어들었다. 아버지가 뭘 좋아하셨더라. 승연은 빠진 게 없는지 점검했다. 아, 사과 감주, 김치냉장고에서 큼직한 통 하나를 집어 들었다. 어머니가 만든 것 중 가장 맛있다고 칭찬했던 후식이었다. 어머니는 명절 때 사과가 선물로 들어오면 좋은 건 골라서 제사 때 쓰고 벌레 먹거나 모

양이 안 예쁜 건 골라 감주를 만들었다. 통사과, 통생강, 통계
피 넣은 물을 팔팔 끓이다가 설탕으로 간을 했는데 설탕 대신,
식힌 후 꿀을 넣으면 맛이 일품이었다. 승연이 아버지 기일마
다 찜갈비와 호박전, 사과 감주는 도맡아 장만했다.

　어머니가 서교동 집을 팔고 분당으로 옮긴 건 승연의 결
혼 얘기가 오갈 무렵이었다. 혼자 큰 집에서 적적해하시는 어
머니를 오빠 승호가 모시겠다고 했다. 승호와 서현동에서 3년
정도 살다가 장가간 아들과 같이 사는 게 불편하다면서 지금
계신 정자동으로 이사 왔다. 데모질이나 하는 막내딸 유학 보
내려 했는데 정작 언니 승미가 미국 유학을 원했다. 아버지 죽
음에 절규하고 분노하던 언니는 대한민국을 증오했고 다시는
한국 땅을 밟지 않겠다며 가족과 이별했다. 승미는 한국을 떠
난 뒤 단 한 번도 한국을 찾지 않았다. 승미는 그곳에서 학업
을 마친 후 교수가 되었고 미국인 변호사와 결혼해 아들, 딸을
두었다. 어머니 생신, 아버지 기일마다 승미 가족이 영상 통
화로 남은 가족의 안부를 물었다.

　승호는 아버지의 갑작스러운 죽음으로 회사를 떠안는 신세
가 되었다. 숙부가 대표이사로 취임해 혼란한 상황을 떠안고
정리했지만, 아버지의 부재는 안팎에서 혼란을 겪었다. 시스
템이랄 건 없으나 아버지가 이룬 기업 질서는 견고하고 안정
적이었다. 부서마다 제 역할만 하면 톱니바퀴 맞물려 돌아가

듯 오차 없이 진행되었다. 노조들의 모함과 억지, 파괴본능은 아버지만 비극의 주인공으로 버려두지 않았다. 아버지를 죽음으로 몬 노조 두 명은 살인죄를, 노조 간부 두 명은 살인 방조죄로 옥살이를 했다. 그리고 몇몇은 회사를 떠났다. 승호는 군대 제대 후 정일어패럴에 입사했다. 승호가 5년 전 대표이사직에 취임하면서 숙부는 아버지 빚을 갚았다며 물러나셨다.

5·3 인천사태엔 학생은 물론 재야 시민단체, 노동운동 단체가 모두 모였다. 광주 5·18 이후 최대 규모의 반정부 시위라고 할 정도로 규모가 엄청났다. 승연의 아버지 오정일은 대규모 집회가 회사 부근에서 벌어진다는 소식을 듣고 아침 일찍 집을 나섰다. 일요일이었지만 시위가 과격해지면 시위에 참여했던 근로자들이 회사로 와서 불법 행위를 하게 될지 모른다는 생각에서였다. 또 아버지 회사 근로자들은 어떻게라도 보호해야 했다. 오정일은 시위 중 불상사가 일어나지 않기를 바라는 마음으로 집회가 열리는 시민회관 쪽으로 걸어갔다. 학생들이 나눠주는 전단지는 살벌했다. 민족통일 방해하는 군부독재 타도하자, 노동운동 탄압하는 전두환 정권 말살하자 등이 빨간 글씨로 써있었다. 오정일은 눈살을 찌푸렸다. 불온 세력이 선동하는 집회가 아닐까 불안한 예감이 들었다. 주안역 앞 시민회관 사거리는 난장판이 되었다. 시민회관 건너에 있는 민성당 제1지구당사에서 검은 연기가 솟구쳤고 이어 각 단체의 산발적인 시위가 벌어졌다. 보도블럭 조각과 화

염병이 날아갔다. 최루탄이 발사돼서 그곳에 있을 상황이 아니었다. 오정일이 회사로 돌아가려고 발길을 돌리려는데 성당 방향에서 '광주학살 책임지고 미국은 사죄하라' '저임금, 실업 강요하는 재벌정권 타도하자' 등의 구호를 외치는 인사련 무리와 맞닥뜨렸다. 저임금, 실업 강요하는 재벌 정권 타도하자는 현수막을 보는 순간 그들이 자기를 향해 달려오는 것으로 착각했다. 아, 난 재벌이 아닌데도 맞아 죽겠구나. 오정일은 눈을 감았다. 최루가스에 코와 목이 메스꺼웠다.

5·3 사태 이후 오정일은 예민해졌다. 5·3 사태엔 사회주의를 추구하는 급진적인 단체 CA그룹이 혁명으로 제헌의회 수립하자는 현수막을 본 후 북한 간첩이 잠입했거나 그들이 개입했다는 확신을 했다. 노동 현장에도 불온 세력이 침투하지 않았을 리 없었다. 가뜩이나 화장실에서 발견한 삐라 때문에 찜찜했는데 며칠 전 물품 하역장에서 또 황당한 북괴 삐라 십여 장을 발견했다. 경찰에 신고했다. 삐라 내용은 이랬다. 인민기를 든 농민, 의사, 노동자 사진 아래 민중 위주의 나라, 민족의 태양, 김일성 장군님께서 창건(48.9.9)하신 조선민주주의인민공화국은 사람 위주의 주체사상을 지침으로 삼는 민중 위주 사회이다. 민중을 위한 시책이 펴지는 이북은 빈부격차, 실업자, 거지, 세금, 학비, 치료비, 공해가 없는 민중이 살기 좋은 세상이다. 10살 때 전쟁을 겪고 공산당이라면 치를 떠는 오정일이었다. 전범자를 민족의 태양이라니, 오정일은

노조설립에 대해 긍정적인 편이었는데 삐라를 발견하고 5·3 집회를 본 후 생각이 달라졌다. 노조를 인정하더라도 투쟁 목적으로 회사에 잠입했거나 선동하려고 위장 취업한 불순분자들을 가려내야 했다. 5·3 이후 노조설립은 공장마다 도미노처럼 일어났다. 이후 6·10 대규모 시위가 있고 나서 부평 산단 분위기는 예전보다 살벌했다.

오정일은 분명했다. 노조설립은 허락하나 빨갱이 사상을 가진 사람은 해고하겠다, 선언했다. 경찰이 수사하고 있지만 자체적으로 삐라 뿌린 불순분자를 가려내겠다고 엄포 놓았다. 노조원 중 위장취업자는 물론, 이념 불온서적이 발견돼도 해고 대상이라는 각서를 받았다. 얼마 뒤 모든 취업 서류를 다시 검토하고 근로자들의 수상한 행태를 면밀하게 감시한 결과 두 명의 위장취업자가 발견됐다. 경찰에 의뢰했더니 다른 사업장에서 해고된 경력이 있는 자들이었다. 오정일은 공표한대로 이 둘을 해고했다. 그러나 해고된 근로자들은 매일 회사 앞 정문에서 노동자를 억울하게 해고한 악덕 기업주 오정일 물러나라! 복직을 허하라!는 피켓을 들고 시위를 벌였다. 오정일은 무시했다. 지옥 같은 악몽은 한 달여 뒤에 일어났다. 그 사이, 정일 어패럴은 정식 노조가 설립되었다. 노조는 당장 일당 천 원 인상을 요구했다. 오정일은 경기 불안정, 상반기 시위, 집회로 회사가 정상 가동되지 않은 점 등을 이유로 임금은 하반기에 매출실적 반영해서 올리겠노라고 약속했다.

근로자 편익을 위한 기숙사 준공 계획도 발표했다. 회사는 노조와 원만하게 합의가 이루어졌고 내부적으로 안정되는 듯 보였다.

50. 끔찍한 사고, 지울 수 없는 기억

한 달 이상 해고노동자들의 회사 정문 앞 시위는 멈출 줄 몰랐다. 7월의 뜨거운 어느 여름날, 복직을 요구하는 해고자 두 명이 뙤약볕 아래서 단식 농성을 시작했다. 정문 앞 담벼락 아래는 그늘이 없었다. 둘은 검은 우산으로 태양을 가렸고 나중에는 어디서 났는지 파라솔을 가져와 바닥에 꽂아두었다. 경비원들이 사유재산 위에서 농성하지 말라고 매일 실랑이 벌였지만 오정일은 그냥 놔두라고 했다. 그들은 위장취업에 대해 단 한 번도 잘못했다거나 사과한 적이 없었다. 관대와 처벌을 혼동하고 원칙을 지키지 않으면 경영자는 리더십을 잃게 된다고 오정일은 믿었다. 일주일째 단식 농성했던 해고자 한 명이 탈수로 쓰러졌다. 회사에서 응급차를 부르고 병원에서 치료받도록 선처했음에도 노조는 이를 문제 삼았다. 졸시에 산인한 기업주가 되었다. 탈진해 쓰러진 해고노동자의 사진이 지역신문에 실렸다. 위장취업자라는 내용은 어디에도 없었다. '먹을 물도 착취당한 해고노동자의 처참한 시간'이란 제목으로 기사가 나갔다. 회사로 기자들이 몰려왔다. 정당한 해고라고 해명해도 소용없었다. 노조는 해고노동자가 밖에서 단식투쟁한 사진, 병원에 실려 간 사진을 담아 '우리들의 미래'라는 성명서를 냈고 해고자 복직하라는 연판장을 공장 내에 돌렸다.

끔찍한 일은, 시간을 끌지 않고 찾아왔다. 함께 단식 농성했던 해고자 김 씨가 회사로 찾아 들어왔다. 노조들이 그를 감쌌다. 매일 회사로 기자가 찾아오는 바람에 그를 들어오지 못하게 막을 길은 없었다. 회사 대표와 면담하겠다는데 거절했다간 '잔인한 악덕기업주의 민낯' 어쩌구 하며 기사 나갈 게 뻔했다. 회사 이미지는 물론 소비자 불매운동이라도 일어나면 회사는 문을 닫는 상황까지 대비해야 했다. 그런데 상황이 이상하게 꼬였다. 사무실에서 면담하기로 했던 해고자 김 씨는 면담 시각이 다 되도록 나타나지 않았고 사무실 밖은 사람들의 웅성거림으로 시끄러웠다. 누군가가 회사 운동장에서 오정일, 나와! 라고 외쳤다. 손에 무엇인가를 들고 있었고 직원들로 둘러싸여 있었다. 직원들은 다가가지 못하고 말리는 모습이었다. 오정일과 임원들이 재빨리 운동장으로 나갔다. 시큼한 냄새가 진동했다. 해고자 김 씨가 석유로 자신이 서 있는 주변에 동그랗게 원을 그리고 그 안에 서 있었다. 오정일은 기겁했다. 면담이 시작되지도 않았는데 분신 협박이라니. 김 씨는 손에 라이터를 들고 있었다. 그는 주변에서 다가오지 못하도록 라이터에 불을 켰다. 순간 주변에 있던 사람들이 소리 지르며 한발 물러섰다. 지역신문 기자 두 명이 연신 사진을 찍어댔다. 오정일은 한 발짝도 움직이지 않았다. 오히려 원 주변으로 다가가 꼿꼿하게 서서 말했다. 이렇게 해결하지 않아도 될 문제인데 왜 이러십니까. 아따, 사장님, 지가 한 달 넘게 밖에서 사장님 얼굴 한 번 볼라꼬 그렇게 애원해도 얼굴 안 비주더만 인자 가까이서 보게 되는구만이라. 오정일 사장님 원칙주의자라 소문 쫙 나부렀오. 면담해도 복직 안 해줄 거라고. 나쁜 사람이라고 생각해본 적은 지도 없는디요, 우리 식구, 애비가 한달 넘게 월급 못 갔다줘서 지금 배를 쫄쫄 굶고 있당게요. 긍게 나가 여그서 복직도 하고 그간 못 받은 월급도 주겠다는 약속 안 해줘불면 걍 확 죽을라요. 지 새끼들도 챙기지 모다는 가장이 살면 머다거쏘? 그러니까 여기서 이러지 마시고 그 문제는 안으로 들어가서 협의해봅시다. 그거 이리 주세요. 오정일이 한 발짝 다가가자 김 씨가 라이터에 다시 불을 붙였다. 김 씨 태도가 이상했다. 멈칫하더니 노조위원장 얼굴을 흘끗 쳐다보았다. 노조위원장 태도는 더욱 이상했다. 근로자 입장이라면 그를 말려야 하는데 직원들 사이에 서서 팔짱만 끼고 있었다. 김 씨는 말을 이어갔다. 아따, 사장님, 여그서 할 말 못 함시로 들어가서 뭔 말을 한다요? 그거시 고로코롬 어려운 얘기요? 복직해주겠다, 월급도 챙겨주겠다, 그 말이 그리 어렵소? 오정일은 김 씨가 노조의 사주를 받고 행동한다는 느낌이 들었다. 그 사이 윤 부장이 소화기를 가져다 놓으며 말했다. 김 씨, 그러니까 말로 하자고 말로. 이런다고 해결 안 돼. 사장님 인품 겪어봐서 알잖아. 말로 하면 다 들어주실 거야, 그만 불 이리 내. 이러다가 사고라도 나면 회사 망해, 여기 있는 직원들 다 일자리 잃어, 왜 그렇게 생각이 없어, 김 씨.

김 씨는 윤 부장의 설득에 잠시 동공이 흔들렸다. 그는 다시 노조위원장을 바라봤다. 노조위원장도 김 씨가 자꾸 자기를 쳐다보며 말하자 애써 나서는 척했다. 김 씨, 속상한 거 다 알아, 나는 사장님께서 김 씨 요구 다 들어주실 거라고 믿어. 회사 직원들을 가족같이 생각하는 분이잖아. 우리도 그건 다 알고 있지. 노조위원장은 능글맞은 표정으로 오정일을 쳐다보았다. 사장님, 기자도 있고 그러니 김 씨 요구 들어주겠다고 말씀하시죠. 노조위원장의 말이 끝나자 모여있던 사람들이 일순간 조용해졌다. 오정일 사장의 대답이 궁금했다. 오정일은 회사 경영에 있어서 원칙을 벗어난 적이 없는 사람이다. 노조를 허락할 때도 사측에서 도울 수 있는 건 돕겠다 하고, 원칙과 질서를 깨는 구성원, 조직에 위해가 되는 사람은 가차없이 배제하겠다며 이를 지켜왔다. 상대는 횡포를 넘어, 목숨을 담보로, 질서 정연한 왕국을 흔들고 있다. 오정일은 침착하게 말했다. 협상이란 것은, 동등한 상태에서 하는 것이오. 이것은 협상이 아니라 협박이지요. 그래요, 협상이라 합시다.

당신을 무기를 들고 있고 나는 맨몸인데 비대칭 협상에서 저는 무얼 얻게 되지요? 더는 얘기하지 않겠습니다. 그거 내려놓고 사무실로 올라오세요. 당신의 요구가 합당하면 제가 들어줄 것이고 그렇지 않으면 들어줄 수 없습니다. 그리고 지금 당신은 나를 협박하는 게 아니고 여기 정일어패럴 직원 전부를 협박하고 있는 거예요. 오정일은 단호했고, 더는 할 말이 없다는 태도였다. 오정일은 김 씨 얼굴 대신 노조위원장 얼굴을 바라봤다. 무슨 지시를 내릴지 궁금했다. 노조위원장과 오정일의 눈이 마주쳤다. 노조위원장은 오정일의 눈을 피해 김 씨에게 마지막 신호를 보냈다. 고개를 미세하게 살짝, 좌우로 흔들었다. 그게 그러지 말고 포기하란 신호인지, 저 인간 협상이 안 되니 실행하라는 표시인지 알 수 없었다.

돌아서는 오정일의 등에 대고 김 씨는 마지막 발악을 했다. 야, 씨발, 너 내 말이 말 같지 않어? 나 죽으면 내 새끼덜도 다 굶어 죽어야, 니가 인간이면, 너도 새끼가 있으면 이렇게 매정하진 모달 거 아녀! 그까짓 월급 20만 원 줌서, 뼈 빠지게 야근까지 해서 30만 원 가져가는데 우리 식구 목숨이 그것보다 모다냐? 씨발거 내 니 앞에서 죽는 꼴 보여 줘야겠으야, 나가 죽으면 우리 식구꺼정 네 명이 죽는 거여, 너는 네 명 죽인 살인자랑게. 오정일은 예감이 안 좋아 뒤를 돌아봤다. 김 씨가 옆에 있던 휘발유 통을 들어 자기 몸에 끼얹으려 했다. 오정일은 순간적으로 그에게 뛰어들어 휘발유 통을 든 그

의 손을 저지했다. 휘발유 통을 안 뺏기려 실랑이 벌이는 와
중에 휘발유가 출렁이다 오정일 옷으로 튀었다. 막으려 하면
더 하고 싶은 심리였을까. 김 씨는 있는 힘껏 오정일을 밀어
내려 했다. 급한 마음에 오정일이 김 씨를 껴안으며 알았으니
그만둡시다, 하는데도 김 씨는 라이터에 불을 당겼다. 불이
붙은 라이터를 보자 사람들이 소리 지르며 물러섰다. 오정일
은 안간힘을 다해 라이터 잡은 손을 붙잡았다. 라이터는 허공
에서 맴돌았고 이내 김 씨 손에 떨어졌다. 김 씨는 다시 라이
터에 불을 붙였다. 오정일에게 가까이 오지 말라는 시늉을 하
며 오정일 옷 앞으로 라이터 불이 가까이 대는 순간 라이터 불
이 오정일 몸에 닿았다. 순식간이었다. 화마가 오정일을 감쌌
다. 불길은 가슴에서 배로 배에서 다리로 번지고 있었다. 안
돼, 사장님! 여직원들이 비명 지르며 울고 있는 모습이 보였
다. 노조위원장이 그 자리에 얼어붙어 꼼짝하지 않는 채 놀라
는 모습이 보였다. 윤 부장이 허둥거리며 소화기를 잡는 모습
도 보였다. 김 씨는 기름 범벅인 자기 몸에 불이라도 붙을까
봐 놀라서 저만치 도망가고 있었다. 오정일은 숨을 쉴 수 없었
다. 두어 바퀴 돌아 바닥에 쓰러지는데 누군가 소화기로 불을
끄는지 뜨거웠던 몸이 식는 것 같았다.

　응급실에 도착했을 때 오정일은 의식을 잃은 채 가느다란
호흡만 내쉬고 있었다. 호흡은 산소가 아니라 몸속에 남은 영
혼이었다. 가족이 도착할 때까지 기다렸던 영혼이었다. 청천

벽력 같은 소식에 넋이 나간 상태로 응급실에 도착한 승연의 어머니, 승호와 승미는 응급실 입구에서부터 울기 시작했다. 보기 전엔 믿지 못했다. 승연 모친은 온몸이 새까맣게 탄 채 산호호흡기를 끼고 있는 남편을 보자마자 정신을 잃었다. 승호와 승미는 야수의 울음소리를 내며 절규했다. 아버지를 꼭 살려달라고 의사 팔을 붙잡고 애원했다. 승미는 영문을 몰랐고 아버지를 지키고 있던 임원들에게 왜 당신들이 안 죽고 우리 아빠가 죽어, 살려내! 소리 질렀다. 아버지는 마지막 숨결이 남아있을 때 무슨 말을 하려는지 혼신으로 손가락을 움직였다. 승호와 승미가 다가갔다. 머리카락이 하나도 남아 있지 않았다. 검게 탄 머리카락이 살갗에 달라붙었고 빨간 속살이 흉하게 드러났다. 그 모습에 승미는 정신이 혼미해지는 걸 느꼈다. 아버지가 왼손 새끼손가락을 펴 흔들었다. 승연을 찾는 신호였다. 아버지는 승연을 지칭할 때 새끼손가락을 펴 흔들곤 했다. 막내라는 뜻이었다. 어디 있는지 연락이 안 돼요, 아빠. 승미의 흐느끼는 소리가 칼로 살을 긋는 것보다 날카롭고 아팠다. 오정일 손이 힘없이 툭 떨어졌다. 승미의 비명소리가 병원 전체에 울려 퍼졌다.

51. 가세요, 떠나세요

언니, 제사 지내는 거, 힘들지 않아요? 승연이 올케와 제
기를 닦으며 물었다. 에이, 아가씨도 참, 뭐 남들 다 하는 건
데요. 제 할 일이기도 하고. 남의 집 제사가 왜 언니 할 일이
야, 오빠 할 일이죠. 올케는 배시시 웃으며 대답했다. 남편 할
일이 제 할 일이죠. 그리고 아가씨가 도와주시잖아요. 아버
님이 좋아하셨다는 음식은 아가씨가 다 해오시는데. 난 갈비
찜이랑 사과감주 아무리 맛있게 하려 해도 잘 안되더라. 손맛
이 있나 봐요. 승연은, 손맛이 아니라 한이 서려서 그렇다고
했다. 올케는 그게 무슨 말인지 몰라 멀뚱하게 승연을 바라봤
다. 승연은 설거지를 마치고 거실로 다과를 챙겨갔다. 올케에
게 와서 앉으라고 손짓했다. 올케는 앞치마에 손을 닦으며 무
슨 일인가 싶은 얼굴로 다가왔다. 지금까지는 괜찮았다. 시간
이 약이라는 속담은 위로가 아니라 삶의 교훈이었다. 그러나
오늘은 식구들에게 반드시 말해야 했다. 엄마, 오빠, 우리 이

제 제사 그만하면 안 돼요? 승연의 뜬금없는 질문에 어머니, 오빠, 올케가 당황했다. 아, 아니에요. 제가 아무 말도 안 했어요. 아가씨가 힘드냐고 물어봐서 제 할 일이라고 했는데, 절대 힘들지 않아요. 제사라고 달랑 조부모님하고 아버님 제사 딱 세 번 하는데 그게 뭐 힘들다고 안 해요. 올케는 자기가 힘들어서 승연한테 넋두리라도 한 줄 알까 봐 손사래 치며 말했다. 억울해서 울상을 지었다.

무슨 소리야, 제사를 안 지내다니. 그럴 순 없지. 너 꼴랑 갈비찜하고 호박전, 감주 해오는 거 힘들어서 그러면 그만 해도 돼. 갈수록 간소화하는데 그것도 힘들다면 어떡하니. 승호가 어른스럽게 타일렀다. 자기 부인을 방어하는 말이기도 했지만, 어머니 앞에선 제사에 대한 어떤 의견도 바람직하지 않다고 생각했다. 승연은 오빠 입장이 어떻든 의견은 중요하지 않았지만 오빠가 한 말에 대해선 반박해야 했다. 올케언니가 왜 남의 제사를 지내요. 올케언니가 준비하는 거잖아요. 한 번도 본 적 없는 아버지 제사를. 시아버지 사랑 받지도 못했는데 언니는 무슨 죄가 있다고 본 적 없는 시아버지께 사랑과 정성을 바쳐… 어머니는 사과 한 입 물다 말고 며느리를 쳐다봤다. 그건 그렇네. 얘, 시아버지 살아계셨으면 외며느리라고 혼자 사랑 독차지했을 텐데 그러지 못하고 제사만 지내는구나 내가 미안하다. 내 남편이니까 내가 지내는 게 맞는데. 어머니가 말을 마치자 승호와 올케가 서로 동시에 얼굴을 마주 봤다. 승호가 볼멘소리로 말했다. 아니, 어머니 왜 이러세요. 우리가 제사 지내는 거 싫어하는 줄 알겠네. 승연이 너, 왜 남의 집에 분란 일으키냐. 오빠, 여기가 왜 남의 집이야, 내 집이지. 내 시댁이 남의 집인 거고. 승연이 말하면서 남편 배준형을 쳐다봤다. 남편은 승연이 두 달에 한 번씩 지내는 시댁 제사가 지겨워서 비꼬는 소리라고 생각했다. 남편은 아무 말 못 하고 앞에 놓인 사과 감주를 벌컥 들이켰다.

제 생각에… 제사 그만했으면 해요. 아무 의미 없는 짓이라서. 어머니는 조상을 섬기는 일인데 제사가 어째서 의미 없냐고 반문했다. 조상을 왜 섬기는데요? 죽은 사람이 우리가 섬기는지 안 섬기는지 알아요? 어디서 보고 있어요? 하늘나라에서? 섬기는지 안 섬기는지, 안대요? 조상이 그러던가요, 섬기면 복 주고 안 섬기면 벌준다고. 이런 거 그만하세요. 남편이 헛기침했다. 아, 이 사람이 지금까지 잘해오다 갑자기 왜 이래. 보든 안 보든 조상을 섬기면 자손이 잘되고… 승연이 남편의 말을 끊고 쏘아보며 말했다. 자손이 뭐가 잘되는데? 우리 앞집 사는 송이네, 거기 일년 내내 제사 지내, 근데 그 집 사기당해 돈 날려서 남편 졸지에 신불자 됐지, 애들 다 재수 삼수해서도 좋은 대학 못 가고 송이 오빠는 취직 못 해서 자기 엄마 곁에 붙어살잖아. 다 큰 놈이 아르바이트해서 벌 생각은 안 하고 어미한테 용돈 받아 쓰는데 그게 잘되는 거야? 송이 엄마가 제사를 얼마나 정성껏 드리는지 알아? 있을 때 잘할 일이지 왜 죽은 후에 정성을 쏟냐고. 그러면 덜 미안해지나? 조선이 조상을 500년이나 모셨는데 왜 대한민국은 이 모양 이 꼴이지? 정성이 부족해? 더 잘 섬겨야 해? 남편은 당황했다. 고개 숙인 처가 식구들 눈치를 보았다. 그래도 부모 제사 때나 얼굴 보지 요즘처럼 바쁜 세상에 얼굴 볼 핑계가 없잖아. 승연은 또다시 목청 높였다. 무슨 소리야, 승미 언니 미국 가서 여기 안 온 지가 20년이 넘었는데. 제사 아니어도 만날 구실은 얼마든지 만들 수 있잖아. 근데 왜 제사냐고. 생일에도 보고, 어버이날에도 보고, 돌아가며 식구 생일에 봐도 여기 있는 사람들 한 달에 한 번 이상은 만나겠다! 한 달에 한 번이 적어?

침묵이 흘렀다. 승연의 말을 듣고 있던 어머니가 잠깐의 정적을 깼다. 그래, 승연의 말이 다 맞다. 그래 맞아, 제사가 뭐라고. 안 지내도 되지. 우리 승연이가 올케언니 생각해서 제사 지내지 말자고 총대 멘 것 같구나. 그래, 우리 이 문제 깊이 상의해보자. 어떤 식으로 제사 지내는 게 좋은지. 어떻게 하면 의미 있는 제사가 될지 생각해보자꾸나. 아니라니까요, 엄마! 왜 그렇게 제사에 집착하세요. 더 이상 무슨 의미를 넣어요. 그게 아니라니까요. 저한테 제사, 의미 없어요. 여기 있는 사람들은 의미 있어? 아버지가 어떻게 돌아가셨는지 제사 때 모이면 생각 안 나? 아버지 마지막 모습 생각 안 나냐고. 나는 아버지 제사만 되면 고통스러워. 아버지 임종을 못 봤잖아. 아버지가 날 찾았다며. 따뜻한 말 한마디나, 사랑의 제스

처 따윈 모르는 양반인 줄 알았어. 근데 마지막 가는 그 순간에, 살점이 타서 떨어져 나간 순간에도 새끼손가락 들어서 날 찾았다며. 아버지께 사랑한다는 말, 못 했다고! 아버지랑 나는 화해도 못 했다고! 승연의 눈에서 눈물이 흘렀다. 내가 얼마나 고통스러운지 여기 있는 사람 다 모르지… 죽을 죄 짓고 사는 불효녀 심정을 어떻게 알아. 아버지 좋아하는 갈비찜 만들고 감주 만들면 죄책감을 덜 줄 알았어. 근데 그게 아니더라고. 난 아버지란 귀신이 제삿날 와서 내가 만든 갈비찜 냄새 맡는 것보다 아버지가 데모하지 말라 했을 때 데모하지 말았어야 했고 자본가 파멸시키자는 구호는 외치지 말았어야 했어. 똥통 학교 때려치우고 유학이나 갔어야 했다고! 제사 때마다 잊었던 나의 죄가 떠오르고, 처참했던 아버지의 마지막이 상상돼서 너무 고통스러워. 아버지를 잊게 해줘 제발. 엄마도 오빠도 이제 아버지 잊어. 제사 때마다 아버지가 내게 나타나서 말해. 승연아, 너무 뜨거워, 나 너무 뜨거워. 눈물은, 걷잡을 수 없는 흐느낌으로 변했다. 그 어느 것도 자책과 회한에서 구제받지 못한다는 걸 승연은 알고 있었다. 고통은 피하는 게 아니라 견디는 것이라는 것도.

52. 아베마리아

권지호가 쪽지에 남긴 만날 장소는 모텔이 아니었다. 연세대 앞에 있는 '시티라이프'라는 카페였다. 권지호는 위치까지 그려놓았다. 희숙은 '시티라이프'가 어디 있는지 잘 알고 있었다. 신촌은 희숙에게 익숙한 장소였다. 쪽지 하단에 의상은 최대한 포멀하게, 라고 적혀 있었다. 희숙은 그가 뜬금없이 신촌 로터리 근처에서 만나자는 것과 최대한 포멀한 의상으로 갖추란 의도가 궁금했다. 옷장을 뒤지니 스커트는 하나도 없고 청바지와 스웨터, 셔츠뿐이었다. 희숙에게 최대한 포멀한 의상은 검정 슬랙스와 베이지색 블라우스, 그리고 아버지가 사준 감색 조이너스 가을 코트가 전부였다. 희숙은 신촌역에서 내렸다. 그레이스 백화점 옆으로 난 길은 시티라이프로 가는 지름길이었다. 시티라이프가 있는 지하로 내려가다 입구에서 권지호를 만났다. 공장이나 공장 주변이 아닌 곳에서 권지호를 만나니 낯설고 생소했다. 권지호는 희숙의 차림을 보자 놀라는 기색이었다. 권지호는 희숙을 데리고 신촌역 앞 그 레이스 백화점으로 갔다. 여성복매장이 있는 3층으로 올라갔 다. 희숙은 영문을 몰라 무슨 일이냐 물었다. 권지호는 매장 한 바퀴를 돌더니 한 브랜드 앞에 섰다. 마네킹이 입은 원피스 를 가리키며 입어보라고 했다. 목 부분에 분홍색 셔링이 달린 원피스는 단순한 디자인이지만 쉬폰 소재에 분홍 색감이 화려 했다. 날씬하고 키가 큰 희숙에게 잘 어울렸다. 권지호는 옷 이 날개군. 만족스러운 표정으로 원피스를 계산했다. 희숙은 자기 어깨에 손을 올린 채 걸어가는 그가 싫지 않았다. 어딜 가는데요? 응, 음악회 갈 거야. 연세대 대강당으로. 희숙은 권지호가 음악회에 자길 데리고 간다는 사실이 놀라우면서도 기쁘고 긴장됐다. '나를 좋아하는구나.'

희숙은 권지호에게 원피스를 왜 비싼 백화점에서 사느냐, 이대 앞에 가면 옷 가게가 넘친다고 볼멘소리로 투덜거렸다. 너 혹시 이대 다녔니? 연대 다녔나 했는데. 권지호의 기습 질 문에 희숙은 얼어붙어 말끝을 흐렸다. 제가 무슨 이대요… 권 지호는 들은 체도 하지 않았다. 권지호는 좋은 데로 가서 저 녁 하려 했는데 학교 근처라 괜찮은 곳이 없다며 희숙을 패밀 리 레스토랑으로 데려갔다. 희숙은 이런 시간을 변태섭과 갖 길 바랐다. 가끔은 분위기 좋은 레스토랑에서 식사하고 영화 를 보거나 음악회를 즐기며 데이트하길 바랐다. 변태섭과 단 성사에서 본 터미네이터 이후 다신 그와 영화관을 찾은 적이 없었다. 무슨 음악회죠? 희숙은 안심 스테이크를 썰면서 우아한 드레스에 맞게 낮은 톤으로 물었다. 응. 김근화 귀국 독주회라고. 연대 음대 나온 여자 동기야. 초대장이 왔길래. 희숙은 미소가 나오는 걸 억지로 참았다. 연대 동문 귀국 독주회면 분명 권지호 친구들이나 선후배, 학교 은사도 만날지 모르는 일이었다. 그런 자리에 회사 여직원인 자신과 동행하다니. 아닌 게 아니라, 희숙은 권지호와 속정을 맺은 후 고민이 깊었다. 권지호도 자신을 좋아하는 것 같았고 자신도 권지호에게 끌리고 있었다. 변태섭을 사랑하지만, 권지호가 자신에게 프러포즈하면 어떻게 해야 할지 희숙은 자신이 없었다. 혁명 동지이자 첫사랑인 변태섭과 결혼하는 건 당연했다. 하지만 도무지 사랑하는 법을 모르는 변태섭에게 갈수록 서운함이 쌓였고 그와 잠자리가 불편했다. 섹스가 즐겁지 않았다. 아프고 수치스럽고 두려웠다. 게다가 두 번의 중절 수술에서 보인 그의 태도는 매정하기 짝이 없었다. 그래도 희숙은 변태섭이 자기를 사랑하고 있다고 믿었다. 교회에서 맺어진 인연이었다. 그와 결혼해서 임신중절의 아픔을 반드시 회복해야 했다. 노동자가 주인이 되는 세상을 만들어야 했고, 모두가 공평한 세상이 필요했다. 그래도 권지호가 좋았다. 그의 배려와 매너가 좋았다. 그가 결혼하자고 청혼하면 그때 고민할 거야.

객석이 조용해졌고 김근화가 무대로 걸어 나왔다. 희숙은 우아하다는 표현이 어떤 것인지 알 것 같았다. 그것은 돈과 여

유가 만들어내는 것이었다. 공연은, 그냥 그랬다. 아는 노래
는 아는 노래라 시시했고 모르는 노래는 모르는 노래라 재미
없었다. 권지호는 가끔은 눈을 감기도 했고 조심스럽게 희숙
의 손등을 간질이기도 했다. 제목을 모르는 모차르트의 노래
가 끝나고 김근화는 아주 천천히 노래 하나를 뽑아냈다. 아베
마리아. 희숙은 같은 제목의 노래가 수백 곡은 있다는 것을 몰
랐다. 그리고 그 사실이 신기할 뿐이었다. 처음 듣는데도 사
람의 마음을 여는 멜로디에 듣고 있던 희숙의 눈에서 갑자기,
까닭 없는 슬픈 눈물이 흘러내렸다. 눈물은, 그녀를 사로잡고
있던 절망과 슬픔, 허탈에 가까운 감정이었다. 폐부를 찌르는
고통이었다. 기도가 필요한 순간이 있었다. 신의 도움이 절실
한 날이 있었다. 손잡아 달라 외쳤지만, 버리지 말라고 매달
렸지만 외면당한 기분이었다. 매 순간 지푸라기 잡는 심정이
었다. 아파도 아파하지 못하고 슬퍼도 슬퍼하지 못하는 자신
의 처지가 불쌍했다. 사실은, 확신 없이 맹목적인 삶에 희숙은
지쳐가고 있었다. 꿈을 잃은 지 오래되었다. 꿈이 있었는지조
차 기억나지 않았다. 자신을 지탱해 주던 신앙도 무디어져 갔
다. 어느 날은 길고 컴컴한 터널을 걷고 있었고, 어느 날은 칠
흑 같은 망망대해에 표류하고 있었고, 어느 날은 천 길 낭떠러
지 절벽에 서 있었다. 희숙은 배고픈 맹수에 둘러싸여 벌벌 떠
는 길 잃은 한 마리의 어린 양이었다. 희숙은 성모의 품에 안
긴 예수가 자신처럼 느껴졌다. 하염없이 흐르는 눈물은 멈추
지 않았다. 희숙의 어깨가 들썩였다. 슬퍼서 울었고 외로워서

울었다. 걷잡을 수 없이 흐르는 눈물은 흐느낌으로 변하고 있었다. 권지호가 희숙의 들썩이는 어깨를 살짝 안았다.

　두 번의 커튼콜로 공연은 마무리됐다. 객석에 불이 켜지니 눈물자국이 선명했는지 권지호가 희숙에게 화장실 가서 거울 좀 보고 오라 했다. 강당 로비에 사람들이 웅성거렸다. 김근화를 보려는 관객들이었다. 무대 화장에 한껏 부풀린 올림머리 스타일이 우스꽝스러웠지만 연예인처럼 아우라가 다르긴 했다. 희숙이 권지호 곁으로 다가갔다. 권지호는 팔짱을 끼고 김근화 주변으로 모여든 사람들이 사라지길 기다렸다. 김근화가 권지호를 알아보고 다가왔다. 권지호가 먼저 입을 뗐다. 오랜만이야. 김근화는 대답 대신 희숙을 가리켰다. 누구야? 회사 여직원. 김근화가 희숙을 흘겨보는 눈빛은 오만하고 도도했다. 무대 위에서 관객에게 두 손 가슴에 모으며 머리 숙여 인사하던 겸손한 태도는 가식이었다고 고백이라도 하듯 상반된 태도였다. 회사 여직원하고 이런 데도 다녀? 권지호는 팔짱 낀 채로 김근화에게 시선을 두며 말했다. 표가 두 장이라. 김근화 눈빛은 여전히 희숙을 얕잡아보고 있었다. 불쾌할 만도 한데 희숙은 태연했다. '나랑 권지호랑 그렇고 그런 관계거든' 미묘한 감정싸움에서 진짜 승자는 살 섞는 관계라는 걸 알리고 싶은 마음이었다. 희숙의 자신감은 이것이었다. '내가 그렇게 후졌으면 권지호가 음악회에 같이 가자고 했겠어?' 희숙은 김근화의 거만한 태도를 무시해도 될 만큼 여유만만했다.

김근화가 권지호를 바라보는 표정이 야릇했다. 개선장군의 의기양양함 같은 것이었다. 희숙이 딱히 뭐라 꼬집을 순 없지만 묘한 분위기가 그랬다. 권지호는 돌아서는 김근화에게 전화번호 줄래? 물었다. 김근화는 딱 2초 뜸을 들였다. 집 전화 그대로야, 번호 안 바뀌었어.

음악회가 끝나고 권지호가 희숙을 데려간 곳은 바 형태의 카페였다. 아까, 권지호가 말을 꺼냈을 때 희숙은 먼저 대답했다. 하마터면, 엉엉 소리 내 울 뻔했어요. 그냥, 슬펐어요. 권지호는 그런 희숙을 그윽한 눈빛으로 바라보았다. 자기는 나랑 감수성이 비슷하구나. 나도 그 노래 좋아해. 솔직히 구노나 슈베르트 아베마리아를 들으면 졸립거든. 너무 단조롭고 밝잖아. 어떤 느낌이냐면 신에게 자궁을 빌려준 것이 전부인 순박한 변두리 여자 같은 느낌인데 바빌로프는 달라. 바빌로프요? 처음 듣는 이름이었지만 희숙은 어딘지 노래와 어울린다고 생각했다. 권지호는 맥주 한 모금을 들이켜고는 말을 이었다. 바빌로프 아베마리아는 그런 뉘앙스가 아니야. 인간의 죄를 대속할 아이, 그리고 십자가에 매달려 고통 속에서 죽어갈 아이에 대해 처절한 운명을 느끼는, 그런 마리아지. 그래서 노래 부르는 사람조차 특별히 뭐라고 말 못 하고 가사도 없이 그냥 아베마리아만 계속 불러대는 거야. 희숙은 더 이상 바빌로프 아베마리아가 어떻게 다른지 묻지 않았다. 솔직한 것과 무식한 것은 다르단 걸 알아서.

53. 짐승의 얼굴

오랜만에 변태섭이 희숙을 호출했다. 예쁘게 하고 와. 변태섭이 그런 말 할 사람이 아닌데 웬일일까. 예쁘게 하고 오란 말은 여자에게 특별한 의미였다. 소개할 사람이 있거나, 특별한 시간을 갖고 싶다거나. 암튼 평소와 다른 이벤트가 있다는 말이다. 희숙은 권지호가 사준 원피스를 꺼내 입었다. 예쁘게 하고 오란 말에 동이가 쓰는 색조화장품을 빌려서 발라봤다. 희숙은 화장해 본 적이 없다. 할 줄 몰랐다. 얼굴에 덧바른 느낌이 별로였지만 거울에 비친 희숙의 얼굴은 민낯보다 훨씬 예뻤다. 참말로, 누구 만나는데 얼굴에 분을 다 바른다냐. 남자 경험이 없을 것 같은데도, 동이는 기초화장품부터 색조까지 달랑 스킨로션과 니베아나 바르는 정도인 희숙이보다 화장품이 많았다. 여자랑 집구석은 꾸며야 한당게. 그라고 데이트할찌게 말이지, 언제 덮칠지 모른다는 생각으로 화장도 하고 속옷도 예쁜 거 입어야되야. 남자들이 벗겼다가 젤로 실망하는 게 브라쟈랑 빤스 색깔 다른 거라 글더만, 그라고 고무줄 늘어난 빤스 보믄 고치가 팍, 죽어뿐다더마잉. 고무줄 늘어난 건 공장서나 입고 남자 만날 땐 젤로 예쁜 거 입고 나가라잉. 희숙은 빙그레 웃다 말고 생각했다. 세트로 된 브래지어와 팬티가 없었다.

'다음엔 속옷도 신경 써야겠구나'

월미도. 공장이 인천에 있긴 해도 인천 바다 한 번 가보지 못했다. 부산 바다를 보고 자라서 바다엔 감흥이 없던 터라, 공장 언니들이 송도 유원지나 월미도로 놀러 가자고 하면 늘 거절하곤 했다. 변태섭이 월미도에서 보자 하고 예쁘게 하고 오라 하니, 희숙은 아침부터 기분이 들떴다. 아버지가 보내주신 크림색 구두를 신고 이리저리 걸어봤다. 아버지는 구두를 자주 안 신으면 쉬 삭는다고 했다. 아닌 게 아니라, 입학식 때 한 번 신고 신을 일이 없어서 보관해 둔 구두를 한 달 전 공장 동료 결혼식에 신고 갔다. 지하철 계단을 내려가는데 구두 밑창이 떨어져 당황했다. 다른 방법이 없었다. 다른 쪽 밑창마저 떼어내야 했다. 수선한 구두는 문제가 없어 보였다. 데이트를 위한 점검은 끝났다. 주안역에서 인천역까지 다섯 정거장밖에 안 됐다. 인천역에서 월미도로 가는 버스를 탔다. 월미도 놀이공원 근처로 음식점과 커피숍, 숙박업소들이 질서 없이 뒤섞여 있었다. 월미횟집. 미닫이를 열고 들어갔다. 가게는 주말이라 사람들로 가득했고 시끄러웠다. 홀 가장자리에 있는 방에서 반가운 얼굴이 보였다. 변태섭이 희숙을 발견하고 손을 흔들었다. 거의 미끄러지듯 변태섭이 있는 방으로 들어가려는데 홀에서 보면 안 보였던 일행이 둘이나 있었다. 그들은 기다렸다는 듯이 희숙을 환영했고 희숙은 좀전의 방정맞음을 후회하는 표정으로 그들에게 인사했다.

어서 와요. 변태섭이한테 말씀 많이 들었습니다. 변태섭 옆에 앉은 남자가 횟상 위에 이미 준비해둔 명함을 희숙에게 내밀었다. 인천 주안 산단지역에 있는 회사였다. 미미산업 제1영업분과 노조위원장 김00. 희숙은 명함을 받아들곤 웃으며 말했다. 제가 다니는 공장 근처 같아요! 푸른 점퍼를 입은 또다른 한 명은 명함이 없노라며 이름을 말했는데 사람들이 떠드는 소리에 못 알아들었다. 희숙은 건성으로 고개를 끄덕였다. 듣던 대로 미인이십니다. 미미산업 노조위원장이 벌써 몇 잔을 들이켰는지 벌겋게 달아오른 얼굴로 말했다. 노조위원장의 시선이 희숙의 가슴에 머물자 희숙은 얼른 고개를 돌려 변태섭을 쳐다봤다. 희숙이 변태섭과 눈이 마주쳤다. 노조위원장이 희숙을 보고 미인이란 소리에 변태섭은 내가 뭐랬냐는 듯 만족한 미소만 지으며 연거푸 잔을 비웠다. 희숙도 오랜만에 무장해제한 군인처럼 술을 마셨다. 소주 서너 병이 돌 무렵 옆자리에 앉은 명함 없다던 남자와 변태섭이 화장실에 갔다오면서 자리를 바꿨다. 희숙 옆자리에 변태섭이 앉자 희숙은 기분이 좋아졌다. 변태섭은 변한 게 없었다. 말수 없고 무뚝뚝한 부산 남자 모습 그대로였다. 희숙은 변태섭이 자기한테 무심한 건, 태생이 '부산'스럽거나, 여자 경험이 없어서일지도 모른다는 생각이 들었다. 변태섭은 상 밑을 더듬어 희숙의 원피스를 걷고 허벅지를 쓰다듬었다. 희숙은 당황했다. 일행이 봤을까 싶어 얼른 횟상 앞으로 몸을 바짝 당겨 앉았다.

변태섭의 행동은 과감했다. 희숙에게 귓속말하는 것처럼 귀에 입술을 갖다 대더니 혀로 귓불을 간지럽혔다. 희숙은 정신이 번쩍 들었다. 술이 들어간 상태라 희숙도 변태섭도 흥분됐지만 일행이 있는 자리라 희숙은 달아오른 감정을 자제하려 변태섭의 몸에서 좀 더 떨어져 앉았다. 그럴 때마다 변태섭은 희숙 쪽으로 다가와 앉았다. 희숙이 벽 쪽에 기대어 앉았다. 희숙의 허벅지를 더듬던 변태섭의 손은 어느새 희숙의 팬티 속까지 들어왔다. 희숙이 변태섭의 손을 저지했다. 있는 힘껏 힘을 주어 변태섭의 손을 뿌리쳤다. 눈으로는 일행이 눈치채지 않았는지 살폈다. 희숙이 변태섭의 손을 거부하자 변태섭은 손을 거두고 코웃음을 짓더니 잔에 채워진 소주를 단숨에 비웠다. 갑자기 변태섭이 희숙의 손을 잡고 벌떡 일어섰다. 잠깐 따로 이야기할 게 있어서요. 금방 돌아오겠습니다. 변태섭은 술을 많이 마신 사람답지 않게 또박또박 말했다. 손을 뿌리쳐서 화났나. 왜 이러지. 희숙은 불안했다. 변태섭은 가게 문을 나서 바깥에 있는 화장실 쪽으로 향했다. 변태섭이 두리번거리는 걸 보니 무언가를 찾는 모양이었다. 월미횟집 뒤로 횟집들이 서로 다닥다닥 붙어있었다. 뒷골목은 두 사람이 겨우 비껴갈 정도로 협소했다. 화장실 지린내가 유난히 나는 한 횟집 벽면에 리어카가 세워져 있는 걸 발견했다. 리어카 세워진 옆으로 길게 골목이 이어져 있었다. 변태섭은 희숙의 손을 잡고 골목을 따라 걸었다. 골목 끝에 짓다 말고 방치된 빈 건물이 있었다. 벽돌이 쌓여있고 공사 자재가 널부러져 있었다. 인기척이 나자 널빤지 아래 숨어있던 들고양이들이 순식간에 달아났다. 변태섭은 희숙을 문짝 없는 문 옆 벽으로 세웠다. 희숙의 옆으로 커다란 시멘트 블록을 덮은 비닐이 창문 사이로 새어 들어온 바람에 나부꼈다. 비닐이 바람에 사부작거리는 소리를 냈다. 변태섭은 화난 사람처럼 굴었다. 방에서 변태섭의 손을 저지한 게 괘씸해서 벌주려는 사람 같았다. 희숙의 팬티에 손부터 넣었다. 손가락을 희숙의 질 안 깊숙이 넣었다. 놀라는 희숙의 입을 손으로 막고 희숙을 벽에 기대게 한 뒤 원피스 뒷지퍼를 내렸다. 희숙이 돌아보려 몸을 움직일 때마다 변태섭은 완력으로 돌아 세웠다. 아무리 빈 건물에 드나드는 사람이 없다지만 이런 식은 싫었다. 뒤에서 하는 거, 변태섭이 좋아하는 자세였다. 변태섭은 뒤로 선 채 방치된 희숙의 젖가슴을 주물럭거리고 다시 희숙의 몸을 돌아 세운 뒤 젖가슴을 빨았다. 월미도 찬바람이 가슴을 스치고 지났다. 거리에서 낯선 사람에게 강간당하는 느낌이었다. 희숙은 변태섭에게 싫다고 말했다. 처음이었다. 왜 이래, 누가 보면 어쩌려고. 희숙의 애원을 변태섭은 무시했다. 평소처럼 뒤에서 오른손으로 희숙의 머리채를 잡고 왼손으로 자신의 성기를 꺼내 희숙에 밀어넣었다. 변태섭은 조급했다. 희숙이 싫다고 단호하게 말하자 변태섭은 희숙의 귀에 혀를 집어넣으며 말했다. 빨리 끝낼 테니 가만히 있어, 너도 좋잖아. 아래가 흥건한데 뭘. 그냥 보내기가 아까워서. 변태섭은 자기 말대로 미친 짓을 빨리 끝냈다.

일이 끝나자 변태섭은 원피스 지퍼를 채우고 머리칼을 쓰다듬었다. 발목까지 흘러내린 팬티도 올렸다. 자기가 과했다고 생각했는지 변명인지 모를 말을 내뱉었다. 그러게, 누가 그렇게 예쁘게 하고 오래. 원피스도 예쁘네. 희숙은 조금 전의 모멸감을 그러게, 누가 그렇게 예쁘래, 란 말로 희석했다. 희숙은 똑똑한 남자, 변태섭의 무례한 성욕을 이해하지 못했다. 특히 오늘같이 난폭한 모습은 성욕이라기보다 추태였다. 이성이 작동하는 인간의 모습이 아니라, 본능만 태동하는 짐승이었다. 이런 식은 불쾌했지만, 봐주기로 했다. 그가 미안해하는 모습은 바라지 않았다. 변태섭은 쌀쌀한 바람을 자기 몸으로 막는 시늉을 했다. 희숙의 허리를 감싸 안고 가게로 향했다. 둘이 방으로 들어가자마자 노조위원장은 술판을 끝내려 했다. 두 남자는 그새 소주 한 병을 비웠다. 빨리 왔네요. 중요한 이야기가 아니었나 봐요? 노조위원장 눈빛도 말투도 거슬렸다. 여기까지 1차, 이제 2차 가시죠. 1차도 2차도 다 제가 쑵니다. 태섭은 앉으려다 말고 엉거주춤했다. 그럼 2차 가시죠. 희숙은 변태섭이 2차를 거부하고 자기와 단둘이 보냈으면 했다. 변태섭이 야속했다. 손잡고 월미도를 산책하고 싶었다. 변태섭과 섹스 말고 다른 것도 하고 싶었다. 부산 가족 이야기, 노조 만든 이야기, 동이나 영미 이야기도 하고 싶었다. 변태섭과 일행은 2차 장소로 호프집을 택했다. 술 마시면서 그들은 노동자 탄압하는 현 정부에 대해 성토했다. 아는 내용이고 별 의미 없는, 습한 곰팡내 나는 내용들이었다. 희숙은 2차가 빨리 끝나기만 기다렸다.

변태섭 일행은 호프집을 나와 가까운 편의점으로 들어갔다. 캔맥주 몇 병과 음료수를 샀다. 희숙은 속으로 그렇게 마시고 또 마시려나 했다. 푸른 점퍼는 술에 취했는지 갈지자로 걸었다. 변태섭과 노조위원장은 길에 서서 귓속말을 나눴다. 처음 갔던 월미횟집 쪽으로 방향을 틀었다. 월미횟집 뒷골목에 노르스름한 간판에 빨간 글씨로 월미여관이 보였다. 그들은 자연스럽게 월미여관을 향했다. 희숙은 술에 취한 푸른 점퍼를 재우려 한다고 생각했다. 노조위원장이 먼저 여관 입구로 가 돈을 지불하고 열쇠를 받았다. 노조위원장이 앞장섰다. 희숙은 여관으로 들어가지 않았다. 푸른 점퍼를 노조위원장에 맡기고 변태섭은 나오겠지, 했다. 노조위원장과 변태섭이 희숙에게 들어오라는 손짓했다. 희숙은 그 자리에서 꼼짝하지 않았다. 변태섭이 희숙한테 다가왔다. 괜찮아, 잠깐

들어가. 희숙은 무겁게 발걸음을 뗐다. 2층으로 올라갔다. 술에 취한 푸른 점퍼는 걷기도 힘든지 계단에 털썩 주저앉았다. 희숙이 그를 부축하려 하자 변태섭이 희숙의 손을 잡았다. 고개를 좌우로 흔들며 그냥 놔두란 시늉을 했다. 노조위원장은 201호 앞에서 멈췄고 방문을 열었다. 노조위원장이 손짓으로 레이디 퍼스트, 먼저 들어가란 시늉을 했다. 희숙이 들어갔고 노조위원장이 신발을 벗었다. 이상했다. 변태섭은 움직이지 않았다. 변태섭은 문밖에 서서 희숙을 바라봤다. 희숙이 겁먹은 표정으로 서 있으니까 노조위원장이 희숙의 어깨를 눌러 앉히려 했다. 희숙은 노조위원장의 손을 뿌리치고 천천히 변태섭에게 다가갔다. 변태섭을 쏘아봤다. '설마. 그냥 보내기 아깝다는 게 그거였어?' 변태섭은 그런 희숙의 표정을 읽었다. 변태섭의 무표정한 얼굴에 옅은 미소가 드리워졌다. 변태섭이 희숙에게 명령조로 말했다. 서울대 선배야, 잘해드려. 희숙은 경악했다. 입을 다물지 못했다. 갑자기 심장이 방망이질하듯 쿵쾅거렸다. 가슴에서 증오가, 머리에서 경멸이 올라왔다. 저주의 눈으로 그를 뚫어 보았다. 정작 변태섭은 미동이 없었다. 희숙의 눈에서 눈물이 흘렀다. 밀려오는 환멸과 감당할 수 없는 자책의 눈물이었다. 희숙은 자신에게서 더 이상 견딜 희망조차 남지 않은 패자의 모습을 보았다. 변태섭은 팽팽히 늘어난 고무줄을 가위로 무자비하게 끊어버렸다. 희숙의 정신은 끊어지기 직전의 고무줄이었다. 희숙은 다리에 힘이 빠져 주저앉고 말았다. 버틸 힘이 없었다. 변태섭은, 굶은 사자에게 먹이 던지듯 희숙을 방에 던져놓고 파르르 떠는 그녀의 눈을 보며 느릿하게 방문을 닫았다. 희숙은 문이 닫힐 때까지 그의 눈을 따라갔다. 자비는 없었다.

54. 그때는 맞고 지금은 틀리다

　선관위 썩은 건 둘째 치고 대법원 하는 짓 봐라. 판결문 요
지는 이거잖아. 증거는 많이 나왔으나 원고가 범인을 특정하
지 못했으니 원고 청구를 기각한다는. 이게, 이게 말이냐, 방
귀냐. 재판하는 이유가 뭔데! 증거가 나왔으면 선거무효 판결
을 내야지. 범인을 특정하는 건 수사기관이 하는 거고. 에이!
나라 꼬라지 하고는. 남편은 유튜브를 보다가 화가 나는지 자
리에서 일어났다. 그는 요즘 뉴스를 보다가 분을 못 참고 TV
를 꺼버리는 일이 잦았다. 화날 만하다. 모임에서 고등학교,
대학교 동기들을 만나도 정치 이견이 드러나면 감정만 상해서
돌아오기 일쑤였다. 이 사회에 상식이 없어졌어, 원칙이 있고
규범이 있는 거잖아. 그걸 깨뜨리는 인간들을 지지하는 사람
들과 어떻게 한 지붕 아래서 사냐고! 남편의 분노엔 이유가 있
었다. 인간관계가 점점 색깔로 구분되고 있는 현실이었다. 엄
마들 모임도 그랬다. 주의는 하고 있지만 어떤 이슈든 결국 누

굴 지지하는지 누굴 혐오하는지 정치색이 드러났다. 지지와 혐오는 빠르게 관계 단절을 결심하게 했다. 정치는 어느덧 국민의 인간관계까지 깊숙이 개입하고 있었다. 남편이 화를 참지 못하는 대상은 정치적 유불리에 따라 국민을 이용하는 악질 정치인이었다. 혹세무민하는 정치인들이 나라를 혼탁하게 하고 질서를 허문다고 분통 터뜨렸다.

국민 알기를 얼마나 우습게 알면 범죄 경력이 있는 놈이 국회에 진출하지 않나, 대권에 도전하질 않나. 국민 의식 수준이 이 정도인 줄 몰랐어. 그런 놈을 공천하는 당이나, 국회의원으로 뽑는 지역주민이나. 남편은 언제부터인가 혼잣말이 늘었다. 승연이 대꾸하거나 말거나 혼자 묻고 대답한다. 남편의 푸념은 계속됐다. 암튼, 갈수록 나라가 이상해져. 의혹투성이인 놈들이 특권 뒤에 숨어서 활개 치고 돌아다니는데도 조용한 거 보면 희한해, 진짜 저런 놈들을 뽑았단 말야? 누가 돼도 상관없는 거야? 집단 최면에 걸리지 않고서야! 무분별, 무지성, 무지, 무식, 무뇌, 이게 무슨 나라냐고! 거, 옷 로비 사건 기억 안 나? 검찰총장 부인 그룹회장 부인, 장관 부인들 연루됐다고 검찰과 언론이 대서특필했던 거. 그 난리 치고 앙드레김이 김봉남이란 것만 밝혀졌지. 생각해보면 별 대수롭지 않은 사건인데도 당시엔 나라가 무너질 것처럼 난리 쳤다고. 엄청난 정의감에 사로잡혀서 말이야. 최 머시기 게이트, 이 머시기 게이트 이런 부정부패 관련 사건 말이야, 지금과 비교해봐. 새 발의 피지. 지금은 핵폭탄급 비리가 터져도 입 뻥 굿 안 하잖아. 그리고 또, 당신 생각 안 나? 87년 영등포구청 대선 부정선거 의혹 사건. 트럭 빵 상자 안에서 봉인되지 않은 부정투표함 발견됐다고 대학생들이 투표함 못 가져가게 깔고 앉아서 버텼지. 사흘간이나 투표함 사수한다고 투쟁하던 결기들, 사회정의에 대한 열기는 다 어디로 갔냐고. 결국 29년 만에 봉인 해제 후 부정선거는 아니었다는 게 드러났지만. 민주화니 뭐니, 하루가 멀다고 화염병 던지며 부당한 권력에 맞서 시위했던 시절이었잖아. 부당한 권력이긴 했나? 지금은? 그때는 맞고 지금은 틀리냐?

승연은 남편 입에서 영등포구청 부정선거 의혹 얘기가 나오자 바느질하던 동작을 멈췄다. 바늘에 손가락이 찔렸다. 87년의 기억이 빨간 핏물보다 선명하게 떠올랐다.

55. 1987. 12. 18

　승연의 아버지가 불의의 사고로 돌아가신 후 승연은 물론 태주까지 심한 죄책감에 시달렸다. 승연은 아버지가 돌아가신 게 자기 탓이라 했고 태주는 그런 승연을 이끌었던 자신 탓이라고 생각했다. 망월동 묘지 방문 이후 승연은 태주와 사랑이 깊어졌다. 그들의 만남을 눈치챈 사람은 아무도 없었지만. 승연은 태주가 하는 일을 이해하려 했고 혁명에 동참하기로 마음먹었다. 태주의 혁명은, 노동자가 자본가의 이익을 함께 공유하는 세상이었다. 태주는 승연에게 필수 사회과학서를 친절하고 쉽게 설명했다. 승연은 태주를 1, 2주에 한 번씩 만났다. 등잔 밑이 어두웠다. 승연이 사는 서교동 주택가 근처 빵집, 분식점, 놀이터는 태주가 공권력의 눈을 의식하지 않고 만날 수 있는 안전한 장소였다. 태주는 5·3 인천 대회가 있기 훨씬 전부터 인천 청천동에 하숙집을 구해 노조설립, 활동 기지를 구축하고 있었다. 승연과 상부조직이나 지시내용 등의 보안 사항은 전혀 공유하지 않았으나 승연이 감당할 역량 내에서 학습과 활동 범위를 조정해주곤 했다. 5월 3일도 시민회관 근처에서만 움직이라고 신신당부했다.

승연은 2학년 여름방학이 되자 농활 준비로 정신없었다. 장구 연주가 제법 손에 익었다. 손에 힘을 주지 않고 궁채 잡는 수준에 이르자 연주가 훨씬 부드럽고 자연스러웠다. 농활은 전북 익산 농협으로 정해졌다. 망월동은 아버지께 동기 부친 상갓집에 간다고 속였지만, 농활을 며칠씩 걸렸으므로 사실대로 말해야 했다. 아버지는 허락하지 않았다. 승연을 믿지 못해서가 아니라 상황을 믿지 않았다. 게다가 아버지는 농촌활동 자체를 부정적으로 인식하셨다. 농부들을 도와 봉사하는 건 단위 지역 공무원들이 해야 할 일이지, 젊은 대학생들이 나서는 건 맞지 않다며 사고 소지가 있다고 했다. 무엇보다, 여염집 숙녀가 아무 데서나 잠자고 다녀서는 안 된다고 하셨다. 승연이 반발했다. 전근대적이고 가부장적인 발상이라고 대들었다. 권위로 무장하고 질타에 익숙한 아버지한테 과연 부정(父情)이 있을까, 의심도 했다. 아버지의 불편한 통제가 안전장치였다는 것을 알 나이가 아니었다. 승연은 가족과 선을 긋는 한이 있어도 노동자 중심의 세상을 만들어야 했다. 아버지를 설득해서 허락받는 걸 기대해선 안 됐다. 승연은 무슨 일이 있어도 농활에 참여하겠다고 통보했다.

태주는 승연이 자신을 따르려 노력하는 모습이 기특했다, 한편으론 가족과 멀어지는 것이 불편하고 불안했다. 승연은 운동권과 어울리지 않았다. 승연은 잃을 게 많은 사람이다. 운동하는 목적과 명분을 갖고 있지 않았고 무엇보다 결핍이 부족했다. 혁명은 진지해야 했고 결사적이어야 했다. 태주는 승연이 운동권의 부속품이 되는 게 싫었다. 기순이나 철규도 부속품에 지나지 않았다. 태주가 아무리 뛰어나도 운동권 내에선 메이저 캠 주류와 어깨를 나란히 할 수 없었다. 그게 현실이었다. 태주가 그들과 부딪히기 시작한 시점도 그 무렵이었다. 계급 모순에 주목했던 자신의 계파와 달리 제국주의와 식민주의, 민족주의, 반제반미를 기치로 들고 나온 주사파와 사사건건 충돌했다. 그들과 노동운동의 목적이 달랐다. 하지만 5·3 대회처럼 큰 이슈에서는 지엽적인 이슈를 잠시 접고 대동단결해야 했다. 승연 아버지 오정일이 7월 사고로 죽었을 때 승연은 농활을, 태주는 오정일의 회사 근처 청천동에 있었다. 승연의 자책은 태주에게 큰 짐이 되었다. 태주가 산단 지역 공장 수백 개를 분석한 결과, 정일어패럴은 건실한 기업이었고 근로자들의 복지·후생이 비교적 양호한 상태였다. 해고된 김 씨는 이미 다른 공장에서 문제를 일으켜 해고된 사실을 숨기고 정일어패럴에 타인 신분으로 위장취업한 요주의 인물이었다. 승연 아버지의 죽음은 태주에게도 충격이었다. 연인의 아버지이기도 했지만, 분신 협박 사주나 하는 강성 노조야말로 어용노조였기 때문이다. 태주는 전태일 이후로 노동자들이 몸에 기름을 붓고 자신들의 요구를 관철하려는 태도가 하나의 의식처럼 흐른 것이 바람직하지 않다고 생각했다.

태주는 승연을 볼 낯이 없었다. 어떻게 위로해야 할지 몰랐고 설득되지 않은 위로는 더욱 잔인하리라는 걸 알았다. 태주가 승연을 만난 건 아버지 오정일의 49재가 끝난 9월 말이었다. 해지는 놀이터엔 웬일인지 아이들이 별로 없었다. 여름에 미련이 남은 듯, 한 줄 바람도 허락하지 않은 날씨였다. 그네에 걸터앉은 승연이 고개를 숙인 채 발로 땅바닥을 긁어 그네를 앞뒤로 밀고 있었다. 그녀는 심한 자책과 우울증에 빠져 있었다. 반쪽 얼굴엔 후회와 회한이 그대로 드러났다. 태주는 자책하는 승연에게 말했다. 만약, 승연이 농활에 안 갔다면 아버지가 살아계실까. 아버지와 화해했다면 아버지가 사고를 피할 수 있었을까. 원래, 죽음은 계획이 없는 거야. 죽음은 갑자기 날아오는 돌멩이 같은 거라고, 어떤 말도 위로가 되지 않겠지만 자책에서 벗어나길 바랐다. 승연은 태주의 말을 이해했다. 그렇다고 고통이 덜거나 슬픔이 달래지지는 않았다. 태주는 긴 침묵 끝에 승연에게 일상으로 돌아가라고 말했다. 동료나 친구의 비극과 다르다, 남은 가족 품으로 돌아가라 했다. 승연은 대답 대신 눈물을 흘렸다. 승연에게 의미 있는 일은 남아 있지 않았다. 집에 가자, 태주가 승연의 손을 잡자 승연은 태주 품에서 울음을 터뜨렸다. 그래, 나 더 이상 못 하겠어. 태주는 있는 힘껏 승연을 안았고 그녀 입술에 입맞춤했다. 승연의 흐르는 눈물이 볼을 타고 입술 안으로, 혀끝에 닿았다.

　7월 무노조왕국 현대그룹에 노동조합들이 결성된 걸 계기로 노조설립은 도미노처럼 번져나갔다. 노조가 설립되자마자 각 사업장에서 노동쟁의가 산불처럼 일어났다. 특히 어느 지역은 마치 노동자들의 해방구가 된 듯한 상황을 연출하기도 했다. 도시마다 임금인상, 근로환경 개선 등을 요구하는 노동민주화 운동이 거세게 일어났다. 물론 이는 운동권, 재야, 시민들의 6월 항쟁 결과였고 여당 대표의 직선제 선언 이후 발생한 민주화 수순이었다. 노동자 대투쟁은 7, 8, 9월까지 이어졌다. 6월 항쟁의 정치적 효과이긴 하지만 평화시장 재단사였던 전태일 항거가 밑알이었음은 누구도 부인할 수 없었다. 전태일 어머니가, 더는 누구도 자살로 투쟁하지 말고 살아서 싸우라 했던 당부는 소용없었다. 목숨을 담보로 한 투쟁은 멈추지 않았다. 결국 87년 11월 8차 개정에서 노조설립 형태를 근로자의 의사에 따르도록 자율화했고, 노조설립 신고서류 간소화, 신고증 교부 기간 단축 등 많은 성과가 있었다. 투쟁 결과였다. 달걀로 친 바위가 조금씩 갈라지고 있었다. 직선제가 열렸으니 대통령 선거에서 반드시 군부가 정치권에 발을 들여놓지 못하도록 끝내는 일만 남았다. 12월 16일 대선은 역사상 가장 중요한 선거가 되었다.

56. 아, 태주

승연은 그 날짜를 오래 기억했다. 아니 오랫동안 잊지 못했다. 망각의 강에 빠트리고 싶은 그날을 승연은 가슴에 묻고 있었다. 찾아가지 않은 코인 박스의 허름한 서약처럼. 그날 승연은 태주에게 직접 만든 손수건 일곱 장을 선물했다. 흰색 면실크 바탕에 네 귀퉁이에 태주 이름을 수놓은 것이었다. 반으로 접고 또 반을 접었을 때 어느 면이든 태주 이름이 보였다. 뭐지? 하는 표정의 태주에게 승연은 말했다.

어머니는 아버지에게 흰 손수건을 만들어 다려 드렸어요. 손수건은 시중에서 파는 것이 아니었어요. 무명천을 사다 만드셨죠. 어머니는 무명천을 삶아 빤 후 적당히 말린 다음 보자기에 싸서 발로 밟았어요. 그런 다음 다듬이로 두드려 부드럽게 만들어요. 자로 재서 네모나게 가위로 자르면 반듯한 사각형 손수건이 여러 장 만들어져요. 가장자리는 실이 풀리지 않게 일일이 시침질로 마감하죠. 어머니의 정성이 들어간 손수건으로 아버지는 손도 닦고 입도 훔치고 하셨어요. 어머니의 손수건은 아버지의 품격이자 파이팅이었어요. 태주 씨 손수건이 없는 것 같길래 어머니가 만든 방법으로 저도 만들어봤어요. 손빨래하면 되고요, 일부러 일곱 장 만들었어요. 면실크라 다림질하면 더 고급스럽긴 한데 다릴 시간이나 있으려나.

승연의 긴 사설을 들으며 태주는 손수건을 손에 쥐고 오래 바라보았다. 풀을 먹였는지 해사생도 복장처럼 깔끔하고 정갈했다. 헤어지자 보내온 그녀의 편지 속에 곱게 접어 함께 부친 하얀 손수건, 고향을 떠나올 때 언덕에 홀로 서서 눈물로 흔들어주던 하얀 손수건. 왜 그때 태주에게 트윈폴리오의 하얀 손수건이 떠올랐는지 승연은 몰랐다. 태주도 말하지 않았다. 그냥, 쓸쓸했다.

섹스에도 주제가 있다면, 그날 승연이 태주와 나눈 섹스의 주제는 도피였다. 승연의 섹스는 급했다. 아버지의 환영으로부터, 그리고 스스로 용서하지 못하는 자신으로부터 달아나고 싶었다. 승연은 태주의 옷을 벗기고 목과 젖꼭지를 애무했고 서슴지 않고 배꼽 아래로 내려가기도 했다. 태주는 그런 승연이 이프고 슬펐다. 낯설고 이상한 열정이었다. 과다하게 포장된, 위조된 열기였다. 승연의 뜨거워진 몸에서는 냉기가 느껴졌다. 전혀 배고프지 않은 짐승이 굶주린 양, 달려드는 모

279

습이었다. 달아나고 싶기는 태주도 마찬가지였다. 그냥 시간
이 빨리 흘러서 눈을 뜨고 나면 한 일주일쯤 지나가 있기를 바
랐다. 승연과 보조를 맞춰주고 있었지만, 태주의 몸과 생각은
따로 놀았다. 잡념이 들끓었다. 뜬금없는 생각들이 두서없이
치고 들어왔다. 사유하지 않은 자 먹지도 말라. 사유도 노동
일까. 겟세마네에서 배고프지 않은 만찬을 제자들과 나누며
예수는 얼마나 외로웠을까. 승연의 거친 숨소리가 태주의 귓
가를 어지럽혔고 머릿속은 더 아수라장이 되고 있었다. 좋았
던 기억도 떠올랐다. 태주는 습관처럼 항상 책 한 권씩을 끼고
다녔다. 어느 날인가 승연은 태주에게서 책을 뺏으며 말했다.
해방 전후사의 인식? 오늘은 그딴 건 그만 인식하고 나만 열
심히 인식해요. 태주가 속으로 웃었을 때 승연은 태주의 위에
서 울고 있었다. 몰입하고 탐닉한 끝에 결국 도달한 곳은 비상
구 없음이라는 절망감이었다. 실오라기 하나 걸치지 않은 채
승연은 태주의 자취방 창문을 활짝 열었다. 한겨울 찬 공기가
몸에 스며들도록.

　찬 공기에 몸을 맡긴 승연이 태주가 담배에 불을 붙이자
까마득히 잊고 있었던, 태주에게 언젠가 물어보려던 게 떠올
랐다. 우리 처음 만났을 때 기억나요? 신입생 환영회 때 나 버
스 정류장까지 따라왔잖아요. 그때 왜 따라왔었죠? 태주가 깔
깔대고 웃었다. 그렇게 웃는 모습은 처음이었다. 내 거, 라고
찜한 거지. 내가 따라간 걸 아니까 아무도 너한테 찝쩍대지 않

앉잖아. 태주한테 속기라도 한 것처럼 승연은 눈을 크게 뜨고 놀라는 반응을 했다. 그럼, 왜 그 뒤로 제게 말 걸지 않았어요? 난 내게 관심 없는 줄 알았는데요? 바보야, 너 같은 여자는 남자가 다가가면 도망가는 유형이잖아. 네가 날 좋아할 때까지 기다렸지. 다른 놈들하고 똑같은 취급당하고 싶지 않았어. 기다리면 되는 걸 뭐. 승연은 눈을 흘겼고 차가워진 몸을 데워야 한다며 다시 섹스에 몰두했다. 아침이 밝을 때까지 승연은 태주의 몸 안에 있었고 태주는 승연의 바깥에 있었다. 그건 승연도 마찬가지였다.

57. 까닭 모를 불안감으로

태주가 영등포구청에 들어간 건, 오후 3시 경이었다. 승연과 늦은 아침을 먹고 투표소로 향했다. 태주가 약속이 있어 여의도로 향하던 중에 영등포구청 현관 앞에서 불법적인 투표함 반출 시도가 있다는 소식을 접했다. 귤, 빵 등이 들어있는 박스 안에 봉인된 투표함이 발견됐다는 것이다. 영등포구청 투표함을 사수하라는 지시를 받고 급히 달려갔다. 태주가 영등포구청에 도착했을 때는 이미 많은 학생과 시민이 영등포구청에 몰려든 상태였다. 집권당이 부정선거로 정권을 이어가려 한다는 야유와 구호가 여기저기서 쏟아졌다. 오후 6시 30분경, 영등포구 선관위원장은 '불법 투표함'을 인정했지만 30분 만에 중앙선관위가 '합법적인 투표함 탈취'라고 발표했다. 학생과 시민들은 부정선거라 규정하고 진상규명과 투표함 보전을 요구했다. 태주는 재빠르게 투표함 사수대를 결성했다. 1조는 투표함 위에 앉았고 2조는 투표함 주위를 애워쌌다. 시민들이 2조 주변에 진을 치며 경찰과 선관위가 투표함을 건드리지 못하도록 방어했다. 저녁이 되자 민통련 간부들이 영등포구청을 찾아왔다. 검은 두루마기에 흰 머플러를 두르고 나타난 민통련 의장은 영등포구청 부정선거 의혹 현장을 살펴본 후 태주에게 투표함 사수를 당부했다. 군부독재 연장의 꼼수는 통해선 안 된다며. 밤이 되자 찬 기운이 구청 앞마당에 엄습했다. 시민들이 가져다준 모포 몇 장으로 추위를 막았다. 태주는 투표함 사수대 조를 보강했다. 낮부터 모여든 시민들이 수가 천 명을 넘더니, 깜깜한 구청 마당에서 선거무효 기자회견을 열 때쯤 그 수가 수천에 이르렀다. 태주는 결국은 경찰이 무력행사할 것이라 예견했다. 강력한 대선 후보였던 김은, 부정선거 의혹과 관계없이 대선 패배를 인정하는 기자회견을 냈다. 어처구니가 없었다. 부정선거라는 큰 이슈 앞에서 패배를 인정하다니. 시민의 관심이 영등포구청에 쏠리면 공권력도 쉽사리 어쩌지 못할 거라고 민통련 의장은 투표함 사수대에 전갈했다. 17일 낮엔 투표함을 빼내려던 사람이 붙잡힌 상태에서 공개 기자회견을 열었다. 소식은 일파만파로 번졌고 영등포구청은 모여든 시민들로 인산인해를 이뤘다. 태주는 밤새워 투표함을 지키느라 피곤했다. 돌아가면서 투표함을 지키고 있지만 만일의 사태에 대비해 긴장을 늦추면 안 되었디. 혹시 모를 사태에 대비하기 위해 구청 안 구조를 살폈다. 태주는 옥상에 올랐다. 옥상에 책상과 걸상 등 집기 몇 개를 가져다 놓았다. 태주는 건대항쟁 때와 비슷한 그림을 떠올렸다. 공권력이 투입되면 최후 항쟁은 옥상이 될 게 뻔했다.

17일 저녁쯤 태주는 구청 내 공중전화로 승연에게 전화를 걸었다. 승연은 태주가 영등포구청에 있다는 소식을 듣고 혹시나 했다며 안절부절했다. 승연의 목소리는 불안정했다. 승연은 그에게 그곳에서 빠져나오면 안 되냐, 울먹였다. 태주는 곧 사태가 정리될 것 같으니 걱정하지 말라고 승연을 안심시켰다. 승연은 자신이 영등포구청으로 찾아가겠다고 했다. 몸이라도 다칠까 봐 걱정됐고, 수배 중인 태주가 잡힐까 염려됐다. 불길한 느낌을 떨쳐버리려 승연은 태주가 보고 싶다고 둘러댔다. 그렇게라도 태주가 그곳에서 나오길 바랐다. 승연아, 너까지 여기 올 필요 없어. 곧 해결될 거야, 나 들어가 봐야 하니 끊을게. 걱정하지마, 연락할게. 승연은 전화기 너머로 뚜. 하는 소리가 들렸다. 승연은 한동안 수화기를 놓지 못했다. 태주도 전화를 끊고 한참을 공중전화 부스에 머물렀다. 태주는 주머니를 뒤져 동전을 찾았다. 어머니의 고단하고 지친 목소리가 수화기를 타고 태주 귀를 어지럽혔다. 어머니, 별고 없으시지요. 어머니는 오랜만에 걸려 온 아들 연락이 반갑기도 하고 놀랍기도 했다. 전화벨이 울릴 때마다 행여 아들이 구속이나 사망 소식일까 해서 수화기 집는 걸 망설였던 그녀다. 태주 목소리에 어머니는 안도했다. 아이고 이보시게. 어젯밤 꿈자리가 안 좋아 걱정하던 참이네, 지금 자네 어딘가. 태주는 방학이라 아르바이트하고 있다고 거짓말했다. 어머니는 속는 셈 치고 안도하는 척했다. 여보시게 연락이라도 자주 해주게나, 어미 속 타 죽겠네. 어머니, 죄송해요, 건장 잘 챙기시고요. 태주는 자주 연락하겠다는 약속으로 어머니와 통화를 짧게 마쳤다.

58. 태주의 시간

18일 자정이었다, 서울시장은 영등포구청에 공권력을 투입하겠다고 전화로 정식 통보했다. 구청에서 농성 중인 군중은 분노했다. 부정선거 의혹을 규명하겠다는 의지가 없다! 부정선거로 군부독재는 이어질 것이다! 누군가의 외침에 성난 시민들은 흥분하기 시작했다. 공정선거감시단과 시민들이 결성한 투지결(투표함 지키기 결사대)은 긴급회의를 열었다. 서울시 대응에 강력하게 항의하는 것은 물론, 공권력에 굴복하지 않겠다고 결의했다. 태주는 백골단이 투입될 것으로 예상했다. 그는 공권력이 본격적으로 투입되기 전에 백골단이 전선을 흩뜨리고 혼란으로 몰아갈 전략을 정확히 알고 있었다. 공포는 군중이 방심했을 때 치명적이고 효과적이었다. 새벽 여명이 밝지 않은 상태에서 손에 파이프를 든 백골단이 들이닥쳤다. 백골단은 시민 한 명씩 잡을 심산이었는지 구청에 모였던 시위군중만큼 많았다. 백골단은 최루탄 수백 발을 발사함과 동시에 시위대로 진격했다. 건국대 사건보다 상황이 더 안 좋았다. 시민들과 결사대는 독 안에 든 쥐였다. 목숨 바쳐 끝까지 투표함 사수하자던 시민 일부는 혼비백산해서 구청 밖으로 뛰쳐나갔다.

혼란을 정리할 틈이 없었다. 백골단과 난타전 벌이는 과정에서 투표함을 뺏겼다. 최루탄은 구청 건물 안까지 발사되었다. 맵고 역겨운 최루가스에 눈물, 콧물을 쏟아낸 시민들이 자욱한 연기 속에서 메뚜기처럼 흩어졌다. 태주는 투표함을 지키던 민청련 동지들에게 옥상으로 도망치라 손짓했다. 5층 건물 옥상으로 도망가던 서울 법대 새내기가 계단에서 백골단 몽둥이에 다리를 맞고 힘없이 주저앉았다. 투표함 위에서 사흘 밤낮을 지내겠다며 투지를 불사르던 동지였다. 경찰에 목덜미가 잡힌 그가 젖은 시래기처럼 질질 끌려갔다. 이 빨갱이 새끼들 다 쓸어버려! 누군가의 고함이 연기 속을 뚫고 나왔다. 태주는 사방을 둘러봤다. 누군가를 구할 상황이 아니었다. 구청 마당을 탈환한 경찰이 확성기를 통해 경찰은 시민 여러분의 안전한 귀가를 위해 최선을 다할 거다, 더 이상 혼란을 초래하지 말고 경찰에 협조바란다, 고 설득했다. 태주가 재빠르게 옥상을 향해 달음질하고 있는데 두두두두 헬기 프로펠러 돌아가는 소리가 들렸다. 경찰이 옥상을 장악할 모양이었다. 태주는 도망갈 곳이 없었다. 계단 아래로 의기양양한 백골단이 치고 올라왔다. 태주와 일행은 옥상을 향했다. 옥상에는 대학생들과 시민들이 모여있었다. 마대 자루나 돌멩이 따위를 들고 있는 사람이 몇 있었으나 대부분은 위협이 될 만한 흉기를 가지고 있지 않았다. 모습이 오합지졸이었다. 헬기가 가까이 다가오자, 모여있던 사람들이 옥상 구석으로 몰려갔다. 헬기에서 순식간에 방독면을 한 경찰이 내려왔다. 손에 곤봉이 들렸다. 몰려오는 경찰을 향해 태주가 달려갔다. 태주 뒤를 이어 대학생들이 소리 지르며 경찰에 달려들었다. 태주는 싸움에 이력이 난 존재였다. 각목 들고 싸우거나 투석전에 강한 것은 태주가 노동 현장에서 키운 체력 덕분이다. 육체노동은 빨리 끝내고 견디는 힘을 단련시켰다. 그렇긴 해도 태주가 체계적으로 훈련받은 경찰과 대결에서 이길 순 없었다. 힘겹게 한두 명 제압할 정도지 무리와 싸워서 이기는 전설의 영웅이 아니었다. 가끔, 초인적인 힘이 나오긴 했다. 절박함이었다. 절박함이 생존을 가능케 했다.

자물쇠와 책걸상으로 굳게 닫힌 옥상 문이 열렸다. 헬맷과 방독면을 쓴 백골단이 으르렁거리며 다가왔다. 얼굴이 방독면으로 가려졌으나 그들은 분명 웃고 있었다. 죽고 싶어 환장했냐, 죽여주마. 그들은 '무기를 버리고 투항하라' 따위의 선처는 고려하지 않는 듯했다. 어쭈, 네까짓 것들이 감히 개겨? 자비는 없었다. 수십 명이 한 발 한 발 저승사자처럼 다가왔다. 태주와 일행이 물러설 곳은 없었다. 전투경찰 무리가 앞에서, 옥상 문을 따고 들이닥친 백골단 무리는 옆에서 조여왔다. 그래도 마지막까지, 허공을 향해서라도 저항 의지를 보여야 했다. 다가오던 백골단 무리 중 한 명이 갑자기 속도를 높여 태주를 향해 뛰었다. 태주는 그를 피하려고 옥상 난간으로 뛰어올랐다. 몸이 중심을 잃고 휘청했다.

애초에 가진 게 없었다. 그래도 버릴 것이 있다면, 적어도 다른 선택할 여지나 기회가 있다면 궁핍한 삶일지라도 노동자의 소박한 미소쯤은 온전히 권리로 돌려줘야겠단 생각이었다. 세상을 바꾸겠다는 거창한 욕심이 아니라. 그리고 그들의 미소를 어떻게 유지하게 할지, 전태일을 통해 배웠다. 태주는 온몸을 불사르며 호소했던 전태일의 삶 속에 자신을 투영했다. 태주의 문제의식과 전태일의 고민은 다르지 않았다. 노동자가 주인이 되는 세상이었다. 인간은 무엇으로 사는가. 무엇이 인간답게 하는가. 타인의 지배로부터 떨어져 나온 세계였다. 인간을 규정하는 어떤 허위의식 없이, 존재로 권리가 유지되는 세상이었다. 돈이 없다고 업신여김받고 덜 배웠다고 무시당하고 직급이 낮다고 차별받는 세상은 사람 사는 곳이 못 됐다. 기계에 손이 달려 들어가고, 재봉틀 바늘에 손가락이 끼고 뜨거운 다리미에 얼굴을 데어도 노동자의 삶은 변하지 않았다. 죽어라 일해도 가난은 제자리걸음이었다. 태어나면서 귀에 익숙한 부모의 탄식을, 동생들의 절규를 끊고 싶었다. 태주는 찰라, 승연의 체취가 기억났다. 승연의 젖가슴에서 나는 체취는 어머니의 그것과 비슷한 느낌이었다. 비릿한

살냄새였다. 첫날밤 기억은 더욱 뚜렷했다. 승연의 목덜미와 가슴, 배꼽, 사타구니에서 태주가 이른 새벽 배달했던 맑고 고소한 우유 향이 났다. 태주는 누이들이나 여공들에게서 맡아 보지 못한 냄새가 있다는 걸 그때 알았다. 여자 냄새였다. 태주는 사흘 전 승연의 몸에서 나는 다른 냄새도 기억했다. 살이 타들어 가는 냄새였다. 전태일의 몸이기도 했고 승연 아버지 오정일의 몸이기도 했다, 고통은 느낌이 아니라 냄새였다. 기억은, 거기서 멈췄다. 다만 태주가 승연한테 하고 싶었던, 아껴두었던 말이 희미하게 떠올랐다. 승연아, 사랑해.

그럴 리 없다. 곧 해결될 거라고 했고 연락한다고 했다. 승연은 웃음이 나왔다. 사람이 어떻게 이토록 잔인한 농담을 진지한 목소리로 전달한단 말인가. 암이 아닌 환자에게 몇 달 안 남았다고 오진하는 돌팔이 의사와 같은 거겠지. 아니, 오진한 의사보다 더 나빴다. 착각이거나 실수였다. 끈질긴 게 사람 목숨이다. 어차피 가는 인생이라지만 '어차피' 가는 시간이 누군가에게만 그렇게 짧아선 안 됐다. 착각과 실수로 사람 목숨을 흔한 농담처럼 헤아려선 안 됐다. 태주의 몸에 피가 돌지 않고 온기가 느껴지지 않는 걸 확인할 때까지 승연은 감정의 동요조차 없었다. 배터리는 충전하면 돼. 잠시 방전된 거야. 승연은 자신의 온기로 그를 감싸면 그가 눈을 뜰지도 모른다고 생각했다. 피가 돌고, 온기가 돌 거라고 믿었다. 그래야 했다. 그는 아직 승연에게 사랑한단 말을 하지 않았다. 나 사랑

해? 승연이 물으면 태주는, 말을 해야 아니? 대답 대신 승연의 이마에, 볼에, 입술에 입을 맞췄다. 말을 해야 알지. 그 말 꺼내는 게 그리 힘들어? 승연이 삐죽거리면 태주는 귀엽다는 듯이 승연의 얼굴을 쓰다듬었다. 말하는 게 뭐가 어렵겠어. 아끼는 중이야, 아끼고 아끼다가 더 이상 내 가슴에 담아둘 수 없을 만큼 벅찰 때 하려고. 승연은 태주가 사랑한다는 말을 꺼내지 않아도 그가 승연을 얼마나 사랑하고 있는지 알고 있었다. 승연과 입맞춤을 하거나, 밤을 보낼 때, 태주는 승연을 깊이 안았다. 단순히 살과 살이 맞닿은 느낌이 아니라, 영혼과 영혼이 교차하는 느낌이었다. 말을 하지 않는다고 사랑이 아닌 게 아니었다.

59. 이건, 꿈이야

태주가 광채가 나는 빨간색 르망을 타고 승연의 집 앞에 나타났을 때, 승연은 깜짝 놀랐다. 서지오 바렌테 청바지에 검은색 가죽 재킷, 까만 레이벤 선글라스를 쓴 태주가 차에서 내리며 말했다. 새로 뽑자마자 여기로 달려왔어. 동해 바다로 가자. 승연은 환호성을 질렀다. 얏호, 너무 신난다! 차는 물 위의 제트스키처럼 날렵하고 빠르게 질주했다. 꼬불꼬불한 한계령을 지나 마지막 스피드를 높이려는 순간, 마주 오던 덤프트럭 한 대가 중앙선을 넘어 태주의 차로 향했다. 소리 지를 틈조차 없는, 순식간이었다. 빨간 르망이 트럭 밑으로 들어갔다. 5분쯤 지났을까, 정신을 잃었던 승연이 가느다랗게 눈을 떴다. 몸이 움직이지 않았다. 운전석으로 고개를 돌렸다. 트럭 아래에 갇힌 차에서 태주가 누운 자세로 옴짝달싹 못 한 채 머리에 피를 흘리며 눈을 감고 있었다. 태주 씨, 정신 차려! 태주 씨, 눈을 떠 봐! 태주는 미동조차 없었다. 승연이 팔을 뻗어 태주 얼굴을 흔들었다. 태주가 낮은 신음을 내며 무거운 눈꺼풀을 겨우 들었다. 태주는 승연을 향해 안도하는 미소를 지었다. 아, 다행이다. 살았구나. 승연은 소리 내어 울부짖었다. 울부짖는 소리에 놀라 승연이 눈을 떴다. 빨간 르망도, 트럭도 보이지 않았다. 승연은 천천히 침대에서 일어났다. 어찌나 생생한지, 놀란 가슴이 여전히 뛰고 있었다. 꿈이라서 다행이야.

하얀 시트로 가려진 태주 얼굴이 드러났다. 영화나 드라마에서 본, 푸르스름한 입술에 창백한 얼굴을 한 주검이 아니었다. 평온한 모습이었다. 태주 오른쪽 눈썹 옆으로 길게 긁힌 자국이 선명했다. 승연은 손을 가져다 긁힌 자국을 만지려다 멈칫했다. 차가운 체온이 느껴질까 봐, 죽은 게 사실일까 봐 겁났다. 승연은 고개를 기울여 그의 옆모습을 한참이나 바라봤다. 자기는 앞모습보다 옆모습이 훨씬 잘생긴 거, 알지? 승연은 종종 태주 옆모습에 감탄하곤 했다. 이마부터 콧날, 인중, 입술, 턱 아래까지 이어지는 선이 다비드 조각상보다 완벽했다. 승연이 태주 얼굴에 손을 대고 지그시 눈을 감으면 태주는 고개를 돌려 승연에 기습 키스를 하곤 했다.

이건 꿈이야. 아니, 꿈이어야 해. 승연은 숨이 멎는 것 같았다. 옥상에서 떨어질 때, 5초 남짓한 순간에, 그는 무슨 생각을 했을까. 환영이 떠올랐다. 1200도가 넘는 가마에서 꺼낸 도자기를 떨어뜨리는 환영이었다. 바닥에 떨어진 도자기는 형체 없이 조각이 났다. 다리에 힘이 빠지고 현기증이 돌았다. 몸이 휘청거렸다. 갑자기 어수선한 소음이 영안실의 무거운 침묵을 깼다. 태주 가족이었다. 방금 도착한 태주 누이들이 문 앞에서 흰 시트 속에 얼굴만 내민 태주의 모습을 보자마자 날카로운 금속음을 냈다. 처절하고 한 맺힌, 비명이었다. 태주 어머니는 느린 걸음으로 태주 곁에 다가서더니 시트 안에서 태주 손을 꺼내 자신의 손바닥 위에 올려놓고 쓰다듬기 시작했다. 어깨를 들썩이며 흐느꼈지만 소릴 내진 않았다. 어머니는 시트를 걷어내고 아들 몸을 어루만졌다. 태주 청바지 앞주머니에 흰색 천이 삐져나왔다. 어머니는 흰색 천을 끄집어냈다. 승연이 준, 태주 이니셜이 박힌 손수건이었다. 어머니는 넋두리처럼 말했다.

내 새끼야, 이런 건 왜 부적처럼 갖고 다녀.

승연이 영안실을 나왔을 때 표범 한 마리가 도심 속 건물 사이로 이리저리 뛰어다니는 게 보였다. 표범은 먹이를 찾듯 두리번거리다 이내 빨간 석양을 향해 걸음을 성큼 옮겼다. 천천히, 아주 천천히 걷던 표범이 걸음을 멈추고 뒤를 쳐다보다가, 다시 걷기 시작했다. 표범이 석양 속으로 사라졌다.

60. 생명, 기쁨

차가운 바람을 쐬어서인지 기침이 나왔다. 몸이 나른하고 축 처지는 게 감기인 것 같았다. 동이가 판피린을 가져다줬다. 오후 근무 땐 열이 올라서 도저히 일하기가 힘들었다. 동이는 조퇴하고 병원에 가보라고 했다. 희숙은 부평역으로 갔다. 부평역에서 유명하다는 하정내과에 가려고 엘리베이터를 탔다. 엘리베이터 안에 층수별 업장이 안내판에 나타났다. 3층 하정내과, 4층 하정산부인과, 소아과. 희숙은 3층에서 내렸다. 여긴 남자 산부인과 의사구나. 소아과도 같이 보는군. 내과 의사에게 증세를 말했다. 어지럽고, 메스껍고, 나른하고 미열이 난다고. 의사가 청진기로 희숙의 가슴과 등을 진단하며 물었다. 임신하거나 그런 상태는 아니죠? 희숙이 눈을 끔뻑거렸다. 혹시 생리 언제 하셨죠? 희숙은 지난달 생리가 없었다는 걸 까맣게 잊었다. 아, 그게 생각 안 나네요. 의사는 청진기를 내려놓더니 위층에 가서 임신 여부를 확인하고 오시라 했다. 임신이면 약을 줄 수 없다고. 희숙의 귀에 쿵, 하고 가슴 떨어지는 소리가 들렸다. 수첩을 꺼내 날짜를 확인했다. 배란기 때 누굴 만났는지 기억해야 했다. 희숙은 계단을 이용해 4층으로 올라갔다. 설마… 희숙은 경구용 피임약 부작용 때문에 생리주기법, 질정제 피임법을 겸해서 사용했다.

축하합니다. 임신입니다. 8주 됐고요, 임신 초기엔 미열이 날 수도 있어요. 감기약 안 드시길 잘했네요. 희숙은 맥이 빠졌다. 당장 결정할 수 없었다. 머리를 정리해야 했다. 수첩을 보니 지난달 배란기 즈음에 만난 사람은 권지호였다. 권지호는 분명히 피임했고. 권지호 만나기 사흘 전에 변태섭과 함께했다. 의사에게 남자가 피임했다고 하니 불량 콘돔일 경우 가능성이 있다고 했다. 변태섭은 두 번의 임신중절 이후 피임은 여자가 알아서 하는 것이라고 못 박았다. 만약 변태섭의 아이라면 중절 수술을 받아야 할 거고, 권지호 아이라면… 권지호가 결혼하자고 할까? 그러면 변태섭과 헤어져야겠지? 차라리 변태섭과 헤어지고 권지호랑 결혼해서 미국 가서 살고 싶다. 권지호가 미국 시민이랬으니 나도 그를 따라 미국 가면 미국 시민이 될 거고 거기서 부모님이랑 동생들 불러서 함께 사는 것도 괜찮겠지. 이 지긋지긋한 나라에서 벗어나고 싶다. 나에게 상처만 준 대한민국은 너무 아파.

희숙은 숙소로 돌아가 보일러 온도를 올렸다. 으스스한 기운이 돌아 두꺼운 겨울용 이불을 꺼내 덮었다. 권지호 아이라면, 책임지겠지. 권지호가 결혼하겠다고 하겠지. 권지호는 미국에서 경영학을 전공했고 부유한 환경에 성격도 모나지 않은, 책임감 강한 사람이었다. 희숙은 권지호의 아이일 거라고 자기 암시하며 배를 어루만졌다. 준수한 외모의 권지호를 닮은 아이를 상상하니 모든 게 실감 나지 않았다. 분명히 배란기 때 관계한 사람은 권지호였다. 그 전에 변태섭과 있었다고 해도 3일 전 일이니 상관없었다. 병원에서 배란일을 확인했고 그 시기에 임신 된 건, 권지호가 맞았다. 혹시 권지호가 자기 아이 아닐 거라고 우기진 않겠지? 김근화 귀국 독창회 이후 권지호를 못 만난 지 열흘 넘었다. 일단 그를 만나 차분하게 임신 사실을 알려야 했다. 희숙은 어떤 약도 복용하지 않고 야근 신청도 하지 않기로 했다. 공장에서 태교는 사치라 해도 아기를 위해 몸조심은 해야 했다. 다음날 희숙은 권지호 사무실에 들렀다. 따로 식사하자고 청할 생각이었다. 권지호 방문을 노크하자 안에서 권지호 목소리가 났다. 들어와요. 희숙이 방문을 여니 반백 정 이사랑 자재과 김 부장이 소파에 앉아있다가 일어났다. 희숙은 멈칫했다. 눈치 보며 나중에 올까요? 권지호는 미팅 끝났다며 들어오라 했다. 전무님, 미국 수주 건은 전무님 출장 다녀오신 후 다시 검토하는 걸로 하시죠. 그 사이 저흰 자료 조사해놓겠습니다. 그럼, 출장 후 뵙겠습니다. 반백 정 이사가 방문 앞에서 90도로 허리를 굽혀 인사하며 말했다. 정 이사가 나가자 권지호는 무슨 일이냐고 물었다. 출장 가세요? 응. 일본 출장갔다가 사흘 후에 올 거야, 왜? 희숙은 출장 앞둔 사람한테 임신 소식을 알려 혼란을 주고 싶지 않았다. 둘러댔다. 아, 그게… 제가 몸이 좀 아파서 휴가를 길게 쓰려는데… 권지호는 서류를 정리하다 말고 희숙을 바라봤다. 몸이 아파? 어디가? 에구 감기 걸린 거 아니니? 요즘 독감 유행한다던데. 이런 건 굳이 나한테 말하지 않아도 돼. 인사과에 얘기해서 쉴 만큼 쉬고 나와. 알았지? 권지호는 사무실을 나가면서 희숙의 이마를 쓱 만졌다. 아이고 열이 있네. 얼른 병원 가봐. 나 차 대기 중이라 빨리 나가야 해. 갔다와서 보자, 알았지? 권지호는 서둘러 나갔다. 권지호가 희숙의 이마에 손을 대고 열이 난다고 말할 때, 희숙은 울컥했다. 이런 자상함이라니, 임신 소식 알리면 어떻게 반응할까. 물론 당황할 거고, 부담스럽겠지. 직원 임신시켰다고 소문나면 이미지 나빠지고 또 권지호 집에선 뭐라 할지. 그럼에도 권지호는 책임지려 할 거야. 지금보다 더 날 아낄 거야. 회사 그만두게 하고 미국으로 보낼지 몰라. 거기서 아기 낳으라고. 내 아이도 미국 시민으로 태어나겠지. 아들일까, 딸일까. 첫애는 아들이었으면 좋겠어. 그리고 딸을 낳을 거야. 이 모든 상상만으로도 희숙의 눈에선 회한의 눈물이, 감격의 눈물이 흘러내렸다.

61. 어쩌면 그는

이틀 병가를 냈다. 희숙은 병원에 가서 영양제도 맞고 화장품 가게에 들러 새로 나온 기초화장품과 색조 몇 가지를 샀다. 항상 스킨, 로션만 바르고 민낯으로 다녔는데 음악회 이후 화장해야겠다고 생각했다. 권지호에게 부끄러운 옆지기가 되고 싶진 않았다. 화장품 가게 옆에 '아가방'이란 아기용품 브랜드가 있었다. 희숙은 작은 손발싸개, 배냇저고리, 젖병, 유모차 등을 한참 동안 바라봤다. 만약 출산하게 되면 어디서 몸조리하지… 엄마가 계셨으면 좋았을 텐데. 희숙의 마음은 복잡했다. 대학의 낭만과 지성을 포기하며 노동 투쟁했던 시간이 주마등처럼 지나갔다. 외롭고 고단한 싸움이 보상받을 날만 기다렸다. 위장 취업해 노조 만들고 노조교육선전부장자리까지 꿰찼다. 이것이 보상일까. 그 다음은? 아버지께 죄송했고 동생들에 미안했다. 하나님이 주신 소중한 생명까지 지워가며 쟁취하려 했던 것이 무엇이었는지 확신이 없었

다. 희숙은 지금 뱃속 아기가 고단하고 지친 희숙의 삶을 단절
시키는 보배일지 모른다는 생각이 들었다.

　일본 출장에서 돌아오고도 권지호는 바빴다. 울산과 부산,
두 번의 지방 출장을 마치고야 그는 회사에 나타났다. 희숙은
오후 일과가 거의 끝날 무렵, 조심스럽게 그의 사무실을 노크
했다. 권지호는 의자를 뒤로하고 누군가와 통화하고 있다가
희숙에게 들어오라 손짓했다. 그는 그 어느 때보다 밝게 웃고
있었다. 낮고 차분하며 부드러운 목소리로 상대와 통화했다.
희숙이 들어온 걸 알면서도 그는 전화를 끊지 않았다. 희숙은
사무실 소파에 앉아 그가 통화를 마치길 기다렸다. 그는 희숙
이 소파에서 기다리는 걸 보고, 의자를 창문 쪽으로 돌린 채
통화를 이어갔다. 응, 그래. 알면서 그래, 알아서 해, 뭐든 오
케이지. 엄마가 좋아하겠다. 그럴 필요 전혀 없어. 나랑 상의
하지 말고 엄마랑 해. 사고 싶은 게 뭔데. 엄마가 좋아하실까.
엿들은 내용으로 봐서 누나와 대화인 듯했다. 권지호가 희숙
이 듣는데도 아랑곳하지 않고 편하게 이야기할 상대는 누나밖
에 없다고 생각했다. 그런데 누나와 통화한다고 생각하기엔
지나치게 감미로운 내용도 있었다. 그런 건 내가 다 해야지,
걱정할 거 하나도 없어. 그동안 못 했던 거 다 보상해줄게. 나
만 믿어봐, 엄마는 신경 쓰지 말고. 희숙은 고개를 갸우뚱했
다. 희숙과 최근 잠자리에서도 사귀던 여자친구랑 결혼까지
갔다가 헤어진 후로 사귀고 있는 사람은 없다고 했다. 그 이후

에 권지호가 누굴 사귈 시간이 있었을까. 권지호는 음악회 이후 외국 출장, 국내 출장으로 바빴다. 권지호는 전화를 끊고 희숙에게 환한 미소로 말했다. 기다리게 해서 미안, 무슨 일이지? 희숙은 할 말이 있으니 만나자고 했다. 권지호는 흔쾌히 알겠다며 책상 위 달력을 꺼내 들었다. 희숙은 주말에 권지호와 조용한 곳에서 데이트하고 싶었다. 그곳에서 잉태된 아이 소식을 전하고 싶었다. 권지호가 사준 원피스를 입어야겠다고 마음먹었다. 이번 주 토요일 어때요? 주중엔 야근 때문에 힘들 것 같고 주말이 좋은데. 권지호는 이번 주말에 지방 갈 일이 있다고 말했다. 희숙이 그럼, 다음 주 토요일은 어떠냐고 물었다. 권지호가 달력을 내려놓으며 말했다. 그날은 내 결혼식인데? 희숙은 고장 난 시계처럼 동작을 멈췄다. 숨까지 멈췄다. 방심하다 철퇴 맞으면 이런 기분일까. 권지호는 태연했다. 그때, 독창회 했던 친구랑 결혼해. 그러니까 다음 주말도 안 되고… 그 다음 주말? 아, 주말은 앞으로 힘들겠다. 주중 아무 때나 말해줘. 급한 내용 아니지? 하긴 우리 사이에 급한 내용이 있을 게 없지. 희숙은 표정 관리가 안 됐다. 진심이 아니어도 축하한다고 연기했어야 했다. 만날 날도 정했어야 했다. 희숙은 아무것도 할 수 없었다. 변태섭의 아기인데 내가 왜 그랬을까.

62. Refresh

남편은 친정아버지 제사 이후로 승연 눈치를 자주 살폈다. 자진해서 하지 않았던 쓰레기 분리배출 해준다든가 청소기를 돌린다든가 모닝커피 내려 준다든가. 그래봤자 얼마 안 가겠지만. 그것보다 큰 변화가 있었다. 남편이, 종종 분위기 좋은 데 가서 밥도 먹고 쉬었다 오기도 하자는 소릴했다. 승연은 남편이 안 하던 행동하면 의심하라는 친구들 말이 떠올랐다. 승연은 남편이 그럴 위인이나 될까 싶었다. 남편이 밖에서 뭘 하든 관심 없고 그저 오랜만에 바람이나 쐬러 갔으면 좋겠다는 생각이 들었다. 주중에 한 번 시간 내, 그럼. 근데 어디로 갈 건데? 잘 아는 데 있어? 승연이 넌지시 떠봤다. 아는 데가 있기는. 인터넷 검색해봐야지. 아님, 그런 쪽으로 전문인 놈한테 물어보든지. 내친김에 남편은 날짜를 골랐다. 수정이 오기 전에 돌아와야 하니 너무 멀리는 가지 말자. 그래야지. 근데 당신 수정이랑 화해는 한 거야? 수정이가 예민하게 굴지 않는 거 보니 화해한 것 같기도 하고. 화해하고 말고가 어딨어. 승준 여편네가 괜히 수정이한테 이상한 소릴 해대서 잠깐 당황한 거지. 미친 여편네가 얼굴 다 갈아버리면 내가 어떻게 알아봐… 마지막 말은 낮게 중얼거렸다.

남편은 누구 추천받았는지 인터넷을 뒤졌는지 양평 맛집으로 정했다. 강마을다람쥐란 도토리 전문 음식점이었다. 남편과 밖에 나온 건 오랜만이었다. 시어머니 모신 후로, 수정이 뒷바라지하느라 문화생활은 언감생심이었다. 팔당대교 근처는 몰라보게 바뀌어 있었다. 와, 너무 바뀌어서 생소하다. 전혀 기억이 안 나는 걸. 음식 맛은 그저 그랬다. 기대를 잔뜩 해서 그런지 소문만큼 감탄할 만한 맛은 아니었다. 밖에서 좋은 경치 보며 먹는 식사라서 입소문 탔나보다 생각했다. 도토리로 만든 메밀전병은 먹을 만했고 해물파전도 재료를 아끼지 않아 시내 음식점보단 나았다. 음식점 마당에서 '불멍'용 장작불이 타는 것까지 보고 남편은 서둘러 이동하자고 했다. 남편이 야외로 나가자 했던 목적은 딴 데 있었다. '그래, 시간 끌 거 뭐 있나. 밀당할 사이도 아니고' 승연이 남편과 간 곳은 무인텔이었다. 규모가 큰 호텔급이었는데 개별 주차장에서 객실까지 바로 연결되어 있었다. 객실 앞에서 모니터로 방값을 계산하면 됐다. 주차장부터 객실에 이르는 사이 외부인과 마주칠 일이 없게 설계된 게 특이했다. 와, 신기하다. 이런 데가 다 있네. 남편이 연신 감탄했다. 모르는 척 연기하는 건지 오버하는 모습이 웃기기도 하고. 호텔 내부도 깔끔하고 나무랄 데 없이 잘 정돈되었다. 남편이 승연과 외국에 나갈 때 가장 신경 쓰는 곳이 호텔이었다. 승연이 결벽증에 가까운 성격이라 숙소 선정에 공을 들여야 했다.

방해받지 않은 섹스라 나쁘지 않았다. 남편은 집에서 할 때처럼 서두르지 않았다. 승연이 달아오를 때까지 충분히 애무했고 승연도 남편에게 집중했다. 바스락거리는 침구 촉감이 승연의 기분을 자극했다. 승연의 짧은 외마디는 절정에 도달했다는 신호였다. 한차례 폭풍이 지나면 찾아오는 고요의 시간에 남편은 정적을 깼다. 좋았어? 승연은 대답 대신 생수 한 통을 들이켰다. 남편은 승연의 반응을 기다렸다. 응, 좋았어. 아주 오랜만이라 뭐가 좋은 건지 잊고 있었네. 승연은, 좋았는지 안 좋았는지 알 수 없었다. 장소가 바뀌었다고 느낌이 달라졌다는 감정을 믿기 힘들었다. 다만, 묵은 과제 한 가지씩 줄이는 과정이라 생각했다. 승연은 애써 그런 노력을 스스로 부여하고 있었다. 잊기 위해서 새로운 집중이 필요했을 뿐이었다. 남편은 멋쩍은 웃음 소릴 냈다. 자주 나오자. 그동안 너한테 소홀했다. 남편이 TV를 켰다. 뉴스채널이 나왔다. 뉴스만 보면 열불 터져서 못 보겠어. 남편이 채널을 돌리려는데 승연이 잠깐만, TV 앞으로 다가갔다. 화면엔 변태섭 '우리 사회와민족연구'소장이 인터뷰하고 있었다. "우리 사회에 관용이 사라졌어요. 후보자들의 과거나 캐묻고 과거에 한 말이나 꼬투리 잡는 의식 수준으론 성숙된 민주시민이라 할 수 없지요." 남편은 그가 역겨웠다. 놀고 있네, 니들이 관용을 얘기해? 너희들이야말로 남의 과거 캐묻고 과거 발언 꼬투리 잡는데 선수들이잖아! 흥분하는 남편을 향해 승연이 진정하라는 손짓하며 물었다. 저 사람 서울대 출신 주사파 변태섭 맞지? 남편은 고개를 끄덕이며 대답했다. 골수 빨갱이 새끼. 저 새끼 국회의원 우성철, 송현철, 임정국 이런 놈들하고 어울려 다녔잖아. 우리 회사 근처 술집이 있는데 그 마담이 저것들이 단골이라네. 아주 지저분하게 논다더군. 누구 등골 처먹었는지 돈 씀씀이가 장난 아니라던데. 공짜 좋아하고. 빨갱이 새끼들이 돈, 여자는 엄청나게 밝힌다니까. 자식새끼들 전부 미국 유학 보내고. 좌파해도 좋다 이거야, 지들 공부한 대로, 주장한 논리대로 언행일치하면 누가 뭐라 해?

63. 아! 희숙 선배

승연은 희숙이 자기 연인 변태섭에 대해 언급한 기억을 떠올렸다. 한 번 스치듯 지난 이름이었는데 기억났던 건, 변태섭을 언급할 때 보였던, 온갖 존경과 모든 희열을 담은 희숙의 표정 때문이었다. 희숙이 우리 변태섭 씨가, 어쩌구 하는데 그처럼 맑고 경이에 찬 얼굴을 본 적이 없었다. 얼굴을 본 적 없지만 이름만큼은 승연의 뇌리에 각인되었다. 이름이 변태스럽기도 했고. 희숙의 연락처는 의외로 쉽게 찾았다. 변태섭 사무실에 전화해 윤희숙을 찾았다. 무턱대고 사무실에 윤희숙을 바꿔달라 했던 승연의 무대포가 통했다. 의외였던 건, 윤희숙을 찾는데 사무실 직원이 아, 사모님이요? 라고 응답한 것이었다. 세상에 동명이인과 결혼할 확률이 얼마나 되겠는가 싶어 자신이 찾고 있는 윤희숙이 맞을 거라, 생각했다. 연락처를 남겨 놓았더니 희숙에게서 전화가 왔다. 내가 알고 있는 학교 후배 오승연 씨가 맞습니까. 희숙의 목소리는 변하지 않았다. 희숙의 목소리를 듣는데 승연이 울컥했다. 알 수 없었다. 희숙의 목소리를 듣는 순간 왜 목이 잠겼는지. 네, 맞아요. 제가 찾는 윤희숙 선배가 당신이라면 당신이 연락한 오승연도 제가 맞을 겁니다. 둘은 사연이 있는 사람들처럼, 헤어진 이산가족처럼 서로 존재를 확인하곤 아무 말도 하지 않았다. 아마 침묵은, 살아온 삶의 무게만큼 무겁고 진지한 통한의 세월을 의미했으리라.

희숙을 못 알아볼 뻔했다. 올리비아 핫세 닮은 안경 쓴 단발머리 윤희숙은 온데간데없고 하얗게 센 머리칼에, 눈가 주름 가득한 중년의 볼품없는 여인이 앉아있었다. 그나마 그녀에게서 꼿꼿한 자존심마저 풍기지 않았더라면, 승연이 젊은 날 흠모해 마지않았던, 운동권 여성 아이콘으로서의 존재감에 배신을 느꼈을 터였다. 찰랑찰랑했던 단발은 머리칼에 힘이 없어져 윤기 없고 푸석푸석한, 가을날 낱알 빠진 볏잎 같았다. 오랜만이에요 선배. 단발만 고수한 건 아니죠? 하나도 안 변했어요. 승연의 인사가 겉치레란 걸 알았는지 희숙은 쓴웃음을 지으며 머리카락을 쓸어 넘겼다. 너야말로 하나도 안 변했네. 나는, 염색하다가 지쳐서 그냥 놔둔 지 오래됐어. 승연이 비록 자기보다 두 살 어리긴 해도, 차이 나는 피부 상태에 윤희숙은 짐짓 위축된 듯했다. 두 사람의 대화는 외적 자산의 유지 여부-어떻게 살아왔는지 가늠하는 기준이 된-로 시작되었다. 승연은 희숙에게 물어볼 말을 미리 머릿속에 정리한 상태였다. 그동안 어떻게 사셨어요, 라든지 따위의 질문은 안 하기로 했다. 기순이 죽은 거 아세요? 순간 희숙은 기순이가 누구지? 고개를 기울였다. 기억을 더듬는 동작이었다. 너랑 같이 다니던 친구 맞지. 승연은 고개를 끄덕였다. 기억나. 근데 어쩌다가… 커피잔을 들던 희숙의 손이 떨렸다. 손의 떨림은, 희숙이 불길한 예감을 암시하는 반응이었다.

전대협 발족 전, 아니 농활 갔다가 다른 학교 선배들한테 윤간당했어요. 여성 성해방 어쩌구하면서 탈의하라 강요했고 첫 번째로 기순이가 벗었죠. 팬티만 남겨두고 상의 탈의할 때까지 아무도 말리지 않았어요. 성적 자기 결정권에 대한 확신이 있었다면 옷을 벗고도 수치심이 안 들어야 하는데… 기순이가 용기 있게 옷을 벗긴 했어도 시선은 방바닥을 보고 있었죠. 상대와 눈을 마주칠 만큼 당당하지 않았다는 거예요. 그때 저는 똑똑히 봤어요. 기순이 벗은 몸을 감상하고 있던 남자들의 표정을. 첫 번째 윤간은 기순이 선배들 앞에서 옷을 벗었을 때 일어난 거라고요. 음탕한 눈빛으로 기순일 겁탈했어요. 이죽거리며 지들끼리 귀엣말을 나누더라고요. 알게 뭐야, 기순이를 첫 타자로 매긴 건지. 희숙의 손떨림은 줄어들었다. 깊게 심호흡하며 담담한 표정을 지었다. 그래서, 그래서 어떻게 됐어? 희숙은 그 자리에 없었음에도 마치 책임자 같은 태도로 임했다. 제 차례가 오기 전에 옷 벗는 의식을 멈췄어요. 저는 제 방으로 돌아가서 그다음 일이 어떻게 진행되었는지 몰라요. 며칠 있다가 자기 집에서 방에 연탄가스 피워놓고 자살했다고. 승연은 기순이 생각에 목이 메었다. 자살할 애가 아닌데 왜 극단적인 선택을 했을까, 궁금했어요. 나중에 기순이 윤간당한 사실을 알게 됐지요. 윤간한 놈 중 한 명이 자기 입으로 기순이 겁탈한 얘길 떠들었나 봐요. 자기가 숫처녀 처음 따먹은 행운아라고. 기순이 일기장에 '성적 자기 결정권으로부터 나는 자유롭지도, 해방되지도 않았다' 라고 써놨어요.

윤희숙은 담담한 척했다. 겁탈한 놈 중 한 명이 '자기가 숫처년 처음 따먹은 놈'이란 대목에선 참기 힘든지 눈살을 찌푸렸다. 갑자기 희숙은 자길 찾은 이유가 뭔지 물었다. 도대체 어쩌라는 거냐, 이 말이 하고 싶은 거였다. 승연은 물 한 컵을 단숨에 마시고 호흡을 가다듬었다.

강윤희, 아세요? 한양대 다녔던. 그 여자가 시작했어요. 제 딸한테 쓸데없는 얘길 했더라고요. 잊고 살았는데, 악몽은 갚지 않은 외상처럼 절 따라다니며 괴롭혔어요. 기순이가 죽고, 아버지 돌아가시고, 김태주 선배까지 죽고 나서 저는 제 과거를 리셋했어요. 근데 제 과거가 외상인 줄 몰랐어요. 갚아야 리셋되더라고요. 그 잘난 혁명이 사랑하는 사람들의 죽음을 담보했다는 걸 알았다면 전 안 했을 거예요. 그래서 희숙 선배를 찾았어요. 우연히 TV에서 변태섭이란 사람을 봤고, 그가 인터뷰에서 그렇게 말하더군요. 우리 사회에 관용이 사라졌다나. 화가 났죠. 당신들의 관용이란 게 남의 죽음에 무심한 거냐고. 변태섭이란 말에 희숙의 흰자위가 번뜩였다. 희숙이 비웃었다. 씨발놈, 관용 좋아하시네. 나눠 먹고 공유하는 거 좋아하는 게 지들 관용이지. 희숙의 입에서 거친 말이 나올 줄은 상상 못 했다. 희숙은 분을 참기 힘든지 핸드백에서 담배를 꺼냈다. 이어 라이터도 식탁 위에 올려놓았다. 잠시 나갔다 올게. 담배 한 대 피워야 할 것 같아서. 희숙은 담배와 라이터만 들고 밖으로 나갔다. 희숙이 놓고 간 휴대폰에서 진동벨이 울렸다. 덜덜덜덜, 덜덜덜덜. 발신자 이름이 '변태새끼'였다. 돌아온 희숙이 담배 냄새를 풍기며 철퍼덕 앉았다. 선배, 나간 사이 전화 왔어요. 변태새끼한테서. 희숙과 승연은 3초쯤 서로 말 없이 바라보다 웃음을 터뜨렸다.

아버지는 어떻게 돌아가신 거야? 희숙이 웃음을 멈추고 물었던 첫 번째 질문이었다. 분신자살하겠다고 협박하던 사람 실수로. 말을 흐리자 희숙은 혹시 정일어패럴 사건이냐 물었다. 승연이 고개를 끄덕였다. 희숙은 너무 놀란 나머지 손으로 입을 가리며 눈을 최대한 크게 떴다. 그 얘기 들었을 때 난 왜 승연이 아버지란 생각을 못 했을까. 놀란 가슴을 진정시킨 듯 희숙이 중얼거렸다. 승연은 아버지와 화해할 시간을 갖지 못했노라, 그게 평생 가슴에 한이 되었다고 말했다. 잊으려 했는데 안 되더라고요. 희숙은 자신의 가늘고 마른 손으로 승연의 손등을 어루만졌다. 따뜻한 기운이 느껴졌다. 미안해,

정말 미안해. 근데 그건 사고였잖아. 네 잘못이 아닌 걸. 승연은 단호하게 말했다. 아뇨, 제 잘못이에요. 제가 해방시키려던 노동자와 시비에 말려 아버지가 죽임당한 거예요. 내 잘못 아니라고 설득하려고도 말고 어설프게 위로할 생각일랑 마세요. 희숙은 승연의 잡은 손을 슬쩍 내려놓았다.

64. 소모품

희숙의 휴대폰 진동벨이 울렸다. 다시 변태 새끼였다. 희숙은 가소로운 표정으로 휴대폰 화면을 들여다보고 있었다. 받지 않았다. 씨발, 변태 새끼가 또 무슨 잔소릴 하려고! 희숙은 아예 휴대폰을 엎어놓았다. 희숙은 승연의 이야기에 집중할 때와 다르게 행동했다. 화난 얼굴이었지만 불안한 기색도 있었다. 전화를 받고 싶지 않으면서도 안 받으면 안 되는, 변태 새끼라고 저장해놓을 만큼 저주하면서도 저주의 후유증을 두려워하는 듯했다. 변태 새끼라 저장한 것은 소심한 복수였다. 그녀가 현실에서 할 수 있는 최대한의 복수였다. 안 받아도 괜찮겠어요? 승연이 조심스럽게 물었다. 분이 안 풀렸는지 희숙은 자리에서 벌떡 일어났다. 나가자. 나가서 얘기하자. 여긴 답답해. 술 한잔해야겠어.

희숙이 승연을 데리고 나간 곳은 카페에서 100미터쯤 떨어진 편의점이었다. 아까 담배 피우러 이렇게 멀리 갔던 거예요? 희숙은 그럴 리가 있겠냐며 일축했다. 그건 아닌데, 요즘은 바깥에서도 담배를 피우려면 담배 금지 경고장이 눈에 띄더라고. 그리고 난 바람 부는 곳에선 담배 안 피워. 갇힌 공간이라야 내 폐에서 나온 연기를 확인하지. 연기가 바람에 흩날리면 짜증 나. 여긴 바람이 안 부네. 편의점은 코너에 있어서 바람이 덜했다. 녹색 파라솔 탁자에 플라스틱 의자 네 개가 널부러져 있었다. 희숙은 편의점 안으로 들어가 맥주 네 캔과 오징어 안주를 사 가지고 왔다. 그녀의 행동이 생소하고 불편했지만, 승연은 아무 말 하지 않았다. 2개만 사려 했는데 3+1개에 만 원이라네. 남겨, 내가 갖고 가지 뭐. 게다가 이 시간에 술집 연 데가 없어서. 우리가 너무 일찍 만났나 봐. 이런 얘기 할 거였으면 좀 늦게 술집에서 만날 걸. 희숙은 맥주를 따기 전 승연에게 담배를 권했다. 승연이 고개를 젓자, 이 나이롱 같으니라고. 너 어디 가서 운동권이었단 얘긴 절대 하지 마라. 성적 자기 결정권 이전에 담배야, 자기 폐를 괴롭혀야 견딜 수 있다고, 가슴이 썩어 문드러져야 또 다른 가슴이 태어난다고.

희숙은 아무래도 불안한지 휴대폰을 들여다봤다. 변태 새끼로부터 부재중 전화가 네 번이나 울렸다. 한 번 안 받았다고 맞나, 네 번 안 받았다고 맞나 그게 그거지. 희숙은 자포자기하는 심정으로 뇌까렸다. 전화 안 받았다고 때려요? 그럼 안

때려? 때리는 이유도 다양해, 기분 좋아 때리고 기분 나빠 때
린대. 기분 좋아도 그 생각이 나고 기분 나쁘면 더 생각이 난다
나. 개새끼, 지가 상납했지 내가 수청 들었나. 승연은 무슨 말
인지 이해하지 못했지만 물어보지 않았다. 희숙의 상처를 건
드릴까 봐, 승연이 감당하기 힘든 내용일까 봐 되묻지 않았다.
희숙은 맥주 한 캔을 따서 벌컥벌컥 들이켰다. 그리곤 자학하
듯 담배를 깊이 들이마셨다. 희숙은 다시 휴대폰을 들여다봤
다. 통화를 할까 말까 망설이는 것 같았다. 휴대폰 만지작거
리는 걸 봐서 전화 안 받은 게 마음에 걸린 듯했다. 알 수 없는
건, 불안한 표정을 짓다가도 될 대로 되라는 식의 태도였다.

　네 아버지 그리된 건 유감이야, 내 잘못 아니다. 네 잘못
도. 아무리 화해할 시간이 없었대도 말이야. 태주는, 태주 소
식은 나도 충격이었어. 태주가 죽어선 안 됐거든. 그러기에
태주는 한도 많고 할 일도 많고… 죽을 순번도, 죽을 자격도
안 됐는데. 하긴 자격이 어딨냐. 어차피 소모품인데. 승연이
화들짝 놀란 표정으로 물었다. 그게 무슨 말이죠? 무슨 말이
긴, 영등포구청 부정투표함 사건. 그거 태주가 택(擇) 받고 간
거야. 부정선거라고 우기고 한 사람 죽었어야 했는데 그게 태
주가 된 거지. 원래 죽어야 할 역할은 인자들이 하거든. 희숙
은 무슨 말인지 못 알아듣는 승연의 표정을 보자 부연 설명
했다. 인자가 뭐냐면, 일종의 행동대장인데 죽는 역할이기도
해. 박철규처럼 죽고 싶어 안달 난 애들 한 명 뽑아서 보내지.

근데 태주여서 의아했어. 근데 태주가 똑똑해서 알았을 거야. 자기도 부속품에 지나지 않았단 것을. 나도 그랬는 걸 뭐. 여자들은 뭐, 제아무리 날고 긴대도 기쁨조 이상도 이하도 아니지. 성적 자기 결정권 좋아하네. 그런 거 없어. 변태 새끼는 나와 결혼한 이후로 더 가부장적이더라고. 그거 타파하라고, 여성 인권 어쩌구 졸라 외쳤던 놈들이 조선시대 양반놈들 이율배반보다 더 했으면 했지, 덜 하지 않아. 승연은 태주가 지시받고 영등포구청에 갔다는 사실을 알고 충격받았다. 변태 새끼가 가부장적이든 말든 귀에 들어오지 않았다. 슬픔이 분노로 변하는 데 진실보다 자극적인 것은 없었다. 과거가 바뀌지 않는다 해도, 진실을 알고 난 전후는 달랐다. 태주의 죽음은 누군가의 사주에 의한 것이었다. 목이 말랐다. 승연은 화난 사람처럼 행동하지 않았다. 그저 목이 말랐을 뿐이었다. 느린 속도로 맥주를 들이켰다.

김태주, 죽기 사흘 전에 저랑 있었어요. 희숙은 굳은 얼굴로 승연을 바라봤다. 둘이 사귄 사이였니? 승연은 대답 대신 다시 맥주를 들이켰다. 태주 씨가 제게 처음이었어요. 제 결심을 바꾼 것도 처음, 미래를 생각하게 한 사람도 처음, 과거 속을 유영하게 한 사람도 태주 씨가 처음이었고. 현재만 없네요. 맞아요, 태주 씨는 죽어선 안 될 사람이었어요. 죽을지 알고 갔는지는 모르지만 그들의 들러리란 건 알았을 거예요. 저보고 가족 품으로 돌아가라 했어요. 그도 운동을 끝내려고 했

을 거예요. 지긋지긋한 가난에서 벗어나는 길은 노동운동이
아니라 자본 활동이라고 했거든요. 기다리는 사람이 있는 걸
아는 사람은 죽지 않아요. 차마 죽지 못하지요. 취직하겠다고
했는데, 취직해서 첫 월급 받으면 어머니 내의 사드리고 제게
실반지 하나 해준다고 했는데… 죽었네. 아니, 죽인 거네. 내
가 아버지 때문에 힘들어한 거 알면서 죽어선 안 되지. 승연은
횡설수설했다. 담배 한 대만 줘봐요. 희숙은 피울 줄 모르면
시작하지 말라고 했다. 고통 해결하려 몸에 자극 주는 건 도움
이 안 된다는 말까지 곁들였다. 피울 줄 모르면 배우면 되고
고통을 해결하려는 게 아니라 고통을 잠시만 잊으려는 거예
요. 승연은 희숙의 담뱃갑에서 담배 한 개비를 꺼냈다. 태주
를 처음 본 날, 태주에게 담배 한 개비 달라고 했던 이후로 처
음이다. 도망갈 때가 올 거라고, 그때 도망가면 된다고, 지금
은 아닐 거라 했던 태주 말이 기억났다.

도망갈 때가 언제야 도대체! 지금 아니면 언제냐고!

65. 증오

변태 새끼로부터 다섯 번째 전화벨이 울렸다. 희숙은 전화를 받을까 말까 여러 번 휴대폰에 손을 갖다 대었다. 승연도 덩달아 긴장했다. 희숙은 앞의 네 번이나 부재중이었던 걸 설명하려면 구차해지고 비굴해져야 하는 자신이 싫은 모양이었다. 희숙이 끝내 전화를 받지 않자 승연이 왜 전화를 안 받았냐고 물었다. 희숙이 허탈한 웃음을 지으며 말했다. 변태 새끼니까.

희숙은 성이 변이라 이름이 아무리 예뻐도 이생에선 실패한 이름이라고 했다. 희숙과 승연이 또 한 번 깔깔대고 웃었다. 이 새끼가 얼마나 변태 새끼냐면, 딸 이름을 변두리로 짓자는 거야. 난 이 새끼가 어떻게 서울대 갔는지 알다가도 모르겠어. 변두리가 뭐냐고 기겁하니까 또 변주리는 어떠냐는 거 있지. 주리란 이름이 예쁘잖아 하면서. 쌍노무 새끼, 애 이름

317

갖고 장난하는 새끼 처음 봤다니까. 남자애 낳았으면 성기라
고 이름 지으려고 했대. 이 새끼한테는 진정성이란 게 전혀 없
어. 이런 놈을 사랑인 줄 착각했던 내가 죽일 년이지. 희숙은
진미 오징어가 담긴 비닐을 입으로 죽 찢더니 손가락으로 내
용물을 꺼냈다. 오징어를 입에다 넣고 질겅질겅 씹었다. 오징
어를 잡았던 손가락을 입에 대고 빨았다. 술집 작부 같은 모습
이었다. 희숙은 그런 자기 모습을 승연이 측은하게 바라보는
게 느껴졌는지 동작을 멈추고 냅킨에 손을 닦았다. 그런 눈으
로 보지 마, 삶이 그대를 속이더라고. 그렇게 사랑했던 사람
하고 결혼했는데 어쩌다 그렇게 됐냐고? 그거 묻고 싶었지?
나는 결혼하려 하지 않았어. 내 과거, 내 치부 알고 있는 사람
과 결혼하려 했겠어? 근데 내 과거, 내 치부 알고 있는 사람하
고 결혼하게 되더라고, 그가 그러더라. 나 아니면 너를 누가
데리고 살겠냐고. 그렇지. 그렇지. 변태섭 아니면 누가 나와
살겠어. 변태섭이 나랑 결혼하자고 했을 때 난 정말이지 악마
가 있다면 이 새끼겠구나 했어. 어떻게 나하고 결혼하자는 소
릴 할 수 있을까. 근데 그가 그렇게 말하는데 나는, 도망갈 데
가 없더라… 소름이 끼치더라고. 처음부터 변태섭 여자로 살
운명이었던 거야. 더럽게 살 운명. 이 집구석 사람들 나를 얼
마나 무시하는지 알아? 돈 좀 있다고, 지 아들 서울대 갔다고
유세가 대단해. 한동네 살아서 내 친정집 훤히 꿰고 있고. 아
버지가 나를 어떻게 키웠는데… 이젠 눈물이 말라서 나오질
않네. 예전엔 아버지 생각만 하면 눈물이 났는데. 희숙의 눈

가에 눈물이 고였다. 말라서 나오지 않는다고 했지만, 눈물은 벌써 흘러내릴 준비를 하고 있었다. 삶이 그대를 속일지라도 결코 슬퍼하거나 괴로워하지 말라고? 속이면 사기지. 사기당해도 슬퍼하거나 괴로워하지 말라니 이게 무슨 변태 새끼 같은 소리냐? 내가 어쩌다 이렇게 됐는지 말해줄까. 삶이 나를 속여서 그래. 노동자들하고 생활하니까 노동자 마인드가 되더라. 노동자들하고 생활하니까 노동자 습관이 몸에 배더라. 더 달라고 떼쓰는 법만 배웠어. 어떻게 하면 자본가 약점 잡을까 연구하게 되고 열심히 일 안 해도 돈 버는 방법만 터득하게 되더라니까. 노동운동한 것 중에 직원 부리며 돈 벌어본 놈 있나. 구멍가게라도 해본 놈 있냐고, 없어. 내가 노동 현장에 뛰어들어 노동자 권리 찾겠다고 노조 만들고 여성위원장도 하고 다 했는데 결국 저들만의 왕국을 건설하고 거기서 권력자로 군림하는 것만 봤어. 대를 물려서 해 처먹는 거 보면서 저게 민주고 해방이냐 싶더라. 그런데 더 슬픈 건, 그만둘 수 없더라고. 거짓이고 위선인 줄 알았을 땐 내가 멀리 와있더라. 적당히 왔을 땐 돌아가기라도 하지 너무 멀리 왔어. 알면서도 못 가. 억울해서 못 가고 놔주지 않아서 못 가. 공동체가 돼버리면 더 못 가. 그래서 변태섭한테서 도망 못 가고 사는 거야. 전화 못 받으면 난리 나지. 감히 자기 전화 안 받았다고. 변태 새끼가 인터뷰한 거 봤다고 했니? 우리 사회에 관용이 사라졌다고? 싫은 소대가리가 웃을 일이지. 집에서 물 한 잔도 자기 손으로 갖다 마시지 않아. 나는 집에서 하녀고 몸종이고 노예야. 무슨 관용 같은 소릴 하고 자빠졌어. 내가 필요한 거였어. 내가 만만하니까. 어차피 나하고 잠자리도 안 해. 더럽다고 생각한 거지. 딴 데 가서 풀겠지. 이 새끼가 한 짓은, 절개를 잃고 돌아왔다고 환향녀라 손가락질한 조선 양반놈들보다 더 나빠. 하라는 대로, 시키는 대로 개같이 충성한 것밖에 없는데 화장실 휴지 취급하더라니까. 내가 왜 변태 새끼라고 한 줄 알아? 진짜 변태거든. 섹스할 때 나한테 온갖 상상력을 발휘해서 실험하더라. 어디서 보고 왔는지 들었는지 별 희한한 걸 다 요구하더라고. 내가 얼마나 부끄럽고 수치스러웠는지 그 새끼는 상관 안 하더라고. 내가 창녀인가 싶을 정도였어. 나중엔 애널에 스와핑, 쓰리썸까지 요구하더라. 남들 하는 건 다 해보자고. 내가 거절하니까 때리더라. 거절당한 게 분해서 때리는 거야. 내가 얼마나 더 비참해야 저 사람이 멈출까 했어. 저놈은, 내가 부끄러움도 못 느끼는 여자인 줄 알아. 저 인간한테 나는, 나는 저 변태 새끼의 더러운 욕정을 받아주는 배설기관일 뿐이었어. 희숙도 승연도 울고 있었다. 승연이 손수건을 건넸다. 하얀 바탕에 K.T.J 이니셜이 수놓아졌다. 희숙은 그것이 태주를 그리워하는 승연의 마음인 줄 알았다. 희숙이 승연의 얼굴을 어루만졌다. 눈물로 뿌옇게 흐려진 시야 사이로 미소 짓는 그녀의 얼굴이 보였다. 만 가지 사연이 중첩된 얼굴이었다. 서로 누가 먼저랄 것 없이 껴안고 비통한 심정을 어루만졌다.

66. 화해

    수정이 현관문을 열고 들어오는 소리가 들렸다. 신발코까지 맞추면서 시간 끄는 버릇이 돌아온 걸 보니, 기분이 나쁜 것 같지 않았다. 승연이 숨을 죽이며 기다렸다. 수정이 '엄마, 배고파'할 타임이었다. 수정이 배고프다며 거실을 향해 터벅터벅 걸어왔다. 승연은 뛸 듯이 기뻤지만, 내색하지 않았다. 다른 말은 필요 없었다. 이럴 땐 딸한테 뭐 먹고 싶은데? 만 물어보면 된다. 수정이와 그간의 어색한 시간을 기꺼이 견딘 보상은 수정이의 수다였다. 수정은 승연이 만든 햄파이를 먹으며 아이돌 얘기, 드라마 얘기, 학원 강사 얘기 등이었다. 규칙도 순서도 없는 수다였다. 수정이 승준이 얘길 꺼냈다. 엄마, 이번 모의고사에서 승준 성적이 10등이나 밀렸대. 승준 엄마가 속상해서 나한테 그랬어. 너는 몇 등 했냐고. 승연은 승순 엄마 얘기에 귀가 쫑긋했다. 그래서 너는 뭐라 했어? 내가 뭐라긴. 나는 지난달하고 똑같다고 했지. 승연이 표정 관리가 안 됐다. 수정이 승연의 얼굴에 퍼진 옅은 미소를 놓치지 않았다. 엄마, 승준이 성적 떨어진 거, 속으로 좋지? 깨소금 맛이다! 하고 싶은데 참는 표정인걸? 승연은 딸에게 속마음이 들켜서 억지로 웃고 말았다. 애는, 승준이 성적 떨어진 것보다 승준이 성적 땜에 속상해할 승준 엄마가 고소해서 그렇지. 거, 내 딸한테 이상한 소리나 하고. 수정이 승연의 눈치를 살폈다. 무슨 말이 하고 싶은 표정이었다. 왜, 무슨 말이 하고 싶은데. 엄마한테 말해봐. 뭔가 숨기지 말고. 수정은 그제야 털어놓았다. 사실은 승준 엄마가 지난번에 말한 거, 미안하대. 엄마는 아무 상관 없는데 엄마도 운동권이었던 것처럼 말해서 미안하다고 했어. 승연은 수정의 손을 잡았다. 수정아, 운동권이던 아니었던 그게 중요한 건 아니야. 그 시절은 대학생들이 민주주의하자고 학교 수업 거의 못 하고 거리로 나섰던 때였어. 엄마도 다른 대학생처럼 가두시위도 하고 돌멩이도 던졌지. 불의를 못 참고 정의를 주장하는 게 학생들 몫이잖아. 근데 어느 순간 내가 무엇 때문에 시위하는 거지? 목적이 뭐지? 뒤돌아봤어. 스스로 설득이 안 되더라고. 그래서 멈췄어. 명분이 없으면 행위를 멈춰야지. 그리고 무슨 의례니 하는 얘기 말이야 다 그렇구나, 생각하면 안 돼. 어떤 사건이나 이야기를 듣게 되어도 직접 보지 않고서 섣불리 판단하거나 일반화하는 건 위험한 생각이거든. 인간의 기억엔 함정이 많아. 진실과 팩트는 다른 거고.

수정과 서먹했던 감정을 풀고 나니 승연은 밀린 숙제 하나를 해결한 느낌이었다. 승연은 승준 엄마한테 전화하겠다고 마음먹었다. 사실 뭐라 말을 해야 할지 몰랐지만 수정과 감정을 풀게 된 건 승준 엄마 역할이었다고 생각했다. 이 모든 기억의 여정이 승준 엄마로부터 기인하긴 했지만 밀린 외상값을 하나씩 갚은 과정이라 생각하니 나쁘지만은 않았다. 지난번엔 제가 좀 흥분했지요. 미안합니다. 승연이 먼저 말문을 열었다. 승준 엄마는 아이한테 그런 말을 하지 말았어야 했는데 경솔했다며 다시 한번 기분 풀라고 예의 바른 태도로 말했다. 마무리는 훈훈했다. 승준이 성적 떨어진 게 수정이한테 몹쓸 말을 해서 그리된 것 아닌가 하며 삼신할미 부적 같은 소릴 해댔다. 그뿐 아니라, 그녀는 자기가 성형 수술하고 나서 좋은 일만 생겼다고 말했다. 취직됐고, 변호사 남편을 만난 게 성형술 덕분이라고 믿었다. 자기 수술 예후는 긍정적으로 평가하면서, 자기 딸도 대학 가면 수술하게 해줄 거라면서 대통령 후보 부인의 성형 수술엔 발끈하는 모습은 꼴불견이었다. 대통령 부인도 성형 수술해서 승준 엄마처럼 좋은 일만 생기지 않겠느냐는 반문에 승준 엄마는 입을 굳게 다물었다.

67. 마태복음 11장 28절

대학 동창 밴드가 만들어진 지 오래됐으나 승연은 밴드는 거의 들여다보지 않았다. 밴드에서 정치 얘기나 종교 얘긴 꺼내지 않는 게 불문율이다. 이미 지난번 대통령 탄핵이라는 초유의 사태를 겪고 대학 동기들은 둘로 나뉘었다. 탄핵 때 대학 동기 사이에서-사이랄 것 없이 모든 동기-일방적인 비난과 비판이 일어났다. 검증되지 않은 대통령의 무능과 비선에 대한 자비 없는 성토가 매일 쏟아졌다. 거기서 반박이라도 할라치면 '~빠'라며 한패로 몰렸다. 밑도 끝도 없는 루머를 사실인 양 떠들었다. 확인되지 않은, 무분별한 내용을 공유하며 비웃는 모습에선 대학 지성이 맞나 싶었다. 차마 입에 언급하기 힘든, 볼썽사나운 글과 사진을 마구 퍼 올리며 눈요기하고 씹어댔다. 승연은 참을 수가 없었다. 대학 지성 수준에 고개를 저었다. 운동권 출신들이 여성 대통령의 은밀한 사생활을 조롱하는 건 더욱 역겨웠다. 승연은 너희들이 그러고도 여성 인권을 얘기하냐며 면박을 주곤 그 방을 빠져나왔다. 한동안 동기들 소식을 들을 수 없었던 승연이 다시 밴드 방에 초대되어 잠깐씩 찾았던 이유는 미국에 사는 은영 소식을 듣기 위해서였다. 은영은 단짝 기순의 소식에 오열했다. 은영은 해마다 기순의 기일에 꽃다발을 보내왔다. 태주와 관계를 유일하게 알고 있던 이도 은영이었다. 은영은 승연이 행여 정신줄을 놓을까 봐 노심초사했다. 은영은 자기의 멘토였던 희숙에 대해서도 궁금해했다. 승연은 희숙을 만난 소식을 전하지 못했다. 차마, 파괴된 멘토에 대해 말할 자신이 없었다. 은영은 5년에 한 번 한국을 찾았다. 올해가 5년 되는 해라 나오겠다고 밴드에 메시지를 남겼다.

은영은 한국을 찾은 지 나흘째 되는 날 승연을 만났다. 은영은 여건이 되면 승연과 제주도로 여행 가기로 했다. 승연은 은영에게 희숙 선배를 만나보자 했다. 은영은 놀란 표정이었다. 희숙 선배랑 연락이 돼? 어떻게 지내신대? 부산에 계신 거 아니었어? 결혼은? 누구랑 결혼했대? 와, 궁금하다. 빨리 보고 싶어. 은영은 승연이 말할 틈을 주지 않고 연달아 질문했다. 나도 우연히 연락했어. 학교 졸업하고 몇십 년 만이지. 너 미국 간 얘기는 지난번에 만났을 때 못 했는데. 깜짝 놀라시겠네. 희숙 선배는 대학 때처럼 마른 체구고 카리스마도 여전해. 머리카락만 변했어. 반백이더라. 근데 회색빛 머리칼이 희숙 선배랑 잘 어울리더라고. 다른 얘기는 하지 않았다.

희숙도 승연도 은영에게 상처를 헤집고 아픈 기억을 끄집어낼 생각은 추호도 없을 터였다. 승연은 휴대폰에 저장한 희숙의 연락처를 꺼냈다.

발신음 끝에 낯선 목소리가 들렸다. 여보세요, 남자 목소리였다. 순간 승연은 변태섭이 받은 건가 했다. 남편이 부인 휴대폰을 왜 받지? 승연은 끊을까 말까 망설였다. 그러나 말없이 끊는다면 희숙이 곤란한 상황에 놓일 수도 있겠다 싶었다. 승연이 입을 떼려는 찰라였다. 여보세요. 윤희숙이 전화 맞습니다. 저는 희숙이 애비입니다. 희숙 선배 아버지? 불길한 생각이 들었다. 남편이 아니고 아버지라니 이건 또 무슨 조화인가. 아, 네 저는 오승연이라고 희숙 언니 대학 후배인데요, 희숙 선배랑 통화하고 싶어서요. 희숙 아버지는 호흡을 가다듬는지 말이 없었다. 서랍 여닫는 소리, 종이 부스럭거리는 소리가 들렸다. 오승연 씨가 맞아요? 오승연 씨가 맞다면 내가 보내줄 게 있으니 주소 좀 불러봐요. 희숙이가 꼭 전하라 했어요. 승연은 오싹했다. 희숙 선배가 전화를 직접 받지 않은 것과 희숙 아버지한테 부탁했다는 것이 불안하고 께름칙했다. 불안한 느낌은 그리 멀지 않아 실체를 드러냈다. 희숙 아버지는 힘겹게 입을 뗐다. 희숙이 죽었어요. 일주일 전에. 희숙이가 오승연한테 전해달라는 게 있어서 제가 전화기를 손에 쥐고 있었습니다. 승연은 온몸에 전율이 느껴졌다. 심장이 멎는 것 같았다. 숨을 쉴 수가 없었다. 정신이 혼미해서 아무 말도 할 수 없었다. 윤희숙이 죽다니. 일주일 전에 만났던 윤희숙이 그새 죽었단 말인가. 왜? 은영은 얼어붙은 승연을 보고 영문을 몰라 손가락으로 승연 팔뚝을 쿡쿡 치며 입 모양으로 무슨 일인데? 라고 물었다. 승연이 충격받았다고 생각했는지 희숙 아버지는 담담하게 말을 이어갔다. 희숙이 하나님 곁으로 갔으니 너무 걱정 마세요. 지 어미 만나러 갔으니 거기서 행복할 겁니다.

68. 편지

사흘 만에 희숙이 보낸 편지와 물품이 도착했다. 편지 봉투는 밀봉된 상태였다. 밀봉된 편지는 통한의 세월을 혼자 견뎌야 했을 희숙의 삶처럼 엄숙함이 느껴졌다. 편지 겉면에 마태복음 11장 28절 말씀이 적혀 있었다. 수고하고 무거운 짐 진 자들아, 다 내게로 오라. 내가 너희를 쉬게 하리라. 승연은 심호흡 후, 편지 칼로 조심스레 편지 봉투를 뜯었다.

승연아, 이런 편지를 쓰게 돼서 미안하구나. 네가 이 편지를 언제 받게 될지 모르지만, 네 손에 이 편지가 들려있을 때는, 내가 무조건 하늘나라에 있는 건 확실해. 너한테 네 번째 주검으로 상처를 주게 돼서 유감이다. 너를 만나고 나서 나는 처음으로 자유에 대해 생각해 봤단다. 가난으로부터 자유, 억압으로부터 자유, 성으로부터 자유, 차별로부터 자유, 권위로부터 자유… 내가 추구하고 쟁취할 자유였어. 그런데 지금 보니까, 난 어느 자유도 느끼지 못한 삶을 살고 있더라. 자유롭지 않은 삶조차 내가 선택한 것이었고. 그래서 지옥이었다고는 말하지 않으려고. 멈출 기회가 있었어. 난 그러지 않았지. 왜냐면, 사랑이라고 믿었거든. 사랑은 오래 참고, 사랑은 온유하며 시기하지 않으며 자랑하지 않으며 교만치 아니하며 무례히 행치 아니하고 자기 유익을 구하지 않고 성내지 않으며 악한 것을 생각하지 아니하며 모든 것을 참으며, 모든 것을 믿으며 모든 것을 바라며 견디는 것이라 했거든. 내 삶은, 변태섭을 만나고 변한 게 아니더라. 변한 건 하나도 없었어. 선택뿐이었지. 널 만난 후에 내 삶이 바뀐 거야. 무거운 짐 내려놓으라고 하나님이 널 보내신 거야. 내려놓기로 결심하고 나니 마음이 새털보다 가볍더라. 왜 진작 내려놓지 못했을까. 아버지 생각에, 동생들 생각에 결단하지 못한 건 핑계였어. 내가 그들을 위해 희생했다는 건 내 착각이었어. 그들이 날 위해 희생한 걸 생각 못했지. 내 가족이 나를 위해 참고 버텼던 나날이 더 이상 힘들지 않도록 그들의 손을 놓으려고 해. 그리고 나를 마지막으로 너를 괴롭히는 과거로부터 완전히 결별하기 바라. 네 외상, 내가 갖고 갈게. 억울한 희생은 기순이, 태주, 승연이 아버님으로 끝내야지. 여고 때부터 써 온 일기장이야. 내가 죽고 나서 남편이나 딸, 아버지가 볼까 봐 미리 밀봉한 채 부산 집으로 보냈어. 오승연한테 연락이 오면 전달해달라고. 한 달 넘게 연락이 오지 않으면, 네 남편 사무실로 보내라했는데 네가 직접 받길 기도하는 수밖에. 나, 하나님 만나러 갈게. 흥분되고 기대된다. 하나님이 용서하실까. 용서하실 거야. 공의의 하나님이시거든. 하나님은 내가 이렇게 가도 반겨주시고 위로해주실 거야. 하나님도 날 외면하면 난, 갈 곳이 없어. 하늘나라 궁금하다. 승연아 잘 지내.

승연은 마지막 한 글자까지 읽고 나서 그 자리에 털썩 주저앉았다. 슬픔이 아니라 아픔이었다. 눈물이 아니라 피눈물이었다. 승연은 비명에 가까운 울음소리를 냈다. 더 이상 흐를 눈물이 없을 때까지 소리 내어 울었다. 다시는 울지 않을 거니까.

69. 언니가 미안해

대학 후배 오승연을 만나고 왔다. 승연이는 그대로였다. 예쁘게 잘 살아온 줄 알았는데 상처 많은 삶이었다. 태주가 택을 받아 영등포로 간 사실을 말하지 말 걸 후회했다. 태주와 승연이 그런 사이인 줄 꿈에도 몰랐다. 태주를 좋아한 여자가 많았는데 결국 승연이랑 그랬구나. 기순이 얘길 들었을 때 그다지 놀라지 않았던 건 우리 내부에 그런 일은 비일비재했기 때문이었다. 의식화 세뇌 교육하면서 강요된 성착취는 놀랍지 않다. 성착취에 반발할 때마다 노동이나 정치 이슈가 희석화된다면서 조직보위론을 강조했다. 조직보위 좋아하네. 무상섹스 즐긴 거지 무슨 대의명분. 권지호가 생각났다. 프랑스 좋아하는 이유가 프리섹스 즐기고 싶어서라고. 난 그때 그 말을 믿지 못했다. 그런데 우연히 변태섭이 친구들과 하는 얘길 들었다. 프랑스 가서 더블하고 싶다고. 프랑스는 기본이 더블이라고. 난 더블이 무슨 말인지 몰랐다. 근데 나중에 변태섭이 내게 더블 한 번만 해보는 게 소원이라기에 어떻게 하는 거냐 물었더니 남자 둘과 하는 거라고. 쓰리섬이 아니라. 내 거기에다 두 명이 넣겠다는 거야. 그래도 이해 못 하니까 비디오 던져주면서 연구하라고. 더럽고 무식한 새끼, 민주주의 본가는 니미. 프랑스 가겠다고 한 이유가 그거 하고 싶어서였어. 내가 변태섭을 사람 새끼로 안 본 지 오래지만 자기 마누라한테 포르노 배우들이 하는 짓 시키는 놈을 어떻게 해야 할지 기가 막혔다.

오늘 처음으로 변태 새끼한테 맞은 숫자를 세어봤다. 전화 5번이나 안 받았다고 50번 때렸다. 그런데 오늘은 왜 하나도 아프단 생각을 안 했을까. 어차피 맞고 죽으나 그냥 죽으나 죽을 건데, 죽고 나면 아플 일도 없을 거라, 생각하니 아프다고 느껴지지 않더군. 전에는 때리고 나서 옷 벗기고 강간하더니 요즘은 어떤 년에 빠져서 내게 그 짓 안 하는 게 그나마 다행이긴 해. 친구 년이 남편한테 맞았다고 하니 믿지 않더만. 이 미친년 하는 말이, 서울대 출신이 어떻게 매질하냐고. 지랄도 풍년이라더니. 서울대가 별거야? 머리에 똥만 가득 찬 놈들이 부지기수인데. 서울대 나와서, 교수하면서, 서류 위조나 하고 자빠진 놈도 있고, 지 마누라 딴 놈한테 진상하는 놈도 있구만. 서울대 출신이면 윤리 의식이 상타치냐? 같이 좋은 세상 만들자더니 지 혼자 좋은 세상 만들려고 날 끌어들인 거였어. 헤어질 결심을 하니 일기도 이젠 의미가 있을까 모르겠다.

권지호. 변태섭한테 맞으면서 권지호 생각이 났다. 권지호라면 내게 이런 대접은 안 했을 텐데. 권지호가 내게 따뜻하게 대하지 않았어도 내가 이렇게 권지호를 그리워하진 않았을 텐데. 내가 일월산업에 지원하지 않았어도, 고금화란 가명만 쓰지 않았어도, 그날 표가 두 장이 아니라 한 장이었어도. 그래, 그날 표가 한 장이었으면 그럼, 그 여자랑 재회하지 않았을 테고. 내가 임신했다고 말했으면 나랑 결혼했을 텐데. 난 두 개의 사랑이 있을 수 없다고 생각했다. 변태섭을 사랑하면서 권지호를 사랑할 수 없다고 생각했지. 그런데 그게 아니더라. 사랑은, 눈에 보이지 않고 무게도 없고 크기도 알 수 없고 손에 잡히지 않는… 그냥 느낌이더라. 감정을 정량화할 수 없잖아. 사랑이란 놈, 거부할수록 더 깊이 다가오던 걸. 변태섭을 만나고 온 날은 유난히 권지호가 생각났어. 나도 모르게 둘을 비교하고 있는 거야. 나도 모르게 어느 쪽으로 마음이 기울고 있는지 계산하고 있더라고. 권지호를 생각할수록 변태섭을 원망하고 변태섭을 생각할수록 권지호에게 의지하게 되더라고. 그게 무슨 소용이야, 이제 와서. 근데 내 딸이 권지호 딸인 건 맞는 것 같다. 배란일에 만난 사람은 권지호뿐이니까. 변태섭 딸은 절대 아니거든. 유전자 검사가 불일치로 나왔어. 난 내 딸이 변태 새끼 딸이 아닌 것만으로도 하나님께 감사해. 검사 결과 유전자 불일치였을 때 내가 얼마나 기뻤는데. 이 세상에 유일하게 남은 내 핏줄이 변태섭 네 새끼 아니어서 행복했다고! 살면서 내가 잘한 일도 있구나, 했다.

맞은 데가 욱신거린다. 아버지 죄송해요. 제가 잘못했어요. 엄마 보러 갈게요. 아버지가 절 잘 키우셨다고 얘기할게요. 근데 엄마가 왜 아버지보다 빨리 왔냐고 물으면 뭐라고 할지 모르겠어요. 공부 열심히 하고 있다가 외국회사 취직해 돈 많이 벌려고 했는데 그 꿈 이루지 못해서 화가 나요. 아버지 죄송해요. 희재야, 미안해 언니가. 혜미야 미안해 엄마가. 승연아, 고맙다, 선배가.

희숙의 마지막 일기는 횡설수설했다. 아마도 술을 마시고 쓴 것 같았다. 승연은 희숙이 일기를 매일 쓴 게 아니고 듬성듬성 쓴 걸로 보아 고통스런 시간을 기록했다는 생각이 들었다.

희숙의 일기장은 대학 1년부터 기록한 것이었다. 일기장은 운동일지이자, 연애일지이자 노동일지였다. 비교적 자세하게 자기 심경을 담았다. 특히 변태섭에 대한 사랑과 갈등, 증오의 기록이 낱낱이 기록되어 있었다. 어느 날은 참회의 기도문을, 어느 날은 구원의 목마름을 써 내려갔다. 일기 사이사이, 희숙이 지은 자작시와 연필로 그린 그림이 있었다. 고향이 그리웠는지 부산 영도 다리, 갈매기, 자갈치 시장 풍경 등이었다. 일기장 맨 뒷장엔 진실, 헛된 죽음, 폭로, 승연, 거짓, 위선, 무식, 변태, 증오, 권지호, 아베마리아 등의 단어가 낙서처럼 무작위로 배열되었다. 승연은 오래오래 생각했다. 그녀의 통증에 대해, 아무에게도 말할 수 없었던 기만에 대해, 그리고 망가진 어떤 80년대 학번 여자에 대해. 나는 무엇을 할 수 있을까. 무엇을 해야 할까. 할 수 있는 것은 많지 않았다. 승연은 사람 이름 하나를 떠올렸다. 생각을 정리하며 승연은 베란다에 오래오래 앉아있었다. 해가 떨어지고 거실이 푸른빛으로 변할 때까지. 어둠이 완전히 승연의 모습을 감쌀 때까지. 밤은 오래오래 길었다.

기억에 대한 존중

70. 제궤의혈(堤潰蟻穴)

"김서희 작가시죠."
"네, 제가 김서희입니다."

오승연의 목소리는 침착했다. 자신이 누구이며 어떤 이유로 전화했는지, 전화번호는 어떻게 알아냈는지 내가 찜찜해할 만한 것들을 먼저 설명했다. 그리고 만나서 전달할 것이 있으니 시간을 내달라는 정중한 부탁이었다. 일면식 없는 사람이 전화로 만나자 청했을 때 그러마, 하고 선뜻 응한 경우는 거의 없었다. 하지만 나는 이미 알 수 없는 힘에 이끌렸고, 만나야 할 사람임을 직감했다. 그녀는 시간이 많이 필요할 테니 한나절 일정 정도는 비워두시면 좋겠다고 말했다. 만나자면서 시간 할당까지 정하는 이상한 요청이었지만 나는 역시, 또, 선뜻, 그러마, 대답했다. 일정표도 보지 않은 상태였고 낯선 사람을 만나는 일이었는데 나는 자석에 이끌리듯 그렇게 대답하고 있었다. 네, 충분히.

약속 시각보다 일찍 나갔다. 누가 오승연일지 내기라도 한 것처럼 커피숍 입구에 들어서는 사람마다 유심히 바라봤다, 그럴 필요도 없었다. 베이지색 코트에 어깨까지 닿는 곱슬머리 여성이 들어섰고 나는 직감적으로 그녀가 오승연임을 알았다. 금방이라도 쓰러질 것 같은, 핏기없는 하얀 피부였으나 나약하게 보이진 않았다. 그녀는 커피숍을 눈으로 한 바퀴 훑어보았고 나와 눈이 마주쳤다. 오승연은 얼굴에 희미한 미소를 띠며 내게로 또박또박 다가왔다. 목례가 아닌 정중례를 했는데 존중의 의미라는 걸 알았다. 그것은 나에 대한 존중이기도 하고 오승연이 전달할 내용에 대한 존중이기도 했다. 오승연은 가방에서 내가 쓴 책을 꺼내 수줍은 표정으로 사인을 요청했다. 100만 부가 팔린 사회고발 소설 '용서하라, 모든 것을, 그가 죽은 다음에'였다.

의미 있게 읽었어요. 통증이 느껴졌어요.

핏기는 없지만 강단이 있는 목소리였다. 사람은 생긴 대로 말한다. 뚱뚱한 사람은 뚱뚱하게 말하고 못생긴 사람은 못생기게 말한다. 그녀는 생긴 것처럼 말했다. 나를 만나기 전까지 그녀는 분노와 슬픔, 절망을 억제하고 담담해지기를 기다렸던 것을 알 수 있었다. 감정에 지배당하지 않으려 노력하는 모습이 역력했다. 오승연의 이야기는 빨라졌다 느려졌다 했다. 아마 기억에서의 비중일 것이다. 감정이 담길 부분에서 그녀는 몹시 자제했다. 그러나 오승연은 자신과 연관된 네 명의 죽음을 언급하는 부분에선 회한이 밀려왔는지 말을 편하게 잇지 못했다. 윤희숙을 이야기할 땐 그 증상이 더욱 심했다. 자신이 당한 일을 회상할 때보다 윤희숙의 증언을 전달할 때 그녀는 수시로 눈을 감았다. 윤희숙이 오승연을 고문하고 있는 것 같았다. 입술에서 피나 날 정도로 아랫입술을 짓이겼다. 그럼에도 눈물은 흘리지는 않았다. 눈물 흘리는 게 망자들의 삶을 가볍게 만드는 행동이라 생각했는지, 눈물이 나오지 않도록 버티는 모습은 차라리 애처로웠다. 오승연이 주문한 커피는 입 한 모금 대지 않은 채 차갑게 식어가고 있었다.

자리를 근처 내 집필실로 옮기자고 제안했다. 이야기가 깊어지면서 커피숍의 소음이 거슬렸다. 오승연의 사연이 공중으로 부유하는 것 같아 미안하고 불편했다. 무엇보다 일기장의 주인공인 윤희숙과의 조우는 예를 갖추고 싶었다. 나와 윤희숙이 만나는 둘만의 공간이 필요했다. 오승연의 고백은, 증언은 그만큼 엄중했다. 오승연은 내 집필실로 가는 동안 아무말도 하지 않았다. 이야기 흐름이 끊기지 않도록, 감정선을 유지하는 모습이었다. 마치 연기자가 캐릭터에 집중하기 위해 외부 요소로부터 자신을 통제하는 것처럼. 집필실에 도착한 오승연은 따뜻한 커피 한 잔을 부탁했다. 오승연은 따뜻한 커피잔을 손으로 감싸 오래 붙잡고 있었다. 니는 그녀가 입을 뗄 때까지 기다렸다. 오승연은 윤희숙이 죽기 전 만났던 내용으로 다시 이야기를 이어 나갔다. 오승연은 윤희숙의 일기장을 차마 끝까지 읽을 수 없었다고 했다. 한 인간이 파멸해가는 과정을 눈으로나마 따라가는 일이 그렇게 인내심을 요하는 일인지 몰랐다고 고백했다.

오승연은 가지고 온 보자기 꾸러미를 작은 테이블 위에 올려놓았다. 윤희숙의 일기장은 희숙의 아버지가 승연에게 보낼 때 보자기에 싼 그대로였다. 승연이 느린 동작으로 보자기 매듭을 풀었다. 일기장은 용수철 노트 스무 권이었다. 맨 앞장에는 숫자가 매겨져 있었고 보관을 잘해서 깨끗한 상태였다. 윤희숙의 아버지도 일기장을 들춰보진 않은 것 같았다. 딸이 밀봉된 편지와 함께 누군가에게 전달하라고 보내준 일기장을 본다는 것은, 아버지로서는 감당할 수 없는 일이었을 것이다. 내 손은 열 권의 일기장이 포개진 겉면을 맴돌았다. 묘하게 혹은 이상하게도 함부로 들출 수가 없었다. 윤희숙의 허락을 받아야 할 것 같아서 일기장에 손을 대다 말다를 반복했다. 어쩌면 이 망설임은 윤희숙의 일기장을 들추기 전에 내가 감당해야 할 것들이 있는지 확인하는 과정이었을지도 모르겠다. 일기장 앞에서 한참 동안 호흡을 고르고 오승연과 눈빛을 주고받은 후에야 비로소 일기장을 펼칠 수 있었다. 동갑내기 윤희숙이 오랜 친구처럼 느껴졌다.

반가워요. 희숙 씨.

윤희숙에게 한 첫인사였다. 딱히 마음에 들진 않았지만 화장한 말보다는 차라리 소박한 게 나을 듯 싶었다. 오승연은 저녁을 준비해야 한다며 자리에서 일어섰다. 물었다. 왜 하필 나였냐고. 오승연은 코트를 입다 말고 멈칫했다. 코트를 의자 등걸에 걸어놓고 잠시 내 눈을 응시하더니 천천히 입을 뗐다.

희숙 선배가 제게 일기장을 보낸 이유가 있을 겁니다. 그건 김 작가께서도 눈치채셨을 거고요. 왜 김 작가인가 물으신다면 대답은 이것입니다. 저는 이 일기장을 가지고 어떻게 해야 좋을지 여러 가지 방법을 생각하고 있었어요. 시민단체와 언론에 폭로할까, 진실과 화해위원회에 민원을 넣을까. 또 다른 방법이 있는지 찾고 있었어요. 그런 와중에 얼마 전 TV에서 방송 출연하신 작가님을 봤지요. 거기서 작가님은 제궤의 혈(堤潰蟻穴)을 말씀하시며 어떤 글을 인용했어요. '우리가 그것들을 바꿀 수 없다고 방치하면, 그것들은 종종 우리를 바꾼다.' 그래서 이 일기장이 가야 할 곳이 작가님이라고 생각했어요. 당신은 바꿀 수 없다고 방치할 사람이 아니라는 확신이 들었거든요. 짐이 될지도 모르겠습니다. 그렇지만 더 큰 짐을 풀기 위해 지는 짐이라 생각해주세요. 이제, 작가님이 이 일기상의 소유자입니다. 저는 작가님이 어떤 처분을 하든, 운명이라 생각할 거예요. 그것들에 의해 우리가 바뀌게 돼도 운명이겠지요. 기순이, 아버지, 태주, 희숙은 그냥 죽은 게 아니에요. 둑을 무너뜨리는 개미들이었지요. 말을 마친 오승연은 조심스럽게 내 손을 잡았다. 그녀의 손끝에서 마치 윤희숙의 운명이 내게 전달되는 느낌이 들었다.

71. 부활의 봄

　오승연으로부터 윤희숙의 일기장을 받아 든 후 나는 한동안 정체 모를 신열에 시달렸다. 꿈자리가 사나웠다. 가위에 눌린 날이 많았다. 악몽을 꾼 날엔 어김없이 어지럼증이나 두통이 생겼다. 무기력증이나 불면증이 나타나기도 했다. 꿈에서 수차례나 윤희숙을 만났다. 윤희숙을 꿈에서 만나고 나면 헛것이 자주 보였고 환청이 신문 찌라시처럼 따라다녔다. 마치 신내림 증상 같았다. 윤희숙의 영혼이 내 몸을 빌려 환생하는 것이 아닌가 두려울 정도였다. 나는 윤희숙에 빙의된 연기자처럼 혼잣말로 변태섭과 권지호에게 묻고 또 묻곤 했다.

　그때 나한테 왜 그랬어.

　나는 글을 쓰는 내내 냉정을 유지하려 애썼다. 오승연에게 숙제 따위는 없어야 했고 네 사람과 죽음의 필연을 부정해야 했다. 오승연이 남은 삶에서조차 죽음의 빚에 시달린다면 가장 큰 희생자는 그녀가 될 테니까. 그보다 난 다른 명제들에서 헤어나지 못했다. 이미 지나간 시간에서 만약이란 가정이 아무 의미 없다는 걸 알면서도 그녀의 다큐멘터리에 계속해서 질문하고 있었다. 가난이 문제였을까. 아름다운 외모가 장애였을까. 윤희숙이 변태섭을 안 만났다면 행복했을까. 또 권지호는. 사회주의 세상이 됐다면 행복했을까. 윤희숙 인생에 전두환이 없었다면 행복했을까. 그들의 삶에 혁명과 민주란 명분이 없었다면 그들은 살아서 행복했을까. 어느 부분에서든 멈췄더라면 그녀가 행복했을까.

탈고 후 오승연에게 연락했다. 3개월 만이었다. 야윈 내 얼굴을 보자 오승연은 놀라는 모습이었다. 우리는 서로의 안부를 묻는 빤한 요식행위일랑은 생략했다. 오승연이 먼저 입을 뗐다. 힘드셨나 봅니다. 짐이 될 거라 생각은 했는데. 나는 커피잔에 뜨거운 물을 따르며 말했다. 힘들지 않은 인생이 있나요. 인생이 짐인 게지요. 윤희숙 씨가 저를 좋아했나 봐요. 꿈에 자주 나타났어요. 하고 싶은 말이 많았겠죠. 덕분에 불면증으로 고생 좀 했고요. 이상해요. 윤희숙 씨가 어떻게 생겼는지 사진 한 장 본 적 없는데 꿈속에선 너무 선명한 거 있죠. 정말 올리비아 핫세와 닮았어요. 주술 효과인가 봐요. 오승연 씨가 올리비아 핫세를 닮았다고 하니 올리비아 핫세 닮은 윤희숙 씨가 가녀린 몸으로 나타났어요. 매번 같은 얼굴이었어요. 오승연은 내가 윤희숙 이야기를 꺼내자 귀를 쫑긋했다. 집중하는 모습이 호기심에 가득한 소녀 같았다. 희숙 선배가 뭐라든가요. 윤희숙의 영을 부르는 행위라도 하는 양. 나는 눈을 지그시 감고 고개를 180도로 빙그르 돌리다가 감았던 눈을 부릅떴다. 접신하는 무당처럼 이상한 행동이었다. 아뇨, 별말 없었어요. 희숙 씨는 제 꿈속에서 항상 찬송가를 불렀어요. 매번 같은 찬송이었어요. 하도 생생해서 나중엔 제가 그 찬송가를 외울 정도였지요.-주님이 홀로 가신 그 길, 나도 따라가오. 모든 물과 피를 흘리신 그 길을 나도 가오. 험한 산도 나는 괜찮소 바다 끝이라도 나는 괜찮소. 죽어가는 저들을 위해 나를 버리길 바라오-그 대목만 반복해서 부르더군요. 고장 난 턴테이블 바늘처럼. 그래서 그런 복음송이 있나 찾아봤어요. 사명이란 곡이더라고요. 윤희숙 씨가 왜 사명이란 찬송가를 반복해서 불렀을까. 자기에게 부여된 사명을 말하고 싶었을까 아니면 우리에게 다른 사명을 주려는 것이었을까.

나는 잠시 말을 끊고 뜸을 들였다가 다시 말을 이어갔다. 윤희숙을 버티게 한 건 놀랍게도 신앙이었어요. 그녀는 지독한 고독과 싸웠어요. 단지 사랑이 필요했을 뿐인데 사랑을 주는 사람이 없어서 고독했고 고독할 때마다 기도했지요. 자신은 계속 파멸되어 가면서도 하나님 말씀을 붙잡았으니 어리석다고 해야 하나, 순수하다고 해야 하나. 성경에서 믿음, 소망, 사랑 그중의 제일은 사랑이라 강조했다죠. 윤희숙은 변태섭을 진심으로 사랑했어요. 혁명 의식이나 소명 의식, 그런 거 없었어요. 진실한 사랑이 그녀의 사명이었던 거예요. 처음엔 변태섭을 순수하게 사랑했고 그다음은 연민이었어요. 나는 그런 확신이 들더라고요. 변태섭이 아니었으면, 그녀가 행복했을 거라는. 이제 와 무슨 소용이 있겠느냐만요.

　나는 탈고한 원고지와 일기장을 테이블 위에 올려놓았다. 몇 달 동안 윤희숙의 일기장은 제 사명이었어요. 제 책의 첫 번째 독자는 오승연 씨입니다. 오승연 씨와 저는 윤희숙, 김태주, 오정일, 정기순의 미완성 사명을 완성하는 셈이에요. 사명이 끝나면 짐도 벗어야죠. 작가들이 탈고할 때 심정은 비슷할 거예요. 허탈과 후련, 그래도 남는 미련. 저도 그래요. 윤희숙과 교감할수록 두려웠어요. 그래도 미련은 없어요. 사명에 미련은 걸림돌이에요. 전부 쏟아냈어요. 윤희숙의 일기장을 제게 가져온 날, 승연 씨가 이런 말을 했어요. 제궤의혈, 그들은 둑을 무너뜨리는 개미였다고, 이제 그들은 다른 둑을 무너뜨리는 개미가 될 거예요. 민주 이름 뒤에 숨은 민낯. 허위의식과 탐욕, 위선 그리고 무지라는 둑. 윤희숙의 일기장을 언급하니 글을 쓸 때처럼 격정이 다시 밀려왔다. 나는 잠시 호흡을 가다듬었다. 오늘 오승연을 만난 건 어쩌면 이 말을 하고 싶어서였는지도 모르겠다. 오승연은 내 입술이 열리기를 기다리고 있었다. 나는 오승연이 듣고 싶어하는 사람의 이름을 알 수 있었다.

오승연 씨, 저랑 김태주 씨 만나러 가지 않을래요. 저도 김태주 씨 만나고 싶어요.

그녀가 웃었던가. 이상하게도 기억이 나지 않는다. 웃었더라도 소리 내어 웃지 않았을 것이고 울었더라도 눈물은 없었을 것이다. 그냥 내 손을 조용히 잡았던 것만은 또렷하다. 조용히, 아주 조용히 잔잔하게.

작가의 말

　2021년 가을 무렵 페이스북에 '데모하던 그 언니는'이란 주제로 글 하나를 올렸다. 동네 교회에서 알고 지냈던 운동권 여대생에 관한 이야기였다. 독재타도와 민주화에 헌신했던 그 언니는 '운동권 출신'이라는 빛나는 프리미엄을 자신의 삶에 투영하지 못한 채 파국으로 인생을 마감했다. 이 글은 당시 적지 않은 관심과 파장을 일으켰고 소셜미디어 유저들이 가장 많이 공유한 글 가운데 하나가 되었다. 기억이 사라지기 전 '데모하던 그 언니'의 부박한 삶을 소설로 펼치겠다 작심했다. 더해서, 묵은 궁금증 하나를 풀 작정이었다. 그 언니나 탁 치니 억하고 쓰러졌다던 그나 '민주'가 자신의 가치보다 귀한 것이었는지.

　정치 칼럼 같은 걸 몇 년 쓰다 보니 어깨에 힘이 잔뜩 들어갔다. 세상이 난폭했으므로 나 또한 거칠어질 수밖에 없었다. 힘이 들어간 이유는 또 있었다. 익명의 제보자들, 운동권에 몸담았던 그녀들의 고백이었다. 오랜 세월 숨겨두었던 모멸과 수치심, 지독한 외로움이 또 다시 상처가 되어선 안 됐다. 그들의 기억은 단지, 시리도록 아픈 역사의 한 페이지에서 마침표로 머물러야 했다. 분노하지 말자, 흔들리지 말자, 냉정하자. 나는 더도 말고 덜도 말고 그만큼의 감정만 유지하려 노력했다. 소설을 쓰기 시작할 무렵 경직되었던 몸이 보들보들해졌다. 힘이 빠지니까 비로소 활자가 글로, 이야기로 변하는 신비한 세계가 펼쳐졌다. 글을 쓰는 내내 자기암시로 무장했다. '이보다 더 잘 쓸 수는 없다.'

80년대 치열한 민주화 운동의 물결에서 나는 저만치 비켜가 있었다. 책임감은 물론 부채의식이나 양심의 가책도 없었다. 그렇긴 해도 '민주'가 잘 자라길 바랐다. '갖가지 명분의 희생'이 헛되지 않길 바랐다. 아픈 만큼 성숙해지길 바랐다. 민주의 결말은 당연히 해피엔딩이다. 대한민국의 해피엔딩을 위해서 다신 저만큼 비켜 가 있지 않겠다는 생각이다. 왜냐면 그토록 어른이 되길 원했던 민주는, 성장을 멈춘 채 아직도 징징대고 있으므로.

《86학번 승연이》를 쓰는 동안 긴 호흡 함께 달려준 '그'에게 고마움을 전한다.

2023. 가을
박선경

80년대가 궁금하다고? 그럼 오승연을 만나 봐

남정욱(소설가·전 숭실대 문예창작학과 겸임교수)

경아가 있었다. 이화와 영자도 있었다. 거칠고 폭력적인 산업화를 통과하면서 농촌과 여성은 내내 도시와 남성의 식민지였고 그들의 풍파 많은 이야기들은 문학을 통해 다시 태어났다. 당사자들이야 눈에서 피가 나올 삶이었겠지만 일천한 문학 전통에도 불구하고 한 시대를 상징하는 여성들의 이름이 남아 대를 잇는 것은 어쨌거나 기특한 일이다. 그런데 80년대는 그 상징적인 이름이 없다. 파란만장했던 그 시대를 여성들은 단체로 비껴가기라도 했단 말인가. 그럴 리 없다. 그 누구도 해학적으로 폭압이었던 80년대를 샛길로 지나갈 수는 없었다. 어떤 분은 노은림이나 한윤희가 있지 않으냐 물으실지 모르겠다. 오래된 고등어라는, 꽤 재미를 본 소설의 주인공들이다. 미안하지만 둘은 아니다. 일단 캐릭터의 완성도에서 함량 미달이다. 그들에게서 느껴지는 것은 밀교 집회에 처음 참석한 초심자들이 흔히 보이는, 호기심과 불안감 섞인 흥미 그리고 빨리 저 무리에 합류해야겠다는 까닭 모를 조바심뿐이다. 여자는 대부분 호기심 때문에 망한다. 그 둘도 그렇게 망했을 뿐 80년대는 그저 병풍이거나 차창 밖으로 빠르게 지나가는 풍경이었다. 차라리 그보다는 86년 늦은 봄날 한강에 몸을 던진 현실의 여대생 하나가 더 문학적이고 상징적이다. 전위에 서지도 못하고 민중을 사랑할 수도, 사랑하는 척 흉내도 낼 수 없어 떠난다는 그녀의 유서를 듣고 오래 술을 마셨던 기억이다.

문학적 인물의 부재도 문제지만 시각도 문제다. 80년대를 다룬 소설의 주인공들은 이른바 서울의 메이저 대학 출신들이다. 80년대 학생 운동사의 절반이 서울대 운동사라는 말이 있을 정도니 이해는 간다. 그러나 그들만 시대에 뛰어들어 목청을 높인 것은 아니다. 그 숫자의 열 배, 스무 배의 서울 변두리와 경기도 그리고 지방 아이들이 있었다. 한열이와 종철이가 같은 과 친구고 미문화원을 점거한 것이 '우리 학교' 애들인 아이들과 달리 이들은 시위를 하기 위해 시외버스를 타고 서울로 가야 했다. 그들에게도 고민과 열정은 있었지만 발산의 통로는 제한적이었고 주체라기보다는 항상 객체나 보조였다. 그들의 이야기를 듣고 싶었다. 다수였고 열정적이었지만 한번도 스포트라이트를 받아본 적이 없었던 마이너 캠퍼스 아이들의 이야기를. 누군가는 그 이야기를 다뤄 주길 바랐지만, 없었다. 경기도 변두리 학교가 무대인 이 소설이 반갑고 고마운 이유다. 거기서 끝? 아니다. 이 소설의 진짜는 그 '운동'이라는 것의 실상이있다. 미화되고 사후 편집되어 하나같이 아름다운 희생으로 분칠한 그 실체.

　무인 정권은 물리적인 힘으로 무장했지만 총기 소지도 안되는 나라에서 '운동의 아이들'이 선택할 수 있는 것은 도덕밖에 없었다. 옳고 그름의 잣대로 이들은 무인 정권을 공격했고 자신들을 도덕으로 포장했다. 그러나 도덕은 개인의 몫이지 집단의 지침이 될 수 없다. 도덕이 집단의 정체성이나 목적이 된 끝에 벌어진 것이 1991년 문을 닫은 볼셰비즘의 수많은 폐악이고 크메르 루주의 악행이다. 그러니까, 가짜 도덕이었다. 집단 최면에 홀려있던 운동의 아이들은 허언증 환자처럼 몸과 마음과 머리가 따로 놀기 시작했다. 입으로는 도덕을 외쳤지만 몸은 부도덕이 너무 좋았다. 고맙게도 목적은 수단을 정당화한다는 운동의 논리가 있었고 군사 정권을 작살 낼 수 있다면 시시한 도덕적 위반은 얼마든지 저질러도 되는 하찮은 일이 되었다. 그래서 이들의 도덕은 다만 보여주기 위한 '척'이었다. 착한 척, 선한 척, 정의로운 척. 그 3척으로 운동의 아이들은 갑주를 지어 입었다. 약자일 때는 결함이 드러나지 않는다. 그러나 세월이 바뀌고 아이들이 어른이 되면서 이들의 가짜 도덕은 악취를 풍기며 하나씩 본 모습을 드러내기 시작했다. 현재 586세대가 저지르는 온갖 구역질나는 행태의 기원이자 이들의 특징인 자기 동정, 자기 연민이 가소롭고 짜증나는 이유다.

박선경의 소설은 이 지점을 파고든다. 운동의 아이들이 가진 도덕적 우월감 그리고 그 연장선상에 있는 선민의식이 얼마나 허상이며 사기이고 기만인지 사정없이 폭로한다. 도덕적 우월감이 저지르는 범죄는 한마디로 너와 나는 같지 않으며 거대담론을 끌고 나가는 자신들은 타인의 삶을 사소하게 여겨도 좋다는 놀라운 발상이다. 따라서 이들에겐 애초부터 죄책감이 자랄 토양이 없다. 소설에서 변태섭은 윤희숙을 정신적, 육체적으로 망가뜨리면서도 일말의 반성이나 책임의식을 느끼지 않는다. 민주를 위해 민을 겁탈하고 학살하면서 어쩔 수 없는 콜래트럴 대미지로 치부하는 동시에 자신은 그럴 권리가 있다고 믿어 의심치 않는 것이다. 위선과 정신질환이 뒤섞인 변태섭의 정신세계는 특별히 유난한 것도 아니고 그들 세계에서는 보편이고 일상이다. 그래서 자기 여자를 상납하고 받는 자도 태연히 받아먹는 것이다(직유법이다). '척'도 박선경은 놓치지 않는다. 성적 자기 결정권을 가져야 한다며 여학생들에게 가슴을 까보이게 하는 이 진보'척'은 또 얼마나 불쾌하고 불결한가. 물론 소설이지만 소문으로만 들었던 그 이벤트를 글로 접하는 것은 상당한 충격이다. 또 하나 박선경이 족집게로 집어내고 있는 것이 이들의 심각한 무지다. 문화대혁명과 대약진운동을 미화하여 아이들의 머릿속을 파괴하고 환상을 심어준 한 언론인의 세계관을 그대로 믿고 따르는 바보들과 한반도 중심의 우물 안 사고로 협소한 역사관을 가진 머저리들을 제대로 풍자한다. 박선경에게 운동의 아이들은 '척'

하는 바보들이있고 덕분에 80년대는 참담한 지적 빈곤의 시대였다. 문제는 그 초라한 사고와 철 지난 이념이 아직도 통용되고 있다는 사실이다. 아마도 작가가 이 소설을 쓰게 된 이유 중의 하나였을 것이다.

원고를 읽으면서 많이 놀랐다. 타인의 글을 읽으면 그 작업에 들어간 속칭 '공사비' 견적이 나온다. 시간과 노력이 투여된 만큼 나오는 것이 글이고 그게 박선경의 소설에서는 거의 무제한으로 투하되었다. 학생운동과 관련된 자료는 다 읽고 가담했던 사람들은 다 만난 것일까 싶을 정도로 엄청난 자료조사와 크로스 체크로 작가는 어쩌면 운동의 아이들도 잘 알지 못할 이야기들을 저인망으로 수집했고 이를 기가 막히게 풀어냈다. 덕분에 주인공인 승연 아버지의 죽음이나 남자 친구인 태주가 1987년 당시 대통령 선거 당시 사망한 것은 실제 있었던 사건들과 겹치면서 짜릿한 독서 체험을 안겨준다. 물론 사실의 문학적 형상화 사례는 더 있지만 스포일러가 될 것 같아 이쯤에서 줄인다. 성적 묘사는 사실 좀 당황스러웠다. 첫 페이지부터 박선경은 거침이 없다. 그러나 이 도색적인 문장들이 하나도 자극적으로 느껴지지 않으니 그 또한 재주다. 평소 성적으로 예민하다고 자부하던 내가 왜 윤희숙의 포르노에 가까운 고백을 들으면서 흥분은커녕 슬퍼졌는지 모르겠다. 그 방면으로도 소질이 충분하니 다음에는 오로지 흥분이 넘치는 소설을 기대한다.

박선경은 이번이 첫 소설이다. 그러나 발표만 하지 않았지 이미 늘 작가였고 다만 더 이상은 침묵할 수 없어 머릿속 구상들을 이번에 글로 엮었을 뿐이다. 소설의 현실적 배경이 되는 것이 2022년 대선이고 책의 출간이 2024년 총선을 앞둔 시점이라는 것이 그 증명이겠다. 문학적으로는 글의 수준을 논하는 것은 내 능력 밖의 일이다. 다만 확실한 것은 이 소설로 한국 문학이 80년대를 대표할 수 있는 이름으로 오승연이라는 캐릭터를 얻었다는 사실이다. 80년대가 궁금하다고요? 그럼 이 여자를 만나보세요, 라고 대답할 수 있게 된 것이다. 박선경이라는 중량감 있는 작가의 탄생을 축하하면서 이제껏 어설프게 그리고 외눈으로 절반의 사실을 외면한 채 80년대를 묘사한 작가들에게 박근형 연극의 대사 하나를 먹이는 것으로 이 소설에 대한 평을 대신한다.

"니들이 창조와 기록의 차이를 알아?"

86학번 승연이

초판 1쇄 2023년 11월 08일
　　2쇄 2024년 02월 05일

지은이 | 박선경

펴낸곳 | 북앤피플
대　표 | 김진술
펴낸이 | 김혜숙
디자인 | 박원섭
마케팅 | 박광규

등　록 | 제2016-000006호(2012. 4. 13)
주　소 | 서울시 송파구 성내천로37길 37, 112-302
전　화 | 02-2277-0220
팩　스 | 02-2277-0280
이메일 | jujucc@naver.com

ⓒ 2023, 박선경
ISBN 978-89-97871-63-6 03810